豐子愷集

第十卷

书信 日记
诗词 歌词

人民文学出版社

1962年,与贺天健、林风眠、张充仁、颜文梁、张乐平在一起赏画

1960年代与程十发在日月楼

1963年在扬州平山堂前紫藤树干上即兴写诗

致蒋苏盦 ___ 79

致人民文学出版社 ___ 80

致内山完造、内山嘉吉、内山真野夫人（六通） ___ 81

致吴宣南 ___ 87

致石景麟 ___ 88

致范尧峰 ___ 89

致徐鸣皋 ___ 90

致音乐出版社编辑部 ___ 91

致曾刚（二通） ___ 93

致詹广安 ___ 95

致张梓生 ___ 96

致《漫画》编辑部 ___ 97

致刘巽玉 ___ 98

致林惠贤 ___ 99

致程啸天（七通） ___ 100

致滕万林 ___ 104

致戴易山 ___ 105

致吴甲原 ___ 106

致周加骎（三通） ___ 107

致陈梦熊 ___ 109

致黄可（二通） ___ 110

致柳非杞 ___ 112

致张心逸（二通） ___ 113

致彭长卿（二通） ___ 116

致张青萍 ___ 118

致张纪恩 ___ 119

致郑效洵 ___ 120

致邵仁 ___ 121

致徐广中 ___ 122

致秦岚（九通）___ 123

致魏风江（二通）___ 127

致胡治均（二通）___ 129

致潘文彦、罗芬芬（十通）___ 130

致周瑞光（四通）___ 135

致周颖南（十一通）___ 137

致王星贤（二通）___ 143

致郑棣 ___ 145

致吴颖（五通）___ 146

致宽愿法师 ___ 148

致胡士方（四通）___ 149

致李道熙 ___ 152

致卢永高、卢鸿钢（三通）___ 153

致唐云 ___ 155

致王观泉 ___ 156

致朱幼兰 ___ 157

致沈定庵（二通）___ 158

致陆维钊 ___ 159

致卢玮銮 ___ 160

致罗承勋___161

致李荣坤___162

致蒋正东（二通）___163

致洪丕谟（二通）___165

致朗度（二通）___166

/ 日记（1938年—1940年）

一九三八年___171

一九三九年___229

一九四〇年___363

《教师日记》原序___377

《教师日记》付刊序___379

/ 诗词

浙一师学生时代诗词八首___383

仿陶渊明《责子》诗___385

广洽法师嘱题弘一法师肖像___386

避寇萍乡代女儿作___387

避寇中作___388

仁者无敌歌___389

高阳台·渌江舟中作___390

中华古国万万岁！___391

春晨___392

和表侄徐益藩___393

题一九三八年画___394

题一九三八年画___395

生机___396

望江南·逃难___397

望江南___399

和贺昌群___400

辞缘缘堂二首___401

题一九三九年画___402

《护生画集》(第二集)诗(三十二首)___403

催生诗___411

癸未蜀游杂诗(五首)___412

一九四三年,赴乐山访马一浮先生,回沙坪坝记录___414

贺新凉___416

友人赠红豆作诗答之___417

蜀游途中得双红豆寄赠宗禹___418

成都道中闻陈宝毕业中大外文系应南开中学聘率成一律寄示___419

寄阿先并示慕法菲君___420

《中央日报》载"三届全国大学生国文竞赛丰子恺令媛丰华瞻得冠军",华瞻实系男子,戏作一律示之___421

寄一吟___422

圣雄甘地造像___423

题一九四八年除夕画___424

《护生画集》（第三集）诗
  （二十一首）___425

戏和马公愚梅花诗___437

戏题一吟《凤还巢》"偷觑"摄影___438

浣溪沙·慰郑晓沧先生悼亡___439

一吟饰洛神___440

一剪梅·清明___441

望江南·全国人代、政协大会书成___442

一剪梅·己亥清明___443

柳絮___444

题一九五九年画___445

观儿童画___446

咏松江民主中心小学儿童积肥___447

咏上海虹口区第一中心小学红领巾
  乐器厂___448

庆千秋·国庆十周年盛典___449

东风齐着力·国庆十周年为《东风》作___450

题一九六〇年画___451

题一九六〇年画___452

题《百泉竞流》画___453

题一九六〇年画___454

满庭芳·上海中国画院成立___455

画赞___456

上海中国画院成立纪念书感___457

题一九六〇年画___458

为眉春命名___459

题一九六一年春节画___460

迎春乐·本意___461

题一九六一年画___462

弥陀学校建校六周年暨新图书馆
　　落成纪念志庆___463

游黄山欣逢双喜___464

清平乐·儿童节___465

江西道中作（十一首）___466

日月楼秋兴诗___472

君匋长征印谱___473

为春晖中学四十周年校庆作___474

观上海戏剧学校实验剧团演《杨门女将》
　　赠演员诸君___475

《丰子恺画集》代自序___476

大会竹枝词（八首）___477

《在延安文艺座谈会上的讲话》发表二十周
　　年纪念书感寄《美术》杂志___480

蒲松龄像赞___481

琉璃塔___482

邮递员___483

理发师 ___ 484

癸卯春游杂咏（五首）___ 485

修鞋工 ___ 487

题一九六三年劳动节画 ___ 488

《周末报》创刊十四周年纪念 ___ 489

癸卯秋游杂咏（二首）___ 490

题张景安刻砚 ___ 491

题《东风浩荡》画 ___ 492

题《历史人物》画·算命、测字 ___ 493

题一九六四年画 ___ 494

题《前人种树后人凉》画 ___ 495

题《结婚登记》画 ___ 496

题《周末报》创刊十五周年画 ___ 497

题《红雨润心庐诗词稿》___ 498

广洽法师之像 ___ 499

《护生画集》（第五集）诗（四十四首）___ 500

送广洽上人 ___ 515

游湖州途经嘉兴（四首）___ 516

贺新枚结婚 ___ 518

送新枚赴石家庄 ___ 519

病中口占 ___ 521

小羽 ___ 522

病中作 ___ 523

浣溪沙 ___ 524

红楼杂咏 ___ 525

七绝（三十一首）___527

俞友清（迂叟）惠诗四绝步原韵奉和___533

题胡氏合家欢照片___534

题于梦全藏鲍月景先生《百子图》___535

七言回文诗___536

五言回文诗___537

/ 歌词

石门湾崇德县立第三小学校歌___541

夜景___542

怀友___543

长城___544

五月之歌___545

送别___546

风筝___547

浩歌___548

游春___549

幼女之愿___550

我们四百兆人___551

广西省立桂林师范学校校歌___552

广西全县国民中学校歌___553

庆祝胜利___554

弥陀学校校歌___555

书 信

第三辑 致师友（续）

子愷

致舒国华、舒士安父子[1]（十八通）

一

国华先生：

示及纸收到。昨因无齿，未能参与盛会为憾。嘱件当一一如命。近炉边读大作（《省吾庐吟稿》），每逢佳句，击节叹赏。二月份路讯画（一月照今函嘱），拟以大句作题，倒是本局风光，如何？

贵友索润例，今先奉盖蓝章者数页。

元旦后润加倍，其新例拟仍托贵处代印。附上稿样。但此次必出纸资，勿再客气为荷。

赐诗悬炉边，与来客共赏，谢谢。即颂
时安

弟 丰子恺 叩

〔约1947年底，杭州〕

黄宾鸿[2]确已离校，册页今取回，明日由弟写画送上。

---

[1] 舒国华，浙江东阳人，长诗文书法，当时任浙赣铁路局《浙赣路讯》副主编，家住杭州西湖，与丰子恺近邻。舒士安为其子。

[2] 丰子恺于1937年底居桐庐乡下时，曾认识当地青年美术教师黄宾鸿。此处是老画家黄宾虹之笔误还是指黄宾鸿，待考。

前借铅字奉还。

二

国华先生：

今日春晴，写大作佳句两图，（另一图，共三幅，聊以作三月份稿）其中"未圆"[1]一幅，清丽辽廓，弟自鸣得意。今奉先生珍藏，可谓得其所哉！

图章文，弟久思不得。日后触机自来，当再奉告。车过寒门，时来坐谈。即颂
春健

弟 子恺 叩
〔1948年〕三月二日〔杭州〕

三

国华先生：

大作佳句，弟最喜此二者。今作画送上，此诚湖上胜缘，永传不朽矣。前赠笺匆匆用完。如有余纸，不论报纸、土纸，乞再印二千张。即颂
大安

弟 丰子恺 叩
〔约1948年〕三月卅一日〔杭州〕

---

[1] "未圆"，指舒国华诗中"未圆转比圆时好"句。

四

国华仁兄：

示及画早收到。近日事冗,迟报为歉。诸君合作作画甚佳。惟弟不善题咏,未能报命为歉。今另封璧还,乞婉谢之。大作诗篇颇有美意。弟近来杂事繁冗,诗画均甚荒疏矣。草写,问安

子恺

〔约1948年〕七月十日

小画一幅,去年曾在报发表。近日原稿退还,特加款奉赠,以答雅意。

同时接扬州友红豆室主人寄来此笺,亦别饶风味。率书一纸送奉,以供清赏。

弟 子恺 叩

七月十二晨

五

国华兄：

今接叶遐老[1]来复。其原信附上。倘爱其手笔,即请保藏,弟不喜收藏,看过即废也。遐翁年已六十九,弟以"护生"书写工作相烦,实甚不该。今彼慷慨允写,足见好善之深。下月弟当赴香港,与遐翁面谈。"护生画"七十幅,文章均由弟做好,

---

[1] 叶遐老,即叶恭绰。

只须抄写。故遐翁所虑，不成问题，只因前信未曾明言耳。在此闭门写作，来客甚少，故工作成绩颇著。大约五月可返沪杭。余后陈，即颂

时祺

弟 丰子恺 叩

〔1949年〕三月四日〔厦门〕

六

国华贤兄：

示奉到。嘱代寄诗稿，已寄"三马路《解放日报·朝花》编辑部"，并附邮资，请其不刊时退还作者。因闻投稿者甚多，深恐此稿一去不返也。迩来报纸，听说稿甚挤，投稿者往往向隅，非不屈不挠，连投数次，不能获得发表。足下如欲从事此道，亦只得忍耐为之。待发表数次，名字熟悉，后来就容易些云云。此乃他人之言，写供参考。至弟自己，年来绝少投稿。凡有运动或号召，皆政府或报馆嘱稿，自己绝对不投稿，故实地经验缺乏，无可贡献也。弟数年来工作，主要是俄文书籍翻译，所往来者皆北京各出版社，报馆往来绝少也。

承示五云胜迹，颇可羡慕。惜年来体弱事忙，未能遨游，至以为憾。草复即问

秋祺

弟 子恺 叩

〔1957年〕十一月四日〔上海〕

七[1]

来信收到。上海旧书收购处地址在"上海福州路中市"。可去信接洽,但不知外埠办法如何耳。匆此奉复,即致
敬礼

丰子恺 书

〔1958年〕四月廿八日〔上海〕

八

士安贤侄:

久缺音讯,闻悉在新市纸品社服务,实为快慰。仆年登七十又四,幸得身体康健,家人也无恙。回忆当年在杭与尊大人诗画合作,每当酒酣耳热间喜吟诗作画相视而笑就在眼前也。昔年曾寄糯米锅巴一大箱,此物乃(石门湾)一带特产,他乡无有,曾问需要否?暂勿代办,因邮递遥远,寄递不便也。美意至深,感谢。顺问
时安

子恺 启

一九七一年八月卅一日〔上海〕

---

[1] 此信系致舒国华。

九

士安贤侄：

来信欣悉。知工资调加，近况安善，甚慰。

画损失不可惜，今另作二幅附赠，聊资欣赏。

最近我故乡（石门）有人送来许多锅巴，所以你不再送。青豆将来送我少许可也。不必加工。

我年登七五，幸身体健康，回想当年在杭州与你父亲诗画合作，就如一梦。

子恺 手启
七三年五月八日〔上海〕

十

士安贤侄：

送来立轴及油一斤，已收到，美意至深感谢。

轴上字写得很好，足见你于文艺颇有修养。我已将轴挂在室中。

上海副食品不甚紧张，唯我爱素食，油甚需要。你送我甚合用。

今寄上扇面一页，请收留念。

子恺 启
七三年七月四日〔上海〕

十一

士安贤侄：

　　士宁结婚，我画了"花好月圆"图送他，新市有裱店否？

　　前送来油及祝寿之立轴等皆收到，多谢。士宁赴安徽旅行结婚，祝他幸福。此问

近好

　　　　　　　　　　　　　　　　　　　　　子恺

　　　　　　　　　　　　　　　七三年八月五日〔上海〕

十二

士安：

　　"浩荡离愁……"这首诗，是清朝的法家龚定庵作的。"離"即"离"，是帖体，字典上查不出的。

　　诗的大意是说：春暮，花纷纷落下，所以说"浩荡离愁"。他手里的行杖（吟鞭）所指的地方，尽是落花。

　　但是落花并非无情，它化作了春泥，还是培养春花的。可知天地好生，生意永不熄灭也。

　　我近来手指麻木，不能执毛笔，大约天气暖和后会好起来。

　　　　　　　　　　　　　　　　　　　　　子恺

　　　　　　　　　　　〔约1974年〕三月廿九日〔上海〕

十三

士安贤侄：

　　承寄黄豆一包，今已收到。此物此间不易买得，乃下酒佳品。

美意甚感。今作扇一张附赠,明年夏天可用。

子恺 启

〔约1974年〕十月十四日〔上海〕

十四

士安贤侄:

来信收悉。前次送我的烘豆尚未吃完。笋干已有人送我,你不要寄。

《缘缘堂随笔》,我只有一册,大家排队借看,现在不知在何人手中,一时无法寄你。但我放在心上,等书还来,一定寄给你看。

最近回忆儿时放爆竹,作一幅小画,送给你保存。

子恺 启

〔1974年〕十一月十日〔上海〕

十五

士安贤侄:

寄来烘豆一包,昨已收到。此物上海无有,下酒最宜。多承美意,深为感谢。仆身体粗安。冬日怕冷,不能出门。明春天暖,拟到故乡一带游玩,或能到新市望你。此
冬安

子恺 泐

〔1974年〕十二月十日〔上海〕

十六

士安贤侄：

承寄糯米、赤豆，今已收到。欢度春节，此物可以助喜。多谢。我在家休养，百体增健。春暖拟还故乡石门，或到新市（未定），可以晤面。不尽，顺问

近好。

子恺 启

〔约1975年〕二月一日〔上海〕

前寄毛主席诗，将"到韶山"误写成"登庐山"，应该改正，有便寄来可也。

为你父亲诗作画，很好。但一时记不起诗句来，你下次写几句给我，我可画寄。

十七

士安贤侄：

你托施仁宝同志送来麻油，谢谢。此物在我吃素的人最为得用。毛主席诗写错题目，已改注，托他带上。凤凰牌香烟已送光，只有牡丹，附上二包，又食糖二斤，请收。

子恺

〔约1975年〕三月一日〔上海〕

十八

士安贤侄：

寄来糯米锅巴，太多了，谢谢你。

你要你父亲诗句的画，我一时想不起来，况且以前画的多了，想必保存着，所以另赠最近新作一张"努力惜春华"，以供欣赏。余后述。

子恺

〔约 1975 年〕三月廿四日〔上海〕

致班侯[1]

班侯先生：

来信收到。所询诸端，意义深广，弟实未能正式答复；姑就所感，从旁略说。弘一法师偈句"殉道应流血"，记得其上一句为"云何色殷红"。此乃一首五言四句偈，其上两句弟亦不能记忆，似是咏菊花者。[2] 作此偈时，弟已窜大后方，但传闻法师于炮火中过沪，对轰炸及兵火，如同不闻不见，泰然处之。此偈似系彼时所作。但弟未敢确定。《弘一法师永怀录》中当可查明。（此书上海佛学书局必有发售。弟所有一本，被友借去，故未能查。）但无论其为何时何地所作，总之，此乃以菊花晚节傲霜之特性，象征殉教者之大无畏精神。来信言"弘一大师何以突然会现金刚相呢？"弟以为此不足怪。弘一大师既皈依佛法，誓成正觉，则对生死早已置之度外，殉教流血，其甘如饴也。弟略解此种心境，故深信不疑。弟流亡中曾在某文中言"我入中年后，已随时随地预备身死。逃难以来，此心更坚。故在逃

---

[1] 班侯，待考。按内容应是一位佛教居士。
[2] 弘一法师《为红菊花说偈》（1941年初冬作）：亭亭菊一枝，高标矗劲节。云何色殷红？殉教应流血！

难中,只感烦劳,却不觉悲惧。"[1]弟于佛法所得,只此一点而已。

大师绝笔"悲欣交集",足下以为悲是"慈悲"之悲,欣是"载欣载奔"之欣,自是一种看法。弟之所见,则略有不同:弟以为此四字义甚简明。与娑婆世界离别是悲,往生西方是欣。山川草木,宫室楼台,尊荣富贵,乃至亲朋骨肉,在佛教徒视之,如昙花一现,皆幻象也;皆梦境也。梦中离别,亦有悲情。然若明知是梦(即拙著《缘缘堂随笔》中之《晨梦》),则虽有悲情,乃是假悲,非真悲也。"假悲"二字,易被浅见者误解为不道德,则宜改称"幻悲","虚空的悲"。盖与极短暂之幻象别离,本不足悲也。欣则是真欣。涅槃入寂,往生西方,成就正觉,岂非最可欣之事?故弟以为悲欣交集四字,最简且明。佛子往生时说此四字,实最为适当,最为得体。自古以来,高僧大德,未有能在往生时道出此四字者。于此足证弘一大师之无上智慧。法师本是艺术家,做和尚后仍是艺术家,故其一切生活,不但至真,至善,又且至美。法师曾演话剧,亦曾唱平剧[2],均是好手。故其在人生舞台上,亦是好角色。其最后一幕以此四字结束,何等适当,何等得体,何等圆满美妙!

至于四句偈中"花枝春满,天心月圆"二语,来示所论,以宇宙间最美的境界来象征其圆寂,弟甚赞善。此乃借幻象中之花与月来比喻真实。此又足证弘一大师始终至真至善而又至美,始终是一大艺术家。

---

[1] 此段文字未找到出处。可能是大意,散见于诸文中。

[2] 平剧,指京戏。

《再访梅兰芳》一文，尚在"怀胎"中，未曾"成形""堕地"。大约须再过若干日方可动笔。弟去春访梅氏，曾作文登"自由谈"[1]，今春又访，且又将作文发表。不知我者，以我为戏迷。其实并不如此简单。我看梅兰芳戏，是戴了"宗教""艺术"的眼镜而看的。因此觉得有文章可做。到上海住了五天，回杭州来，笔债堆积。忙里偷闲，写此复书，未尽欲言。

弟 丰子恺 顿首
〔1948年〕三十七年五月六日〔杭州〕

---

[1] "自由谈"，系《申报》副刊。

致郑子瑜[1]（九通）

一

子瑜先生：

双十示，昨由杭转到。润六十元亦收到。弟近游台湾，此信从台北发。(定十一月十五返杭[2]。十五前可收到之信，请寄"台北中山北路开明书店"。以后寄杭州。)《宇宙风》复刊，先生为在星洲举行拙作画展，甚善。弟曾函告林翊重兄，(佛教会介绍片也寄林先生收。)谓润笔减收四分之一（即七五折）略表微忱。拙例在国内比他人低，故展时不妨提高价格也。今尊嘱共百件，包括大小各种字画，今弟另开一单奉上，即请察阅。如以为可，乞见示，当即动笔。润笔可汇交：香港跑马地蟠龙道五号A钱云清女士代收。(钱乃弟学生，任《星岛日报》编辑。)免得分多次汇杭州。倘分次汇杭，可用下列诸人名代收：

杭州官巷口开明书店黄鸣祥

同上朱子如

---

[1] 郑子瑜（1916—2008），出生于漳州市，后移居新加坡，清代诗人郑开禧后裔，有"传奇学者"之誉称。

[2] 后转赴厦门，次年始返沪定居。

杭州静江路八十五号丰新枚

同上徐力民

同上丰梦忍

杭州浙江大学附中丰宁馨

同上丰陈宝

即请尊裁可也。淑琬女士索画，今写册页奉赠，即请转致。尊嘱剪春笺，不知剪春二字何意？尚乞明示，当即画奉。俞友清红豆笺以红豆为题材，剪春二字甚雅，但意义抽象，难于取画材，故请将先生取名之本意见告，方可计划画面也。盼复，

即颂

大安

弟 丰子恺 叩

〔1948年〕十月廿四日于台北

二

子瑜先生：

弟十一月廿三由台湾来厦门。沪杭混乱，暂不北返，须在此过阴历年，今后通信址：厦门内武庙十七号。二示由杭转台，由台转厦，搁误甚久。到今始复，甚憾！

关于书画百件事，鄙意如下：

十月廿四日弟由台北寄上一函，内言"百件共润1960元（照十月份每尺十六元计），七五折为1470元，除收60元，尚缺1410元，请折港币交钱云清代收"。此时限价未开。岂料十一月一日限价开放，百物飞涨，杭州收件处由十六元改为卅二元，

六四元，百廿八元。今十二月一日已改定为每方尺200元（附上一纸，十二月不再改，元旦另定）。其间有多人乘未改时大量求画（亦一种囤积），弟笔债堆积如山，弄得大伤脑筋！——因此剧变，《宇宙风》所属，未便履行十月廿四之约，至为抱歉！今弟向先生表示两种意见如下：

（一）如必须属书画百件在南洋展览，则润笔修改如下：照十月份每尺16元计，百件书画共1960元，七五折为1470元。查十月中旬港币黑市为一比一元四角。（今日港币一比八元五，十二月例每尺二百金元，合港币廿三元余，今此百件乃照十六金元即港币十一元余计算，又廉一半。）则金元1470元合港币1050元。十月廿日已收金元60元，合港币43元，则尚缺港币1007元。来函云已交钱云清港币400元，则请再补607元，又请展览会负担邮费约港币13元，即共少620港元，亦交钱云清。不知此办法，先生以为公允否？如同意，请即付钱港币620元。字画明年一月内必寄到。阴历正月新年展览必来得及。（阳历元旦则事实上已来不及。因此间收件甚多。）

（二）如先生未便同意上述办法，则此事惟请暂缓。《宇宙风》复刊另图办法。因弟亦生活不安（杭州混乱，家眷尚在杭，南迁又不易，甚吃紧），暂时无能尽力也。则前汇下之金元60（即港币43元）及近交钱云清之400港元，当一并璧还。港币不贬值，尊处当不致有大损失也。

以上乞裁复为感。以下尚有事奉复：

（一）剪春笺，稍缓当新构一图寄奉。但剪春罗弟未见实物，不能作画，当考虑适当材料，以表示春意不完满之意。容考虑后再定。

（二）瀛州旧梦题签，今日寄□□[1]。

（三）某中学需文理等教师。小儿丰元超（男，廿二岁，交通大学肄业三年，在北平，家学画乐二年）愿就，且能胜任。但不知资格合否？此子近在厦门中学任课，若可能，愿赴南洋也。

即颂

冬安

弟 丰子恺 叩

〔1948年〕十二月一日于厦门

三

子瑜先生：

十二月十四示，昨（二十）奉到。谨复如下：

（一）十一月一日限价开放后，杭州即停止收件。故《宇宙风》之嘱，乃属特例，本不须斤斤计润。惟因弟近来笔债太多（厦门画展，重订达一百五十件之多，过去各方收件又堆积未偿），故不得不严加限制耳。今尊示所云，书画改为二尺画四十，二尺字十，四尺对十，共六十件，补润一百九十港元。弟自当酌量遵行。惟弟拟请将二尺画改为三十件（少十件），而二尺字改为二十件（加十件），如此画三十，字三十，亦成对比。而字比画费时较少，使弟可得方便。此请求想必蒙同意。则以后不再通信商洽，一月中旬，弟必全部寄奉。（多方设法，已不能再早。盖因别人

---

[1] 此二字漫漶不清。

月余以前缴润笔者尚未画寄者甚多也。）

（二）十月中所汇下六十金圆，作为先生自嘱画润。所嘱何件，未蒙明示。想是立幅画。后请再示。剪春笺乞稍迟一并寄上。

（三）小儿元草（前函云元超，乃小名，彼入高中后已改元草二字）承介绍甚感。已函杭州，嘱其直接将各件快邮寄奉。闻出国手续甚烦。不知尊处代办能否速成。一月十五开课，恐来不及，还请向校方商请稍予延迟。彼于一月初陪同家人来厦，出国入口文件办妥后，请寄厦门，当即嘱其觅船南行。

新加坡对厦门通信，往复须二星期。甚为迟慢。今书画事已洽妥，不须再函。惟小儿就职事，深恐文件及船期等多所阻碍，不得不延缓时日也。顺颂
大安

弟 丰子恺 叩
〔1948年〕十二月廿一下午〔厦门〕

四

子瑜先生：

十二月廿九示，早奉到。谨复如下：

（一）书画定为二尺画三十，一尺画十，二尺字十，四尺对十，当遵命。

（二）元旦起已开始动笔。十五左右可以完成。（一部分是现成作品，原系自藏者。故较便。）计关于佛及罗汉等者十幅，海景、湖景、山景，约二十幅，诗趣者约十幅。——如此配合，各种趣味皆备，展览会具足圆满。不知尊意如何。字亦取各种

文字，关于佛，关于诗，及弘一法师旧作诗词。（字画一月中旬必寄出。）

（三）钱女士来信，云二次汇款，四百元及一百九十元均收到。谢谢。

（四）尊嘱剪春笺及二尺画，一尺字，一并寄奉。勿念。

（五）林从周、张文奎二先生册页画，亦当一并寄奉。弟元旦起谢绝收件。（原因：积件太多，又须画"护生画"第三集——弘一师遗嘱，故元旦起暂时停止收件。）无润例。由先生奉赠可也。

（六）画下加署 TK 二字，当遵命。

（七）展览特刊直条，及文，一并附上。文或作或选，未定。

（八）小儿元草，前日由杭州抵厦门。计算时日，此刻已属太晚，决定赶七月十五期，则入口事可从容办理。另有孙涤灵者，弟之学生，攻文学，长于时文古文，能任国文教师，亦有与元草同赴星洲之意。如需要，当一并介绍南来。函便示知。则其文件当与元草一并寄上。再有询者：贵处聘教师，不知出国旅费（船票）校方有否津贴？便亦见示。

（九）弟关于艺术方面著作，有数十种，手头无书，难于全部记忆。如需现行普通者，则有下列数种：

《子恺漫画全集》　　《艺术趣味》

《缘缘堂随笔》　　　《音乐入门》

《缘缘堂再笔》　　　《西洋音乐讲话》

《漫画的描法》　　　《绘画与文学》

《开明图画讲义》　　《西洋建筑讲话》

《开明音乐讲义》　　《艺术概论》

以上皆开明书店出版。

广洽法师一月中旬从厦门返星洲。字画或托其带上。其址为 No.38, Lorong 27A, Geylang, Singapore, 附告。即颂大安

弟 丰子恺 叩

〔1949年〕一月十日〔厦门〕

五

子瑜先生：

尊属共 64 件：

三尺画	三十件
二尺字	十件
子瑜款二尺画	一件
文奎款一尺画	一件
一尺画	十件
四尺对	十件
子瑜款二尺字	一件
从周款一尺画	一件

今日已交广洽法师吉便带新加坡（广洽师乃弘一大师之好友，亦弟之好友）。法师住址为

"新加坡牙笼二十七巷 A 三十八号薝蔔院"

法师决定于一月二十日开船，大约月底必到星洲。烦先生派人去取。又法师船到，居士林必知，因法师常赴居士林。故先生可向居士林探问。

另附剪春笺图一张，可制锌板刊印。

此信内附文章一篇，乃厦门顾君所作，文意甚当，可请在星洲转载，又特刊签条一纸，亦附此信内。

弟自今日起，谢绝国内收件，专心在厦门绘制《护生画第三集》。（弘一法师遗嘱，法师七十岁时出第三集，今年适为法师冥寿七十。）大约三四月间可以完成，即携附香港刊印。惟近菲列滨〔菲律宾〕有人索画，故另订"海外收件"润例，（以美金计，可久用不改，）将以海外得来之润资，维持作护生画期间之生活也。今附奉二纸，乞存备用。画展过后，如续有人索画，即请以此例应付可也。

专此奉达，即颂

时祺

弟 丰子恺 叩
〔1949年〕一月十八日

六

子瑜先生：

八日示，今（十六）收到。广洽法师一月十八日上船，此刻当早到达，不知书画取来否？念。剪春笺即在广洽师带上之三包内。

（一）《宇宙风》复刊画展需百件，承嘱再作40件。经弟计算，旬日后方可抽暇。（因近埋头作护生画第三集，对国内一概谢绝收件，仅海外少数收件，维持其间菽水之资而已。该集旬日后可告一段落。）此信寄到后，尊处来复决定，约须半个月，正好有空作画。关于润笔,弟不善论价。既有赞助复刊之前言,亦只惟命是从。计二方尺立轴画 20 件,一方尺 20 件,受润港币 600 元。惟请增送纸邮费 100 元,共为 700 元,此点或蒙同意。若然,此信到后,即请来复决定,并将款交钱女士(因广洽法师无法代收)为荷。

（二）关于题材,大幅不欲山景而喜海景,小幅喜讽喻,当尊属勿念。

（三）属自撰文,决定后与画一并寄上。弟得尊复决定后,旬日左右,四十幅可以完成。立即航空邮寄,以期早日展览。

（四）展后承允为在南洋报上刊登润例,甚好。钱女士收件最妥。美意谢谢。

（五）小儿元草及学生孙涤灵托介事。因本学期太匆促(孙尚在浙江绍兴,即将来厦),故决定赶下期。惟小儿因□[1]北平可去,解放后尚安,意欲至北平交大(原是该校二年生)复学,以求毕业,故下期南行否未决。孙君则决定南行。昨来信,已将证件由绍兴寄尊处。(小儿则待稍缓决定。倘二人无空席,则孙君为先,小儿可从缓。)孙君乃弟学生,对国文修养甚丰,曾任小学校长及报馆编辑。若南来,必不负盛意。惟其人家境清平,故能有旅□[2]津贴更佳。尚乞力图,弟感同身受。顺颂

时祺

弟 丰子恺 叩

〔1949 年〕二月十六午

---

[1] 此字漫漶不清。
[2] 此字漫漶不清。

七

子瑜先生：

　　三月八日示，十四日到。尊属册页20改为指定之二尺幅10，当遵属。（册40已成。但余20可给别人，使弟不增笔劳，甚好甚好。）大约五六日乃至一星期后可以一并航挂寄上，（题材大多照尊意指定者，共大20，小20）属自作文同寄，勿念。弟定四月一日离厦赴港。五月初离港返杭。今后厦门通信址请取消。香港暂时（四月份）通信址，钱女士转，五月后仍为杭州。

　　护生画三集，即将完成。四月一日弟携赴香港，托叶恭绰先生书写，五月初携赴上海，托大法轮书局刊印。（苏慧纯居士主办）大约夏间可以出书。附告。

　　弟之文集画集，此间难得（因无开明分店）。请函广州汉民北路179号开明书店购买，彼地寄递较便也。

　　《宇宙风》结缘画，于此为终止。展览时倘有重订，或由先生介绍者，照润例减收四分之一（即七五折）以示对《宇宙风》及先生之特遇。但非由展览而来者，则一概照润例（今附上四份）取润，恕不折减，至祈原容。

　　承示已汇500HK到港，至佳。余200亦请早汇，弟到港时可亲收。即颂

时安

弟 丰子恺 叩
〔1949年〕三月十五日

八

子瑜先生：

　　三月十二日示，昨收到。画一包（共42件，又文一篇）已于三月廿一日寄出。惟邮局言航函太大，须拆开分别数函，方可付航邮。因感烦难，故决改非航空挂号，据邮局言，亦不过迟旬日收到。（邮资比航空廉，但相差亦有限，非为省资而然）此信到时，或不久即可收到。弟定于后日（三月卅日）离厦赴港，以后厦门通信址取消。赐示仍寄"杭州静江路85号"。因在港小住二旬即返杭也。

　　来示嘱改画件，今已寄出，且弟行色匆匆，只得作罢，殊甚抱歉！星洲饶力吉（劼斋）去夏为弟收件，已成过去。（弟赴台湾时即已函请其停止。）关于画价，普通规例，凡展览会中所定价，为比润例高数倍。因展览会中可以选择，且又裱好；而汇润函求，则听作者之便，随意写寄，不必能称求者之心也。即使"指定题材"，但画之好坏不仅在题，求者亦不能选择笔墨也。况弟之海外润例，五月后拟再改订（增高），因香港友人来信，皆言"比之别人（张大千，张书旂等），相差太远。宁求者少，不可滥售"。此言亦有理也。尊嘱"凄风凋碧树"，请返杭后写寄。因行装已束，画兴全无。乞谅。"凄风凋碧树"句甚佳，惟殊凄凉！先生在南国，何来此感？想是乡思使然耶？

弟 丰子恺 叩
〔1949年〕三月廿八日

九

子瑜先生：

惠示前日由厦门小女处转到。展读之下，至深惊讶。去岁弟受前《宇宙风》编者林翊重及先生之属，允为《宇宙风》社筹募基金而作画百幅，交由先生在星洲展览。当时弟居厦门，忆曾亲书特刊题端，并作自序，由厦门寄星洲。今读来示，知在当地受人攻击，谓先生假借弟名义举行画展，并未得弟同意云云。此事实出意外！弟料想所书题端及所作序文，必在当时报章刊载，此即得弟同意之实据，安得凭空诬蔑为假借？想系一时误解。事实胜于雄辩，日后必可水落石出也。兹特奉函证明，以息谣传。弟解放后居处无定，忙碌异常，以致迄未通问，至深歉仄，来示可直寄上海四马路671弄7号。即颂

时祺

^弟 丰子恺 叩

〔1950年〕三月二十二日

致王凤池[1]（五通）

一

凤池贤兄：

此次造访石码，多承诸公厚遇，至深感荷。今写纪念品十余条寄奉，请为分送藉留后念。惟记忆不周，恐有遗漏。请吾兄来示提示芳名，以便补寄。至订画诸君，请缓十余日后一并寄奉。因泉州画展重订诸件尚未完成，须完成后始动笔也。专此奉达，即颂

时祺

诸先生均此。

^弟 丰子恺 叩

〔1948年〕十二月廿九于厦门

二

凤池仁兄：

昨沈君送来大札并润笔四百元已收到。宝华嘱书，今晨草就寄上乞收转。前函及五百金早收到。其画已于前日连同其他

---

[1] 王凤池，当时为石码电信局（位于福建漳州龙海市）职工。

诸件（共约二十件一厚包）挂号寄上，想蒙收转。又：以前寄下寿笺，其信搁置，今始发见，至歉。以后当择机缘续为代求寄上，藉彰孝行。前承询最近润例。弟因二三两月作"护生画"第三集，故对国内暂不公开发表润例（《论语》等已停登），以期专心。（惟南洋星洲菲岛仍收件，因求者不多，且以美金订例，不须屡改故也。）拟于四月一日再订新例，公布国内。故在四月一日以前，无有定例。友好介绍者，则乃受嘱，其润笔随送不拘也。专复，即颂

年祺

弟 丰子恺 叩
〔1949年〕一月廿六日〔厦门〕

再者：石码轮船邓经理前索画，按址寄去，遭邮局退回。今附上，敬烦转交。

三

凤池尊兄：

惠示欣悉。君家园中令堂手植梅树两度开花，此真国家祥瑞之兆！至可庆喜！今年春节，弟曾为上海《新闻报》作图，题曰"灯花报囍福成双"，乃为庆祝社会主义改造胜利及一九五六年春节而作。贵处亦曾看到此图否？此与梅树两度开花同一意义也。可囍！

弟 子恺 具
五六年三月十五日〔上海〕

四

惠示奉到。令尊堂先后作古,深为悼惜。至祈节哀顺变,善自珍摄为要。仆年来多病,工作荒废,回思昔年漫游闽南,亦有今昔之感。然社会澄清,光明遍地,深感过去之不足恋也。今春赴京参与大会[1],曾晤郑静安[2]兄。

凤池贤兄礼安。

子恺 具复
〔1960年〕九月六日〔上海〕

---

[1] 大会,指全国政协第三届第二次会议。

[2] 郑静安(1910—1970),闽南民主人士。

五

凤池贤兄：

　　来示欣悉。尊居已乔迁南靖，甚善。仆数年来常住上海，诸事安善。唯两年来身患肺病，入院多时，幸医药充足，渐见痊愈，近正居家休养也。昔年游闽时所见诸友，亦久不通信，想皆安好。得便代候。即问

近安

子恺 叩
〔1973年〕十二月九日〔上海〕

小女一吟嘱笔问好。

致叶恭绰[1]

遐翁先生有道：

舒国华兄转示属写罔极盦，今拟就一稿奉上，弟未谙罔极之义，此图出自空想，深恐不能当意，后乞明示，当为另绘，兹有事拜启：

先师弘一上人住世之日，曾嘱在彼七十岁之年，画护生画第三集（共七十幅），今年适为上人七十冥寿之年，弟于厦门暂借一屋，正在绘制，预计三四月间可以绘毕，该画集已出之第一、二两集，其文字均由弘一上人亲手书写，今法师已生西方，弟前在沪上与诸友计议，今后惟先生能继其事，故为启请，不知能蒙俯允否？此第三集共画七十幅，书亦七十幅，每幅或诗一首，或文数十字（与第一、二两集相似），原稿如此纸大小即可，如蒙允可，画成后弟当携稿亲诣广州奉谒，先将画稿请加斧正，

---

[1] 载1949年2月14日《浙赣路讯》第499号，题名为"厦岛归鸿——关于护生画集的一封信"。叶恭绰（1881—1968），号遐庵。书画家、收藏家、政治活动家。早年毕业于京师大学堂仕学馆，后留学日本。留日时加入孙中山领导的同盟会。曾任北洋政府交通总长、孙中山广州国民政府财政部长、南京国民政府铁道部长。1927年出任北京大学国学馆馆长。新中国成立后曾任中央文史馆副馆长。《护生画集》第三集题字者。

再求书写也。法师原意，欲刊出六集，五十岁时刊第一集（五十幅），六十岁时刊第二集（六十幅，以上两集已出），七十时第三集（七十幅），八十时第四集（八十幅），九十时第五集（九十幅），百岁时第六集。此愿甚宏，弟拟竭尽绵力，达成其志也。四、五、六集拟提早绘制，恐十年一集为弟之世寿所不许也。敬颂道安

小弟 丰子恺 叩
〔1949 年〕一月廿一日

致觉星法师[1]

觉星法师：

　　惠示敬悉。岷埠刘校长嘱绘玉照，此道弟不胜任，故向不画像。尚乞代为婉谢。佛菩萨像可以应嘱，但请详示何菩萨及纸面大小，倘属能绘，当可遵命。弟近为他事烦忙（作"护生画"第三集），国内暂停收件。惟南洋方面则仍可收。（因为数不多故仍收也。）承询润例，请转询性愿老法师可也。顺颂

道安

俗弟 丰子恺 合十
〔1949年〕一月廿四日〔厦门〕

---

[1] 觉星法师，当时在厦门南普陀寺为僧。

致李圆净[1]

圆净吾兄：

久未通问。弟去秋旅台湾，一住两月，而大局克变。遂转道闽南，访弘一法师故居及其生西处。闽南人士受法师感化极大，佛法空气十分浓厚，对弟之来，亦竭尽欢迎。因念今年，法师七十冥寿，法师住世时，曾与弟约，彼七十岁时作护生画三集七十幅（第一集五十幅，二集六十幅），八十时作四集八十幅，九十时作五集九十幅，百岁时作六集百幅。其信犹存。弟今来闽南，适逢其时，遂在厦门暂租一屋，（址为古城西路43号，租期六个月，大约五月归去），专为绘制护生三集，今已完成三分之一矣。在厦开一画展，卖画所入，足供半年薪水之资，幸得放心作此"净业"，亦乱世之美事也。其诗大半选古人作，小半只得由弟自作（托人每不合意），今抄录自作数章奉上，如有佛教刊物要稿，可先发表之。画则尚在起稿中，大约四月中必可完成。

---

[1] 载1949年3月1日《觉讯》第3卷第3期。李圆净（1894—1950），本名荣祥，别号圆晋，又署无相，圆净是他的法名。广东三水人，久居上海。对《护生画集》的编辑、出版多有贡献。

即颂

时安!

弟 丰子恺 叩

　　四月中旬完成护生画后,即离厦返沪,或赴香港一行,未定。弟杭州寓中仍有家人留居。

〔1949年初〕

致苏慧纯[1]

慧纯道兄：

　　三日示奉到。弟作《护生画三集》，今已将半，大约四月底可完成。五月初即携赴香港，请叶恭绰老居士书写（诗文皆选古人作或由弟自作，叶居士专事书写，因彼来信言，衰老不耐构思作诗故也）。五月底约可携全部书画稿返上海。尊处发心刊印，功德甚深。届时弟当将稿面奉，并面商刊印之事。第一、二集流通甚少，各地均购请不到（开明书店亦无力再印），能得吾兄宏愿，使三集一同行世，诚末劫之异彩也。觉刊寄杭州者，皆由家姊（……亦皈弘一法师者）收阅保存。弟离杭游台湾闽南，出门已四月余，尚须两月方可返杭。在途中亦时得阅读。今寄上醒世画二，可聊作书面之用。觉刊以后仍寄杭。因弟旋踪不定。反而亦损失也。

　　即颂

---

[1] 载1949年4月1日《觉有情》第10卷第4期，题为《与苏慧纯居士》。苏慧纯，生于1903年，曾经商南洋，弘一法师之好友。晚年在上海经营大法轮书局，出版过《觉有情》杂志。

道安

弟 丰子恺 叩

〔1949年〕三月六日

致丁淼、何葆兰[1]

嘉树兄、葆兰弟共鉴：

在港多蒙厚遇，心甚感谢。别后在穗三宿，时局突变，即飞返上海。且喜沪上平安无事。居民对战事已感麻木，但竞储粮食，以备困守之需耳。仆已订购一屋，昨日迁入，地址"上海西宝兴路汉兴里46号"。此后通信直寄可耳也。到沪近二周，尚未见过林达祖居，望有信写告贤伉俪消息。杭州及嘉兴已成"外国"，音信不通。火车只达松江。秀沪车只达陆家浜（昆山南）。上海惟海空两路尚可通外埠。物价飞涨银元吃香，地摊到处皆是。离沪半年，不料一变至此也。顺颂
双安

弟 丰子恺 叩
〔1949年〕五月十一日〔上海〕

---

[1] 丁淼，生于1907年，字嘉树，笔名丁丁，上海人，作家。战前曾在学校任教与在报馆任主笔，《作家》月刊发行人，并编辑"作家丛书"，成立作家出版社。其妻何葆兰，又名何心，作家，是丰子恺任教松江女子中学时的学生。

致潘应人、陆亚雄[1]（十七通）

一

应人学友：

　　昨日陶先生[2]来，出示吾弟所寄彼之信；今即收到来函，至为欣慰！相别倏忽二十年，于人民解放后通信晤会，诚为喜幸。仆暑期暂居"重庆南路南昌路四十三弄七十六号"，不久仍返西宝兴路（汉兴里四十六号，有人看管）。因近正编著苏联艺术论，此间较静，利于工作故也。吾弟公忙，勿劳走访；大家在上海，会面必有机缘也。

丰子恺 叩
〔1949年〕七月六日〔上海〕

二

应人仁弟：

　　示奉到。曹漫之副主任欲得钱君匋君金石，当即代求，稍

---

[1] 潘应人，丰子恺在立达学园时的学生，左翼作家，烈士、作家潘漠华之弟。陆亚雄为其妻。
[2] 陶先生，指陶载良。

缓报命。先此奉复。鲍君[1]事多蒙眷念，甚是感谢。彼昨在美展会场相遇，云正在考虑进行。

美展仆已于昨晨看过，材料丰富，技法精美。其中"年画"尤可赞佩。因其适合工农兵兴趣，可得广大群众之欣赏也。不知吾弟高见以为然否？即颂

公安

小兄 丰子恺 叩
〔1949年〕九月一日〔上海〕

三

应人仁弟：

曹先生图章，已代请钱君匋君刻成。今送上，请转赠。前嘱一吟画毛主席像。彼昨日已画成，连同《时代》一册送上，亦请赏收。来信彼已收到。因彼近日甚忙（开学），还要去大新公司为美展服务，故不及作书，嘱我代笔致意。她说谢谢你送她的许多画片。即颂

公安

小兄 丰子恺 叩
〔1949年〕九月六日〔上海〕

四

应人仁弟：

近来忙于研习，久未通问。今小儿丰元草欲投考第九兵团

---

[1] 鲍君，指鲍慧和。

知识青年训练班,特介绍其拜访,请赐指示,以利进行。至深感荷。

此子本在北京交大肄业,因病返杭疗养,今幸痊愈。不思复学,而欲直接考训练班,为人民服务,我甚嘉许,故特介绍前来请教也。顺颂

秋祺

小兄 丰子恺 叩
〔1949年〕十月廿五日〔上海〕

前送下二千元,早收到。又及。

五

应人仁弟:

画二张奉赠黄局长及吾弟留念。近读《资本论》兴浓,以致迟迟画成,至歉。元草曾在北站动身时与足下再晤。彼从济南来信云,队中生活甚为安适。谢谢介绍保证之助。顺问

公安

小兄 丰子恺 叩
〔1949年〕十一月十七日〔上海〕

六

应人仁弟:

初解放时,曾为张生[1]写弘一法师诗词。今始出版,寄

---

[1] 张生,指张心逸。

赠一册，藉留遗念耳。（此为佛学书局半赠品，非营业品也。）近日想仍多忙。仆亦碌碌如恒。解放区域日广，旧友可通信者渐多，甚喜。惟国际风云变幻，每晨读报，时多愤慨耳。

即颂

日安

小兄 丰子恺 叩

〔1949年〕十二月三日〔上海〕

七

应人仁弟：

　　昨夜决策，甚为妥善。足下以老练沉着之态度整理此校，初步虽吃力，后来必成功。"有困难，有办法，有希望"，真非虚言。今晨鼓兴作一画，附上乞收，作为纪念。

　　助手找到否？如无人，鲍慧和可用。此人非"打将"，而是"守将"，守职稳妥忠实，可为足下之忠诚助手。但倘另有更妥者，则更佳。仆因过去请他代课，此次又许为另觅工作（代课之校，下期闻不再聘他），为两便计，故尔提及。如已有人，则缓缓另行设法亦可。

　　明日迁居[1]，今日写好此信后，即整理行物。需二三日之忙乱，方得安定。杭州之行，必须待校事有眉目后实行。足下接手之后，仆当在四马路静候佳音。惜无电话，消息沉迟。凡有急事欲见示者，可派景德工友徐福进（原是我家工友，两月前

----

[1] 指从南昌路43弄76号钱君匋寓迁往福州路671弄1号章锡琛旧寓。

让与景德者）走送信函。即颂

日祺

<small>小兄</small> 丰子恺 叩

〔1950年〕一月廿二晨〔上海〕

八

应人仁弟：

示奉到。罗良能乃立达校友，现任京沪两路局专员，为人勇猛精进，刻苦耐劳，近复努力学习革命理论，常来此与仆讨论。因闻足下从事革命年久，学历精深，故嘱介绍请教耳，别无他事也。来访时请接见为感。即颂

时祺

<small>小兄</small> 丰子恺 叩

〔1950年〕七月二十日〔上海〕

九

应人仁弟：

予同[1]来复，附上。（下半关于别人的事，故裁去。）他所言请区政府方面助力，不妨一试。我想，此事胜利一定在陆小姐方面，不过费一点口舌而已。

我痔疮又发，近来多病，深以为苦。大约一周左右（摒挡琐事），即返杭疗养。家眷仍住此间。顺问

---

[1] 予同，指周予同（1898—1981），经学史专家。

日安

> 子恺 顿首
> 〔1950年〕八月十日〔上海〕

十

亚雄女士：

来信欣悉。新年里嘱我替小咪取名，我竟忘了（也许喝了酒之故），甚是抱歉！小咪的照片，被一吟收集在照相簿子里，因此更容易忘记了。我正在想，想出了适当的名字，我就告诉你。（写了红帖送上。）照应人本来的姓，这是我国的习惯，是很对的。（照科学理论，孩子体内，父亲的成分比母亲多些，这是一个医士告诉我的。所以照父亲姓有科学根据。）我风痛在背，据说是每天伏案读俄文太久之故，现在，卧了几天早已好了。丰师母已经回来，我们久想来看你们的家，可是现在大家忙"三反""五反"，似乎不宜打扰人。天暖和点，大家空点，一定来望你们。你产期近了吗？二产一定平安，不可担心。此问
近好

应人弟均此。

> 丰子恺 具
> 〔1952年〕三月十七日〔上海〕

十一

应人仁弟：

示及毛主席贺寿书收到，谢谢。令兄所需书名，恐是《永

恒的追思》，本市大法轮书局（佛学书局，非营利的）有售。仆已去信，托其寄奉一册。想日内可收到。该局出版物大都赠送。(即售，价亦极廉。)故不须购求也。贺寿书暂不寄还，(想是送给我的。)供来客传诵。徐老先生真可钦佩，其自寿诗尤感动人。顺问
公安

小兄 子恺 叩

〔约1953年〕七月十四日〔上海〕

大法轮书局在南京西路一四五一弄十二号。以后如需求佛学书，可向该局问津。

十二

应人仁弟：

久未晤为念。想公私两胜。我九月间已迁居此间（址见信面）[1]，同时不幸患肋膜炎及肺结核，住院一个月，最近才出院，须绝对休息三个月，再去检验。故近日生活甚是沉闷。

有一事相烦：我的大儿子华瞻（复旦俄文教师）最近在北京结婚，其爱人戚志蓉，在北京商业部服务，请求组织上调上海，以便同居。组织上劝她自己在上海接洽工作（照理应该由他们代洽），然后由公家分配。她性近文教，便托我在上海物色中学教师工作。我对教育界也很生疏，只想起覃英[2]同志正担任第

---

[1] 指从福州路671弄1号迁往陕西南路39弄93号。
[2] 覃英（1906—1993），曾就读长沙女子第一师范、南京中央大学。毕生后从事教育工作。系作家王鲁彦夫人。

三女中校长（江苏路），该校规模宏大。我想问问她，下期需添聘教师否？能否用了我那媳妇？我自己一则病中不能出门，二则觉得不便亲自去托，还是找朋友转商为是。因念你与覃校长相熟，对我也相熟，便想烦劳你代为洽谈。倘第三女中需人，最好。否则亦请问问覃校长，哪个学校需教师的，她也许知道，可以忠告我。费你的心！问
好

亚雄均此

小兄 丰子恺 上

〔1954年〕十月卅一日〔上海〕

附戚志蓉略历。

十三

应人仁弟：

华瞻爱人调职事，前蒙指示办法，甚为合理。今其爱人戚志蓉之转职证明书及材料，已由北京商业部寄到复旦大学人事室，部方并说明"尽可能安插教育工作"。今特烦吾弟代为向教育局联系，请派任下学期学校教育工作，任课最好俄文，其次语文。（为工作方便，学校地点希望离陕西南路近些。）复旦人事室负责人言，需要证明书及材料时，可向该室电话联系。外附履历书两份。费神甚感。此问
近好

小兄 丰子恺

〔1954年〕十二月四日〔上海〕

十四

应人仁弟：

华瞻电话催促你，使你为难，我很抱歉！但这件事有两个原因要向你说明：一者，他们结婚时，考虑调职问题，我在旁说了大话，我说"我有好朋友（指你）在市府服务，事理明白，消息灵通，托他帮忙，一定顺利完成，你们可以放心"。后来华瞻向复旦申请，复旦人事室向他打了官话，说要转五六个机关，说不定一年半载方可完成。他着急了，来问我前言。因此我不得不管这件事，因此由我来托你帮忙。所以这件事，请你不要认为帮华瞻忙，请当作帮我的忙，我说出了大话，自己却无力，所以只得托你帮办。但他也并非希望明天立刻把老婆接回上海。只因函件迟缓，冬假短促（二星期），倘放假后去信，深恐赶不上下学期开学，因而又须耽搁一学期，所以他争取早成耳。二者，这件事性质同别的公事有些不同：他们夏天在北京结婚，同居十余天即拆散，各自服务去。新婚久别，其渴望可想而知。（你前年也许有过这种体验。）所以不免着急些。你此次玉成他们，倒是真真的"月下老人"，将来他们团圆后，少不得请你多吃几个蹄髈（笑）。所以请你不要当作其他公事一例看待，只当作趣事，用父兄的态度帮助他们，让他们生活满足，安心服务，至感至感。我近日又吐血，真有些惘然！祝好！

子恺 上

〔1954年〕十二月十三晨〔上海〕

招待吴努[1]的宴会我不能到了,可惜。

十五

应人仁弟：

多时不见,今得信始知你两年来情况。你偶犯错误,政府努力挽救,不久定可改过自新,重返革命队伍。记得二十余年前,你出立达后,曾为革命受反动政府不少虐害。所以立达诸师生,大家都器重你,爱护你。希望你今后努力自爱,勿负政府及师友期望为要。我与内人两年来一切如旧,惟年老体衰,时多疾病耳。华瞻夫妇仍在复旦江湾任教,元草仍在北京音乐出版社,新枚已入天津大学。其余各人皆照旧。一吟旧病未愈,时而复发,尚在家疗养。待她好些,当嘱去访亚雄（附来信两封附还）。叫她常来此玩玩。陶校长（载良）仍在松江,但已退休,正在养老。曹辛汉先生亦康健,惟一目失明,一目稍见,亦等于盲,颇寂寞也。匆复问好。

子恺

〔1959年〕十月二十日〔上海〕

十六

应人仁弟：

今晨吴朗西来谈。他很盼望我们调解,他愿意让出文生（即文化生活出版社）一部分资产来遣散他的一部分同人。据他说,

---

[1] 吴努（1907—1995）,曾作缅甸总理。

此班同人共十人，其中四人是主要的（弟，弟媳，干女儿，及另一人），三人是附和的，又三人是两面倒的，无所谓的，只要利于自己，两面都可合作。

现在他除此十人之外，还有五人（一是他自己，另四人是同情于他的）。你想，小小一书店，弄了十五个人，这生意怎么做？据说，十人之中，薪水大的有三百单位的，小的也有一百多单位，平均每人要二百单位。但是开销也能过去。于此足见生意还是好的。据说，所以用这许多人，本来是因为有门市部的原故。但如今门市部不需要，而这班人不能遣散，终日闲散，不劳而食。——这状态分明是不合理的，不能继续长久的。为了文化界计，我们也应该帮他们整理。

他听见我说，新闻处表示无法调解（你说的），他甚盼我们出来讲话。并且要我代为恳托你。因为你对巴金比我交深。

我想，对巴金说话，很难启口。因为表面上，他是局外人呢！你同他讲价钱，他一定不肯说。但我又想，交情深的也许可以说，（我对他是不能说的，真可谓"交浅言深"了。）你说只托他"帮忙"调解，因为他对内部熟悉的原故。

这样，他许肯答允。

吴朗西是一个对商业富有经验的人，他肯出钱收买该社，他的目的和他的能力（经济），我们可想而知。巴金的平明，恐资本不及他雄厚，那么，这在巴金料也是欢迎的。如果如此，我们中间人就有玉成之望了。你试一试吧。探取巴金的初步意见，然后再讲斤头。你很忙，不必跑来复我，通信也可以了。

这封信不可给他人看。

子恺 叩
〔年代不详〕七月十六日

十七

应人仁弟：

今日吴朗西君来访。我将足下及刘北汜[1]先生之意转告，彼甚盼第三者出而调解，对于"拆分股份"彼亦同意，但言"请调解人详细了解情况，秉公处分"，则彼无不接受云。请将此意电告刘先生，请其探询对方意见，予以拆衡可也。我个人很赞成他的"拆股"，因为这样可以根除种种纠纷。吴能接受我劝告，料此事容易解决了。

顺问

暑祺

小兄 丰子恺 叩
〔年代不详〕七月卅午

---

[1] 刘北汜（1917—1995），吉林省延吉人。编辑、作家、文学家、历史学家，中央文史研究馆馆员。代表作《故宫沧桑》。

致龙榆生[1]（七通）

一

榆生先生：

惠示奉到，信已于今日交大会秘书处送陈市长[2]，勿念。因今日市长未到会，故未能亲交。日后见面时，当为提及。专复，即颂

日安。

弟 丰子恺 叩
〔约1950年〕

二

榆生先生：

示奉到。记三年前弟迁入此屋之次日，曾蒙惠过，惜当时另有他客，未曾多领教益为憾。朱咏葵君曾来此探询尊址，后

---

[1] 龙榆生（1902—1966），名沐勋，字榆生，号忍寒，江西万载县人。曾任暨南大学、中山大学、中央大学、上海音乐学院教授。主编过《词学季刊》，编著有《风雨龙吟室词》《唐宋名家词选》《近三百年名家词选》等。

[2] 陈市长，即陈毅市长。

藉悉近况佳胜,至以为慰。今承赐浣溪沙,写作俱佳,甚可宝爱!惟弟已三年余不亲画笔矣。(初因学习俄文,后因右手患疯痛不能掌握毛笔,今则忙于翻译,绘事益生疏矣。)忍寒校词之图,目下力不胜任。只得待将来重理旧业时再行报命也。(人民日报、解放日报屡来索画,均经婉谢,约以将来。)开明版尊选唐宋名家词,为弟所爱读。今抄梦江南二阕寄奉,聊答雅惠耳。顺颂时安。

丰子恺 叩
〔1953年〕十二月十六日

兰烬落,屏上暗红蕉。闲梦江南梅熟日,夜船吹笛雨萧萧,人语驿边桥。

楼上寝,残月下帘旌。梦见秣陵惆怅事,桃花柳絮满江城,双髻坐吹笙。(皇甫松《梦江南》)

读忍寒词人《唐宋名家词选》率书志兴。

子恺

附下矾纸,写坏一张,另一张璧奉。又及。

三

忍寒居士:

来示欣悉。令媛[1]知弟将北游,想是小儿华瞻所传述。小

---

[1] "令媛",即龙榆生长女龙顺宜,当时供职于北京图书馆。

儿近赴北京，将与图书馆同事戚女士之妹结婚，强弟北去主婚，暑中实懒于远行，正嘱其来沪结婚，故弟行止尚未定也。倘北行，定可与令媛图晤，（赐教）则不敢也。

人民文学出版社将刊古典文学，曾以目录寄来嘱题意见。尊选唐宋名家词再加校订，当更美善。市长重视此工作，邀居士专精撰述[1]，足见国家宝爱古典遗产，发扬民族精神，至可喜也。专此奉复，即颂

文安。

弟 丰子恺 上
〔1954年〕七月廿二日

四

榆生先生：

驾临时弟在医院疗养，失迓甚歉！蒙赐示并佳制，小儿送到医院，医生正禁止看书，得大作减字木兰花吟哦之，慰我良多！弟于重阳前数日出院，所患乃结核性肋膜炎，肋膜已愈，而肺结核需要三个月绝对休息，故近正在作彻底之有闲者。所惜此病禁酒，"共陶陶进一觞"[2]一句惟有心领而已！弟所迁居之屋，在旧阿尔培路（陕西南路）亨利路口（新乐路），即凡尔登花园，

---

[1] 指陈毅市长谕文管会主任委员徐平羽，转嘱上海博物馆馆长，允许龙榆生专心撰述，不必随例上班。

[2] 龙榆生曾赠丰子恺《减字木兰花》一阕，最后两句为"维摩丈室，花不著身何有疾。又近重阳，可共陶陶进一觞"。

去尊寓不远。弟不能出门，何日有暇，盼惠临畅谈，至为欢迎。

　　此致

敬礼。

弟 丰子恺 上
〔1954年〕十月廿三日

五

榆生先生：

　　示奉到。唐宋名家词选及近三百家词选将重版行世，甚可欣贺！嘱为作图，实甚难奉命。因弟搁画笔已数年，专事俄文学习及翻译，虽欲破例，无奈手不听命！谚云：拳不离手，曲不离口。盖技术一经荒疏，必须再加长期训练，方能表演，画术亦由拳曲也。因此近来各界（人民日报、解放日报、各杂志、各旧友）索画，一概婉谢。先生此选，于词道贡献甚巨！弟意唐宋之词，瑰丽温雅，自身已有无量之美，不须用画附饰；附饰以画，反失体统。不知高见以为如何？倘必欲附饰拙画，则弟之旧作倘能觅得（弟自己所藏已抗战战中□失），选其适用者附饰之，作为补白，则固无不可，乞尊裁为幸。

　　闻先生在博物馆办公，弟颇思来参观，并拜访，只因近患贫血，易晕厥，独自不敢出门。且待复健后造访。此致

敬礼。

弟 丰子恺 叩
〔1955年前后〕三月三日

六

榆生先生：

昨《光明日报》载有论词文章，今剪下寄呈，词家对此必感兴趣，并有高见也。即致教礼。

^弟 丰子恺 上

〔约1956年8月后〕九月十三日

附剪报，不须寄还。

七

榆生先生：

弟旅游昨日始返，示奉到。前赐大著，便于青年学习，至可赞佩。毛主席词命意高雅，含义深邃，弟未敢冒昧作画，方命为歉！今寄近作一图附赠，以答雅意，请予指正。匆复，致敬礼。

^弟 丰子恺 具

〔约1958年〕三月十五日

致钱君匋[1]

君匋仁弟：

前承属将《音乐入门》交贵社重刊，今已修饰完工，随函送上，即请转交。复有二事要求贵编辑部：（一）倘蒙"加工"，必须得著者同意。（二）将来校样，希望给著者校阅一遍。

附陈者：政协美术组要求政协主办书法展览会。昨得悉，政协未能同意，因此书展未能顺利进行，正在另想办法。余后面谈。即问春安。

子恺 叩
四月七日[2]。

---

[1] 钱君匋（1906—1998），作者在上海专科师范时的学生，后为金石书画家。曾任西泠印社副社长、上海文艺出版社编审等职。

[2] 此信约写于五十年代初。

致宋云彬[1]（八通）

一

云彬兄：

扇面草就，送上乞正。本欲前来与兄长谈，因伤风转剧，不便出门，容再图晤。

雪村[2]之戚吴翊如[3]来信，附呈。此人如何安顿，乞加考虑。关于招聘机关，弟毫无所知，故以奉商。顺颂

客安。

弟 子恺 叩

〔1956年〕八月十七日

二

云彬兄：

近得晤甚幸。关于斯大林之刊物，弟无从觅得。尊处倘有，

---

[1] 宋云彬（1897—1979），浙江海宁人。文史学者、杂文家、民主人士。三十年代任开明书店编辑，主编过《中学生》杂志。曾任浙江省文联主席，省文史馆馆长等职。

[2] 雪村，即章雪村。

[3] 吴翊如，浙江省绍兴市人。曾任中华书局古籍中心编辑，点校整理《宋邢统》《三藩纪事本末》等书。

乞赐借一阅。

关于吴翊如，其信已挂号寄发。有吾兄具名并附信，事必成就。此可副雪村兄之雅望也。

秋内拟来杭望望马先生[1]等，但近日秋老虎肆威，未敢出门，且待中秋左右再看。顺致
敬礼。

弟 丰子恺 叩
〔1956年〕年九月三日

三

云彬吾兄：

来示奉到。马先生过沪，曾在沧洲饭店[2]一晤，郑晓沧亦见面。吾兄春来身体不适，想是今年气候异常之故，春暖后当能健康。来信毛笔字遒劲可喜，（可惜写在稿纸上）足证精力旺盛。弟脑贫血复发，偶在文中提及，有劳垂注甚感。近连服"力勃隆"，早已若失。关于纪念弘一法师，吾兄所言办法甚是。弟已写一篇小文，随函附上，请吾兄先审阅一下，如认为可，即将代为付邮。希望吾兄亦撰文在杭报披露。如此，或可促成美事。然实际上全赖吾兄大力。因为事在杭州，近水楼台先得月也。关于法师临终偈，（记得是：君子之交，其淡如水。执象而求，咫尺千里。问予何适，廓然忘言。华枝春满，天心月圆。）

---

[1] 马先生，即马一浮。
[2] 沧洲饭店，疑为沧州饭店，现锦沧文华大酒店。

及其他事实,有《弘一大师年谱》可查,弟日内付邮寄上。(因被人借去,故今日不能寄,已去信索回,收到后即付邮。)圣陶夫人在医院病危,人民日报的记者(即弟信所投之人夏君[1])来信,言日内恐不行。春寒太甚,弟到杭期未定。此致

敬礼。

弟 子恺 叩

〔1957年〕三月十二日,午。

临终偈,弟已在别书上查到,上文所记无误。

四

云彬兄:

前日得函甚喜。苏州之游,不知吾兄有兴否?弟甚盼吾兄能偕马一浮先生由杭州赴苏,请杭州当局予以途中照顾。弟则约期由沪到苏相晤。如此,于马老甚为方便。今日火车旅馆饭馆等甚拥挤,马老出门,非有公家照顾不可。此事惟吾兄能为彼安排也。倘有游兴,请就近与马老约定,并示日期,弟当赴苏同游。(弟自有住处,不须烦公家。)雪村兄尚留沪,须再住月余返京云。顺祝

春安。

弟 丰子恺 上

〔1957年〕三月廿一日

---

[1] 夏君,即夏宗禹。

五

云彬兄：

寒食信清明日收到。吾兄决意玉成纪念馆，功德无量！（此功德二字不仅指宗教，亦指文艺。）在省政协约几位同志联名提案，并和当局面谈，此办法极好。杭州当局中不知有否弟熟识之人？如有，弟拟以私人关系去信怂恿，或者可以加一臂之力。吾兄倘认为可行，下次来信时谈及。圣陶前天亦有信自广州寄来，言到杭后即来沪。弟目前不拟到杭，将来为纪念馆如有必要，当随时动身。原稿纸乃自制锌版，弟亦确得合用。市上发售者有三缺点：一、夹缝太狭，修改不便；二、颜色太深，有时与自来水笔字迹冲突；三、花样噜苏，又不美观。弟所自制，避免此三缺点。今寄奉一张，但颜色太淡，恐翻版不易。吾兄倘不急需，弟当托便人将锌版送上，现成印制，较为便利。（锌版只一半，乃作两次印成，因锌版全块太贵，半块资十余元也。中间"缘缘堂……"乃一小锌版，并不连牢。）今日清明，遥念西湖，不胜神驰，此间只有一瓶桃花耳。

敬礼。

弟 子恺 叩
〔1957年〕五七年清明

六

云彬兄：

　　金华温州视察想可归来。沈仲九[1]先生来信及剪报，今一并附上，请看，如有机缘，请为徐锡麟[2]烈士一言。圣陶兄来沪时，兄能偕行否？颇盼同来酒叙。顺致

敬礼。

弟 丰子恺 叩
〔1957年〕四月廿三日

七

云彬兄：

　　圣翁伯翁来，我要仲华、予同[3]、绍虞[4]、傅雷[5]等友人酒叙

---

[1] 沈仲九（1887—1968），原名铭训，号仲九，浙江绍兴人。光复会会员。曾去日本、德国留学，回国后在浙江师范等学校任教，后随国民党高官陈仪工作，人称为陈的"智囊"。新中国成立后在中华书局编纂《辞海》。上海文史馆馆员。

[2] 徐锡麟（1873—1907），浙江绍兴人，光复会会员。1903年赴日回国后在绍兴创设书局，传播新译书报，宣传反清革命。1906年赴安徽任武备学堂副总办、安徽巡警学堂会办。1907年徐锡麟在安庆刺杀安徽巡抚恩铭，率领学生军起义，激战四小时攻占军械所，失败被捕，次日慷慨就义。

[3] 予同，即周予同。

[4] 郭绍虞（1893—1984），原名希汾，字绍虞，江苏苏州人。主要致力于中国古典文学、中国文学批评史、中国语言学、音韵学、训诂学、书法等理论方面的研究。二十年代初与茅盾、叶圣陶等创立文学研究会，新中国成立后历任复旦大学中文系主任、同济大学文学院院长等职，《辞海》副主编。

[5] 傅雷（1908—1966），上海南汇人。翻译家，文艺评论家。1927年赴法留学，专攻美术理论和艺术评论。1931年回国后即致力于法国文学的翻译与介绍工作，译作丰富。

一次，谈得很畅快。现两人皆已北返矣。

弘一法师纪念室事进行得如何？念念。阴历九月初四是十五年忌辰，希望彼时能实现。黄鸣祥[1]兄前日来此，言倘成立纪念室，需人办事，他愿意以业余时间来无条件从事，同以前造塔时一样。（塔是他一手办成的。）我想，和尚（宝云等）不了解文艺，办事恐不适宜，鸣祥办是好的。

今日中国戏剧学院来信，问我借关于弘一法师文献，足见戏剧界很热心，我已寄文献去。

杭州日报来信索关于弘一法师文，我写了两篇，（《李先生的文艺观——先器识而后文艺》，一月前登出。《李先生的教育精神》，前天登出。）兄或已见到。盼兄也多写些文章发表。致敬。

弟 子恺 叩

（1957年）五月十八日

八

云彬兄：

示奉到。钱翁事已蒙鼎力玉成，美意深可感佩。弟已函告尹默[2]先生，并代为敦促墨宝，想不日有复寄上。弟游金华，

---

[1] 黄鸣祥，弘一法师学生。虎跑寺后山坡的李叔同纪念石塔，即是由黄鸣祥监工，宋云彬指导，并请马一浮题字。

[2] 尹默，即沈尹默（1883—1971），浙江湖州人。书法家。早年留学日本，后在北京大学、辅仁大学任教，曾任中央文史馆副馆长。

山洞颇奇特，昨日始返沪也。匆匆过杭，只见一浮先生，彼拟赴金华双龙洞避暑。

弘一法师文承补充，甚善。来信言工作效率低，此乃此年龄当然之事。弟每日四时半起身，五时至七时半之间，工作效率较大，上午已稍差。下午即不耐用脑矣。《弘一法师遗墨》即将印就，出版当奉赠。

敬礼。

弟 子恺 叩

（1966年）六月五日

日后事成，弟当将来示寄与钱翁看，使知吾兄关怀乐助之美意。又及。

致胡宅梵 [1]

宅梵先生左右：

获示已久。承赐八大画册谢谢。因嘱画久无题材，故未奉报，罪甚！今偶得四题，描就寄奉，即乞指正。大作已领教，如"开窗放进数重山"，诚佳句也。弟病休闲居，百事无聊，承谬赞愧甚。他日有缘识荆，则幸甚矣。敬叩

大安

弟 丰子恺 顿首
〔约五十年代初〕八月三日

---

[1] 胡宅梵（1902—1980），弘一法师为其起名，原名胡维铨，浙江慈溪人。1930年成为弘一法师皈依弟子，并遵师嘱作《地藏菩萨本愿经白话解释》，弘一法师为其写序。胡宅梵曾为教师，对文史哲及文物研究颇有造诣。新中国成立后仍从事佛学研究，著述达六十余种。大部分收藏珍品在"文革"中散失。

致朱侃[1]

朱侃先生：

寄来的画六张，印刷甚佳，谢谢。看见画的人，都想拿一张去贴在家里。

这六张立刻被拿光了。倘使你们那里还有余多，我想再讨几张来分送。如果已经没有，也就算了。此致

敬礼。

丰子恺 叩

1951 年 5 月 17 日

---

[1] 朱侃（1925—2008），曾任杭州日报编辑、杭州师范学院《汉语大辞典》编纂组成员。

致孔另境[1]（十二通）

一

另境兄：

嘱修改《新名词词典》"美术音乐部"，经弟细看原文，非但毫无"新"名词，即"旧"名词亦历乱无章，应有者不有，而不必有者则有之。且解释欠当，寥寥数条（美音共只三十余条）而已。经弟考虑，此部分如欲改良，只有重新编著：取美术、音乐上"新名字"及"常识的旧名词"（专门的不要）另行新编，方有意义。不识吾兄以为如何？倘蒙同意，则此美术音乐部大约多少字？须请通盘计算，定一限度见示，以便规定取舍标准。因此部可详可略，可大可小，全无定规也。

据书业界友人言，该词典过去有一作风，为各界所不满，即常常改换新版（借口新名词增加及意义变更），要读者再买一部。实则新版所改微几，全是推广营业手段而已。新名字增加及意义变更，亦事实所难免。但可续出"补编"之类，不必请读者再买一部也。附告以供参考。即致

---

[1] 孔另境（1904—1972），原名令俊，字若君，笔名东方曦，浙江桐乡乌镇人。茅盾夫人孔德沚之弟。当时任上海春明出版社总编辑兼经理。

敬礼

弟 丰子恺 叩

〔约1951年〕八月五日〔上海〕

二

另境兄：

招牌写奉，不知大小是否合用？昨闻物色编译人才困难，弟今想起一人，是英法文政治史地专家，弟认为是可用之才。尊处倘需要此种人才，弟可介绍谈谈看。——但弟并非受其人之托而为介绍，亦并未得彼同意，先以奉告吾兄耳。其人名邱祖铭，乃弟老同学，曾在欧洲各国二十余年，任公使馆职务。先后历任英国公使馆职员，土耳其，比利时，埃及公使。英法文精通（弟近正与彼合译文艺），政治史地常识丰富。中国旧文学根柢亦深。虽当廿多年外交官，但经常在外国，与国内反动派关系极少。（周恩来外长曾派人招待他吃饭，问他有否服务兴趣。他因地点不合，未曾要求出仕。）解放后住上海，从事译作，曾译斯大林传，交出版总署，因著者（英国工党员）观点不对，未能出版。但出版总署见其译笔信达，替他惋惜，约他以后译作先将原本寄署看过然后动笔（章雪村介绍）。——尊处倘缺少英法文，政治史地人才，此人可以聘请。如不需要，则无须作复也。顺致

敬礼。

弟 丰子恺 叩

〔1951年〕八月十五日

三

另境兄：

　　招牌字遵命改写奉上，乞正。前取晋帖索靖月仪体，本意欲使"春明"有特色，可作商标性用。尊见以为不通俗，（《解放日报》更不通俗，但是毛主席书，则又作别论，一笑。）则改用正楷体亦可。惟弟不善写楷体，故甚不调和，是否可用，还望指教耳。即致

敬礼

弟 丰子恺 上

〔约1951年〕八月廿七日〔上海〕

四

另境兄：

　　俞乃大稿遵命校改，今已完成。请注意：

　　（一）第三十二页——须查原稿，然后改正。

　　（二）第四十一页——锌版须刻去些。

　　其余照红笔改正可也。至于序文，作者并未要求，弟似乎未便自动作序。（校改乃书店任务，弟可受吾兄嘱也。）请原鉴为荷。

　　再者：《新名词词典》"美术音乐部"，经弟计划，此工作甚为麻烦。盖必须参考许多书籍，搜集，选取，注解，甚费时日。而弟近来学习及工作甚忙，竟无此暇。因拟请暂时从缓。此部分其实并不重要，不妨暂时仍旧，将来从容改编，如何？即颂

日安

弟 丰子恺 敬礼
〔约 1951 年〕八月卅一日〔上海〕

五

另境兄：

送下音乐校样收到。近患恶性感冒，头晕发热，每日工作时间不多，故尚须数日校毕。遵命作序。工毕即送上。

弟上月根据"共同纲领"写一习字帖。前晤谈时闻吾兄有"笔顺"计划，弟窃取尊见而试行了，似乎还合用，就名为《笔顺习字帖》。已托许多朋友看过，大家认为可用。尊处未知有否此类稿件？倘需要，弟愿托尊处出版，因为是窃取尊见的。惟此间近日无人送信，弟又怕风不能出门，只得烦尊处派工友来取。取去看看，是否可用，再作决定可也。此致

敬礼

弟 丰子恺 叩
〔1951 年〕十一月十九日〔上海〕

施先生[1] 均此

六

另境兄：

音乐稿已校好，序亦写好，奉上请收。此著者观点正确，

---

[1] 施先生，作家施蛰存（1905—2003），作家、文学翻译家、学者。当时在春明出版社任职，后任华东师范大学中文系教授。

文字清通，我所改的不过几处小疵而已。

《笔顺习字帖》（初集），今日起赶速编制。决在昨所送来的《常用字表》（弟亦早已买一册）中选取笔数简少的，（拟至多不过十二笔的，）编成文句，仍旧一百句，每句四字，共五十页，与次集（已送上的一册，下加次集二字，妥否？请酌夺）完全相同。第一句已想出："工人文化"，以下的正在思索中。笔顺由你们填写，很好。那么我写好一部分，发送一部分，以便早日成就。我估计，一星期左右必可完成。那次集你们可以先去铸版。

昨函询及出版条件，弟希望共存同荣，取抽版税办法，不知您社税率如何？弟有希望在稿交齐时预支若干版税。可否请见示为幸。顺致
敬礼

弟 丰子恺 叩
〔1951〕十一月廿二日

今日本欲走访，为节省时间，暂不前来。

七

另境兄：

《笔顺习字帖》初集工作已及一半，本周内必可脱稿。兹奉达二事：

一、笔顺请仍由弟自注。因为此间工具均备，且弟已熟悉，不甚费时，免得尊处代劳。且因时时修改前后文句，不能先送半部至尊处注笔顺，必须全部完成方可送上，故尊处代注，时间仍不能省也。

二、前所提出版办法，不知能否同意，尚祈见示，以便决定为荷。顺问

日安

弟 丰子恺 叩
〔1951年11月〕廿六日〔上海〕

八

另境兄：

昨日闻需要出版方面人才及俄文方面人才。关于后者，明后日小女去俄国教师处，可遇见娄穆，当面询意见，后再奉告。关于前者，弟今日忽然想起一人：张梓生[1]，前《申报·自由谈》编者，《申报年鉴》编者，开明南京分店经理。不知吾兄认识此人否？此人今年约六十左右，绍兴籍，目下无职，住子女家。彼对于出版界相当熟悉，对于近代史实尤其熟悉。对吾兄昨夜面谈时所提出需要，似乎合格。故特函告，以供考虑。彼有子女七八人，大都成立，最近住长女家（长婿即上海医学院长钱德），过新年后即欲赴北京长子家，（倘要聘他，他即可留。）正在托君匋买车票。（君匋曾一度想聘他，后来因彼不谙音乐，作罢。）倘有意，我们再详谈。顺颂

年祺

弟 子恺 具
〔1952年〕一月廿九日〔上海〕

---

[1] 张梓生（1892—1967），新闻出版家，丰子恺之好友。

九

另境先生：

来示奉到。令爱欲考音校，弟已向音乐院一教师探问过，据言：春季不招考，要秋季招考；又，报考须由原校介绍，（即请令爱现在之学校出一介绍书。）经过考试，决定录取与否。

如此看来，只得等到暑假再去报考。弟对音乐界，久已生疏，向无联系。今所探询之教师，乃小女的同学，昨日正好来访，故得知情况如上。顺颂
年祺

弟 子恺 上

〔年份不详〕一月廿九日

十

另境兄：

良能来，言春明拟聘彼任编辑，已由吾兄向彼洽谈。彼来问我可否应命。弟劝其就职；同时对吾兄之提议表示十分赞成，希望此事即日实现，弟愿为介绍人。盖青年友朋中，如良能之有能力，有眼识，有胆量者，实不多见。彼系立达出身，弟从彼少年时即熟悉其为人，故知之深。特为供给材料，以资参考。

此致
敬礼

弟 丰子恺 叩

〔年份不详〕七月十五日

十一

另境兄：

两示收到，迟报为歉。词典工作太繁，弟目下实无如许时间，故请从缓或另请他人编制为荷。

劳作弟毫无知识，故不能担任校阅，亦请另托专家为感。

此致

敬礼

弟 丰子恺 叩
〔年份不详〕九月二日

词典原样附璧

十二

另境兄：

昨晤谈后，知该稿即使能销，书店利润甚薄，且难免无同业竞争。弟亦觉版税率太低。故特奉商，拟请收回此稿，另图出版，实为两便。想吾兄必能同意。即请将该稿送下为感。不久，弟将另有稿子（俄文翻译之类）托贵处出版可也。顺祝

日祺

弟 丰子恺 叩
〔年份不详〕十一月廿八日

致马骏[1]

启尧仁弟：

示奉到。遗失通行证事，承代为办妥，至深感荷。干部办事死板板的，亦足见其认真。我们应该奖励，如此方可肃清过去马马虎虎之弊也。所代付广告费，当与以前代付之布价于见面时一并奉还，费心谢谢。第一次收到吾弟来信，见笔迹颇有泼力，想见公余之暇，常常学习书法，对此道必多兴味。不知近日所习何帖？我看吾弟笔意，颇近黄山谷。但必须从谨饬笔路入手，然后再学山谷一派活泼笔法。前日有西安友人寄我褚遂良书圣教序一篇，乃从石上托出，绝不走样。今附此书中奉赠。可用图钉挂有壁上，闲时欣赏或临摹。日后对于字之装法笔法，自能贯通。即请笑纳为幸。厂中事忙，一时未能来沪，我所托带之物并非急需，迟一二月亦无妨，不必另托人带也。暇请去访黄先生一次，另有函寄黄先生也。即颂

冬祺

小兄 丰子恺 叩

〔约1951年〕十二月二日

---

[1] 马骏，书法爱好者，时任杭州某印染厂厂长。启尧疑为笔名。

致开明书店总办事处（二通）

一

开明书店总办事处公鉴：

来示及《音乐入门》校本一册收到。我校时疏忽遗漏，承蒙指示四点，均甚正确，甚为感谢。现在照示修改，另封平寄，请照该本再版可也。（惟来示所云，"第十一页'曲和歌''歌和声乐'的分别不够明白"一节，我意"曲和歌"的分别本文已说明，而"歌和声乐"的分别无须另行说明，因为声乐犹圣歌。"声乐"是对"器乐"而言，"歌"是普通说法。不须详为分别说明也。）

再者：今有三事奉询，请赐复示为幸：

（一）开明今后收不收由最近莫斯科版俄文译出的美术、音乐译稿？

（二）译稿版税办法如何？（与著作相同或不同？）

（三）除抽版税外，有否收买版权之办法？

以上乞便中示复为感。此致

敬礼

丰子恺 具

五二年三月十一日〔上海〕

外平寄校书一册。

二

开明书店总办事处：

  复示收到，谢谢！

  今又有一事请示：二十余年前我译屠格涅夫《初恋》，由您店出版。当时我从英译本译出，刊为英汉对译本，后来您店又刊中文本，现在还在发行。

  现在我找到了俄文原本，正在校阅，拟出一俄华对译本，近日正在逐句对勘，将次完成。用特函询：倘您店适宜于刊印此俄华对译本《初恋》，当于完成后寄上请为审阅。倘非您店所宜出，则我拟交别处刊印。是否请求复为幸。此致

敬礼。

丰子恺 上
〔约五十年代〕三月廿三日

致刘其宽、刘其信[1]

其宽
其信 先生：

你们的信，上月早收到。我因为上海文艺整风开会甚忙，一切私人信件都迟复了，甚为抱歉。我自上海解放以来，即谢绝绘画，专研俄文，因此你们嘱画，暂时不能遵命，只得将来我空时重新作画，再行应嘱。今将附来钞票二万元原物璧还，请收，并请原谅为荷。此致
敬礼

丰子恺 复

五二、八、四〔上海〕

---

[1] 刘其宽、刘其信为两兄弟，丰子恺作品爱好者。

致蒋苏盫[1]

苏盫先生惠鉴：

弟等为弘一律主造塔，落成之日，蒙先生冒"弥天白雨"上山参与典礼，实甚荣幸！又蒙赋诗见寄，意真语切，当与塔同垂不朽也。专此鸣谢。即致
敬礼

弟 丰子恺 叩

〔1954年〕一月十五日〔上海〕

---

[1] 蒋苏盫（1893—1970），名国榜，江苏南京人，民国时期执我国桐油业牛耳之商人。工诗文，喜好金石、书画、碑帖等。平素乐助公益事业，晚年随马一浮游，常居杭州西湖蒋庄，旧蒋庄之主人。

致人民文学出版社

人民文学出版社办公室：

敬启者：《猎人笔记》已校改完毕，今另封双挂号寄上，即请审阅为荷。校改所根据《屠格涅夫十二卷集》第一卷，因系借来，故未能附上，想您社当有此藏本。

再者：将来此书付印，其校样可否寄下由译者一阅？

特先奉恳。此致

敬礼

丰子恺 上

五五年四月廿五日

致内山完造、内山嘉吉、内山真野夫人[1]（六通）

一

内山先生：

手纸拜收。先生巡回讲演"新中国与日本"，敝国正为德田[2]先生开追悼会，此中日友好之象，至堪欣慰！

敬启者，兹有一事奉恳：仆近翻译苏俄古典文学，根据露语原本，希望能得日译本作参考。拜烦先生代为向贵国大书店查讯，有否日译本（书名另记）发卖？如有，请示知，以便由敝国政府向贵国购求。（不须先生代购。）专此奉恳，费神至感厚谊！此致敬礼

弟 丰子恺 上

五五年九月十七日〔上海〕

---

[1] 内山完造（1885—1959），日本冈山人，1916—1947年一直居住在中国，主要经营内山书店，是鲁迅先生的挚友，也是作者之好友。晚年从事日中友好工作。内山嘉吉（1900—1984），内山完造之胞弟，版画家，曾经营东京内山书店。内山真野，即加藤真野，内山完造之夫人。

[2] 德田，即德田球一（1894—1953），日本共产党创始人和领导人之一。1928年被捕，日本投降后出狱，并当选日共总书记，后连续三次当选众议员。1950年因美国占领当局宣布"整肃"，被迫转入地下，后在北京病逝。

二

嘉吉先生大鉴：

承解答《不如归》中疑问，非常详尽，非常正确，已经译成中国文，加入于译稿中，十分感谢！

此种戏剧，流行于明治年间，现今青年，少有知者。非戏剧研究者，亦不能解答。先生博学强识，一一为弟说明，实深幸运！《不如归》出版后，当即寄奉请教。

弟乃"日本好"[1]ヌキ，凡日本之物，都感觉"ナヅカシイ[2]"。因此译《不如归》时感到非常的兴味！伊香保、江の岛，皆弟曾游之地也。丸髷、高岛因，皆弟所见驯[3]者也。加之少年时在东京，曾向一女先生学日本文，此女先生教我读《不如归》，每次必须背诵。因此记忆犹在，译时特别有兴味也。惟"日高川""驹泽深雪""师直"三事，则不知也。今始承教。

来示用日本信纸、毛笔书写，古色古香，至极可喜。而先生之书法龙蛇飞动，尤为可爱！（师直は及ばないわもしれない——失礼しましな！）

昔年吉川幸次郎曾译弟之《缘缘堂随笔》。近在古书摊购得二册，今以一册寄赠先生，留作纪念。（但非航空，到着较迟。前所寄《宋人画扇》十小册，亦非航空，想可到着。）此致

---

[1] 日本好，日本用语，意为"爱好"，"喜好"。
[2] **ナヅカシイ**，日语，意为"令人怀念"。
[3] 见驯，日本用语，意为"看惯""熟悉"。

敬礼！

弟 丰子恺 叩
六〇年一月十五日〔上海〕

奥樣によろしく[1]

三

内山真野夫人雅鉴：

惠示奉到，因赴北京出席全国大会，迟报为歉！完造先生遗稿由岩波书店出版，闻之至极欣喜。出版之后，尚望赐赠一册，以便拜读，当如见故人也。夫人继完造先生遗志，努力日中友好运动，此乃对故人莫大之慰藉。亦爱好和平之日中人民之所景仰也。"内山事业纪念会"成立，夫人以出版印税寄附，足见急公好义，至深钦佩！逝世一周年纪念时，夫人能重来上海，同往参墓，至极盼望。届时当前来车站欢迎。王宝良[2]君每年清明赴万国公墓祭扫，闻夫人将亲来，不胜欣盼也。上海已入暮春，新绿满窗。东京想正当"花见"之候，上野景色艳丽，令人神往也。草草，即请
文安

弟 丰子恺 顿首
六〇年四月二十八日〔上海〕

---

[1] 奥樣によろしく，日语，意为"祝你安好"。

[2] 王宝良，内山书店职工，服务24年。

四

嘉吉先生：

　　手纸二通皆收到。墓参写生乃小女丰一吟所摄。（此女曾[一九五七年？]在功德林素食处拜见完造先生，两次蒙完造先生赠送物品，当日同去参墓也。）今将フイルム[1]七枚附奉，乞检收。同行之阿部様，弟亦不相识，据王宝良君言，乃完造先生生前旧友，现在上海博物馆服务。（王宝良近日不在上海，将来问明详情，再行奉告。）（此信将发，王君来信，今附上。）此君参墓时非常热心，亲自持锄及剪，在墓旁除草平土，并打扫墓道。彼与孙夫人[2]，皆清早七时许即先到墓地，真良友也。

　　承悉东京九月二十日有内山完造逝世一周年纪念会，有日中友好关系者一百二十余人参加，又有上海基督教关系者追悼会，足见完造先生生前事业辉煌，友朋众多，故有今日之哀荣也，至为欣慰。《花甲录》尚未送到，代表团尚在北京，到沪时想必可以见面。此《花甲录》出版后，评判大佳，购者踊跃，其中必有动人之文章，弟等渴望拜读也。完造先生十余年前仓皇离沪时，身上仅有前一日弟购《夏目漱石全集》之十万元（即今日十元）。此事完造先生前年客上海时曾对弟亲口谈及，谈时老泪满眶，弟与葛先生[3]亦为之流泪。回忆宛如一梦！

---

[1] フイルム，日语，意为"胶片""底片"。
[2] 孙夫人，指宋庆龄。
[3] 葛先生，即葛祖兰，浙江慈溪人，作家、翻译家，上海文史馆馆员。

先生正编纂明治大正昭和三代儿童剧作品，此事弟甚感兴趣。将来出版，务恳赐我一册，以便拜读。竹久梦二，弟只知其是毛笔漫画家（弟作画受梦二影响），不知彼与儿童剧亦有关系，可谓多才多艺也。

忽忆一事：二十余年前弟爱读《乐天全集》，（漫画集，共有十二大册。）我家子女六七人，皆爱读此漫画集。一九三七年中日事变时，此书毁于炮火，（与弟之住屋［缘缘堂］同归于尽。）至今常回忆此书，有时在梦中读到。子女等亦然。现今在中国无法再买此书，不知东京旧书店（古本屋）尚可物色否？敢向先生申愿，倘古本屋可探得，即请代购，其值段[1]定当交王宝良君转存。此致

敬礼

松藻夫人[2]、真野夫人均此问候。

弟 丰子恺 叩

六〇年十月十七日〔上海〕

五

内山嘉吉先生：

赐示并照片多张，皆收到，并已分赠葛祖兰先生、吴朗西先生。此乃珍贵纪念品，令人回思完造先生一生事业，更赠钦仰也。

---

[1] 值段，日语，指所需价款。

[2] 松藻夫人，内山嘉吉之夫人。

代表团已离沪,但《花甲录》迄今未见送来。恐是失误矣,弟等颇思拜读。故特奉告,乞再由邮寄下三册(葛、吴各一册)。专此拜恳,即致
敬礼

弟 丰子恺 叩
六〇年十一月十七日〔上海〕

松藻夫人
真野夫人　均此问候。

六

嘉吉先生:

承代买《乐天全集》七册,甚喜!想日内可收到。又承惠赠《漱石集》五卷一册,已收到,谢谢!《荆楚岁时记》(三月二十五日付邮)已购得,今另包寄上奉赠,请收。今后若需购中国书,请随时示知,当为代办。另附弟所译漱石小说及石川啄木小说各一册,奉赠,请教正之。《冈本一平集》弟已购得,不须再买,多蒙留意,至深感谢!尊著儿童剧出版后,弟颇思先睹为快也。前托对外文化协会之《花甲录》,迄今无音信,想已遗失矣。葛、吴、童三先生之书,早已转交勿念。春寒伏祈珍重!即请
文安

弟 丰子恺 叩
六一年三月廿四日〔上海〕

致吴宣南[1]

上海美术家协会吴宣南同志：

　　交下北京美协函，已加考虑。五月间北欧五国友好访问[2]，我极愿参加。因为一则可以察访彼国美术界情况，二则可以答访上次来沪之芬兰老画家夫妇。不过我有一种希望：可否带一自费之随员？因为我年来健康不良，远道出门需人帮助照顾，倘可带人，我拟带我的女儿丰一吟同行。她曾在杭州艺术专科学校毕业，曾任音乐出版社俄文编辑，现正与我合译苏俄古典文学（柯罗连科的小说《我的同时代人的故事》），我平日工作生活上经常需她帮助。倘能同去，我此行收获必然较多。而旅途上较为放心。如果制度上许可，我愿意自费带她同去。尚请转达此意，再作最后决定。又，如果许可的话，自费若干亦请示知。专此奉复，即致
敬礼

丰子恺 具
五七年三月五日〔上海〕

---

[1] 吴宣南，美协上海分会工作人员。

[2] 后未成事实。

致石景麟[1]

景麟贤兄：

惠示并佳作《音乐家故事》一册，均收到。佳作已阅过，取材颇富趣味，文笔亦甚流利，诚为少年儿童良好读物，至为赞佩。四人太少，不妨再出续集也。专此奉复，即致
敬礼

丰子恺 具

五七年四月二十日

---

[1] 石景麟，生于1932年，毕业于复旦大学法律系。编著儿童读物甚多。

致范尧峰[1]

尧峰先生：

惠示奉到。令兄尧生已作古，弟今始知之，至深悼惜！嘱画，今勉写一小帧附上，即乞教正。年来他事烦忙，画事久废，聊以应雅嘱耳。

申甫老师乞代问好。此致
敬礼

弟 丰子恺 上
〔1957年〕六月十八日〔上海〕

---

[1] 范尧峰（1915—1992），丰子恺在浙江省立第一师范学校时的校友，范尧生（1921年毕业）的胞弟。

致徐鸣皋[1]

鸣皋贤甥

你施手术后想必健好。目下情况如何,尚望写告。今由邮汇出叁拾元,作为病后调养之用,望收领为荷。

母亲想亦安好,请为代候。我家一切如常,专此问好

子恺 手启

〔1957年〕八月七日〔上海〕

---

[1] 徐鸣皋,丰子恺之妻侄。

致音乐出版社编辑部[1]

音乐出版社编辑部：

《李叔同歌曲集》原约八月底缴稿，今已提前完成，随函挂号寄上，请即教正。有数事奉达如下：

（一）另封挂号一包，内《中文名歌五十曲》一册，补白画廿一幅，封面画一幅，样本一小册。请检收。

（二）乐谱有几页太挤（十一条五线谱）。但我和你社从前的校谱者丰一吟商量，她说挤得下，并且帮我制了一小册样本。请审阅是否可以照办？

（三）补白画是装饰的，不可太大，太大了喧宾夺主。怪难看的。所以制版时缩小尺寸，请根据开本大小适当酌定。

（四）歌词的字，是否要我手写，还是排铅字？如果要我手写，我也乐愿。不过眼睛花了，不能写小字，只能写如此□大的字，用锌版缩小，剪贴。（如果要写，歌词我家都有，不须寄原本来。）此点请复。

---

[1] 音乐出版社，前身为万叶书店，由钱君匋先生于1938年创建于上海。1954年以万叶书店为主体，与中国音乐家协会出版部合并组建音乐出版社，1974年更名为人民音乐出版社。

（五）此书出版时，其稿酬全部用以修李先生西湖上石塔（请看序文末了），我完全尽义务。希望稿酬尽可能提高。此致

敬礼

丰子恺 上

五七年八月十五日〔上海〕

致曾刚[1]（二通）

一

曾刚同志：

今介绍石景麟同志投稿，请审核为荷。石君曾在上海少儿出版《音乐家故事》。

百期纪念文或画，二月二十前定当寄奉。近病，入院，昨始出院，草草不恭。此致
敬礼

弟 子恺 上

〔1958年〕二月七日〔上海〕

二

曾刚同志：

弟近患病入院，前日始出院。今勉作一画，祝贺《群众音乐》百期纪念，附上请收转为荷。前该志来信，言欲嘱画书签。弟病后未能多作为憾。此画缩小作书签，不知好否？余后陈，即致

---

[1] 曾刚，《群众音乐》编辑部工作人员。

敬礼

弟 丰子恺 上

〔1958年〕二月十四日〔上海〕

致詹广安[1]

詹广安同志：

来信由《文汇报》转到。足下对于《缘缘堂随笔》之高见，已读过，至为钦佩。此本三十年前旧作，人民文学出版社为保存"五四"时代文献而出版，其价值在今日实无足道也。承勉刊新时代随笔，用意甚好。惟篇数不多（见报上所发表），尚未能成册，只待将来实行耳。草复，此致

敬礼

丰子恺

〔1958年〕三月十七日〔上海〕

---

[1] 詹广安，当时为上海某厂职工，丰子恺作品爱好者。

致张梓生[1]

梓翁：

我杭州回来已数天。在杭途遇雪山，谈了片刻，他候你到杭。我在火车里做了两首回文诗：

△浙江潮水似天高暮雨飘时闻客话浙江潮[2]

△送春归又梦春回蝴蝶飞回肠欲断送春归

聊以缴卷。你有几首缴卷？盼望来共饮老酒谈诗。致敬

弟 恺 叩

〔1958年〕五月廿九日〔上海〕

---

[1] 张梓生（1892—1967），字君朔，浙江绍兴人。1922年任商务印书馆《东方杂志》编辑，1932年入申报馆编辑《申报年鉴》。为新闻出版家，丰子恺之好友。

[2] 这是一首七绝，首七字为第一句，第二句从"水"字读起，第三句从"暮"字读起，第四句从"时"字读起，首尾相连。下一首读法同此。

致《漫画》编辑部

《漫画》编辑部：

敬启者，拙作《亲爱的叔叔……》已在贵志发表，承寄清样及稿费，已于昨日收到，道谢。今日（六月卅日）见上海《新民晚报》，亦登此画，想是从贵报转载。但该报未注明"转载"字样。想是遗忘所致。深恐见者误以为鄙人"一稿两投"，故特函告。有机会遇见《新民晚报》同人时，亦当请其以后遇同样情形时勿忘注明也。此致
敬礼

丰子恺 上

〔1958年〕六月卅日〔上海〕

致刘巽玉[1]

刘巽玉同志：

我人民代表大会下星期二可以结束，结束后，就替你们译画题及说明等。现有一事相托：我前有日文《西洋美术辞典》一册，及日文《世界美术全集》若干册，放在你社，是"美术辞典"取插图用的（马仰峰[2]同志知道）。但现在该"美术辞典"已决定重编，此等插图用书已不需要。而你所托我做的工作，需要查查日文《西洋美术辞典》等，所以请你代为向马仰峰同志处取还上述之日文书，（取插图用各书。）派人送来，以便应用。专此奉托。即致
敬礼

丰子恺

〔1959年〕五月十四日〔上海〕

---

[1] 刘巽玉，当时在上海人民美术出版社工作。
[2] 马仰峰，当时也在上海人民美术出版社工作。其父是马寅初（1882—1982），中国当代经济学家、教育学家、人口学家。

致林惠贤[1]

惠贤同志：

来信收到。我的旧著《音乐入门》，解放后曾再版数次，但后来因出版社已有其他新书，故多年不再版了。现在只能在旧书店中偶然发现一册。承赐寄鱿鱼一包，已于今日收到。千里寄赠，深为感谢。叶老先生[2]上月曾有信来，担心画收不到。我复彼云，邮件一定无误。今足下已复彼，甚善，彼可放心矣。匆复，即致

敬礼

子恺

〔1959年〕十一月卅日〔上海〕

---

[1] 林惠贤，广东人，丰子恺作品爱好者。
[2] 叶老先生，指叶恭绰。

致程啸天[1]（七通）

一

啸天先生：

　　承赐寄大作并栗子一匣，至深铭感！此物此间不易多得，一公斤见惠，已属珍品，特此志谢。大作日见进步。贵乡多山水名胜，山水画家必多体验机会。表现祖国大自然美景，实富有政治意义，且为人民大众所喜爱也。仆近来老朽多病，画笔甚疏。草草报复，即颂
艺安

　　　　　　　　　　　　　　　　　　　丰子恺

　　　　　　　　　　　　　　五九年十二月九日〔上海〕

二

啸天贤兄：

　　久不通问，得示甚喜。知近况安善，至慰。弟亦老而弥健，茶甘饭软，酒美烟香，不知韶华之消逝也。令郎多年不见，想必安善。今乘兴写小画二帧附赠，聊存遗念，顺颂

---

[1]　程啸天（1911—1984），皖南新安派画家，黄宾虹的学生。

秋安

弟 子恺 叩
〔1961年〕十月十二日〔上海〕

三

啸天贤兄：

令郎送来新栗一包，至感远惠。闻近上黄山，想必满载佳作而归也。仆最近游江西井冈山，曾有文画在各报发表，或可见到。近作日月楼秋兴诗一首，今另纸写赠，藉留纪念耳。不日上北京参与大会，匆匆问候。即颂
文安

子恺 顿首
〔1961年〕辛丑十一月廿日〔上海〕

四

啸天贤兄：

久不通问，得示甚喜。藉悉贵体患病已愈，至慰。仆数年来一向安善，唯近两年来忽患肺病，幸有特效药，已入吸收好转期。附居养老，亦每日从事学习也。小女一吟从事翻译工作，颇为烦忙。幸身体健好。令郎已调皖南任教，甚善。昔年在复旦，每星期必来此晤谈，屈指已属七八年前事矣。光阴真荏苒也。此复，顺颂
春安

子恺 手启
〔1972年5月5日〕壬子立夏〔上海〕

五

啸天贤兄：

承赐茶叶，收到谢谢。

贵友索画，今选旧作二幅附上。来信字小不甚清楚，故不题上款，恐写错也。

仆托庇安健，在家养老，日唯浅醉闲眠而已。余后陈。问好

弟 子恺 启
〔1974年〕六月廿九日〔上海〕

再：胡光远君曾来访，弟亦赠画。

六

啸天仁兄：

来示奉到。前承惠笋干，早经收到，并曾有信道谢。此物不易买得，深可感谢。

仆近来健康，茶甘饭软，酒美烟香，足下想亦安善。

子恺 叩
〔1975年〕二月十六日〔上海〕

春寒料峭，手冷不能多写。

七

啸天兄：

寄来茶叶已收到，此新茶甚好，谢谢。

令媛青年病故，甚可悼惜。但人生修短无定，尚请节哀顺变为要。

自信想必进步，暑假当可返家团叙。

弟身体粗健。经常茹素，得无疾病，可以告慰。顺问夏安

弟 子恺 叩

〔1975年〕儿童节〔上海〕

致滕万林 [1]

万林同志：

来信早收到，因连日开会，无暇早复。你关心美学问题，详细函询，我惭愧未能解答。诚如来信所言，目前对于美感□[2] 未有人作出令人信服的结论。我亦正在学习中，未能作结论也。唯有一点可以奉复：我的旧著《艺术趣味》观点不正确，早已毁版，请勿信任为要。再者，我事繁，对此问题少有研究，朱光潜先生也许比我多知道，你不妨和他通信。（通信地址北京大学即可）匆复，问好

子恺

〔约六十年代初〕七月五日

---

[1] 此信具体写作年份待考。滕万林，生于1931年，浙江乐清人。中学教师。
[2] 原件此字漫漶不清。

致戴易山[1]

来示奉到,藉悉近况,甚以为慰。比来任职甚多,执笔较少。幸健康尚佳,聊可塞责。多承关念,至深感荷。有缘来沪,当图快晤。天热甚,室内九十七度。草草书片奉答,不尽。

易山同志鉴。

子恺

〔1960年〕七月十日〔上海〕

---

[1] 戴易山,时任武汉《长江日报》编辑。

致吴甲原[1]

来信收到。承告治喘医生消息,至感。我近此病[2]不发。他日当备用此医药。近患暑热,卧床已旬日,今小愈起写此片。本当赴北京参与文代大会,以病未能也。电话并不拆。因多麻烦,故不刊载耳。草草。

甲原仁弟

恺

〔1960年〕八月四日〔上海〕

---

[1] 此信为明信片。吴甲原(1908—1966),又名项绍明,丰子恺在上海立达学园时的学生。当时在上海的银行任职。

[2] 此病,指急性支气管痉挛。

致周加骎[1]（三通）

一

加骎乡友：

　　来信收到。事忙，至今始复为歉。今附上画一幅，以应雅属，并祝进步。我十多年不回石溪了。听说故乡很繁荣发达。忙中率复，问好。

子恺

〔1961年〕二月廿五日〔上海〕

二

加骎同乡贤弟：

　　前寄字两幅，想已收到。用长条纸，不知适用否？倘要小页，可以重写。

　　兹奉托一事：此间买不到木耳，听说贵州较多，不知可以买到否？如能买到，请代购数两，包裹寄下。其款当汇奉。

　　但请注意，我所要的木耳，不是白木耳。是烧素菜用的黑木耳。白木耳是补品，但我不爱吃。且据医生说，黑木耳一样

---

[1] 周加骎，系丰子恺同乡及远房亲戚。

有补性,白木耳是骗人的。记得三十年前我居遵义时,那里有许多白木耳店,店主也说是骗钱的。他说黑木耳用什么东西一熏,就变白色。此店主兼开开明书店,所以我认识也。专此问好。

子恺

〔1971年〕五月十二日〔上海〕

三

加骎贤弟:

前日承赐木耳大包,至深感谢。匆匆不曾详谈,擦火柴时闻君提及"作客者言",忽念旧作,自觉可笑。此文载《缘缘堂随笔》中,我已损失,君尚保留乎?抑保留于心中乎?兴到作画四幅,附上以供公余清赏。专此问好。

子恺 上

〔1971年11月3日,上海〕

致陈梦熊 [1]

梦熊同志：

　　前日从江西回来，始拆读来示。"阿Q漫画"，乃抗战之年（一九三七）所作，交学生张心逸刊印，即避寇走广西。后得张生来信，原稿及已制之锌版皆毁于战火。（记得张生曾印若干册，皆付火云。）因记忆犹新，即在宜山补作一册。寄上海开明书店出版。其中各图，曾托绍兴本地人审阅，记得关于"乌篷船"曾由一绍兴友人绘画相示。但关于酒店招牌，无人提意见。我乡（崇德石门湾 [2]）离绍兴三百多里，风习略有不同。此"太白遗风""群贤毕至"乃吾乡所常见，绍兴是否如此，我亦不敢确定。当时绍兴人不提意见，大约视为无关紧要也。至于何者先画，今记不清矣。草复。致
敬

子恺

〔1961年〕十月三日〔上海〕

---

[1] 载《西湖》文学月刊1984年9月号。陈梦熊，上海社会科学院文学研究所现代文学研究者。

[2] 石门湾，今已改为桐乡市石门镇。崇德已改为崇福，亦属桐乡市。

致黄可[1]（二通）

一

黄可同志：

稿子已看过，并加修改，年代等事实已正确。特别是我的生年，过去某年报上发表为1895，我将错就错，一直不改。今已改正为1898。

此文记录得很全面，文笔也很通畅。只是说的都是好的一面，没有批判，使我很惭愧耳。

再者：一吟言，上次送你的著作目录中，有几部借出的书未曾列入，另纸奉告，请补入可也。

稿请通信员便时来此领取，恐失去，我不邮寄。致敬。

子恺

〔1962年〕二月十五日〔上海〕

二

黄可同志：

送来剪报及《教师日记》（并已在借书账上销去），已收到。

---

[1] 黄可，上海人，美术评论家。

其余的书，我暂不用，可慢慢还我。

唯《庐山游记》（原稿）三篇，每篇内有画一张，此三张画请折好放信壳内寄我或送我。（因有人美刊印此三篇，文已有，画尚无。）其原稿三篇，已另有留稿，请作为废纸，不须还我了。
问
好

子恺 启

〔1962年〕八月廿二日〔上海〕

附告：人美社选定我新旧画共100幅，正在制版，听说要年底左右可出书。

致柳非杞 [1]

属承剪报赐寄,至用感谢,惟弟每投稿,各报均有剪寄,且近来亦极少写稿。故以后请勿再赐,以免尊处报章不全也。承示孙春苔先生近况,甚感。草此奉复,即致

敬礼。

弟 子恺 上
〔约 1962—1964 年间〕四月十七日

---

[1] 柳非杞(1911—1982),爱国民主人士,书画收藏家,诗人。曾任职于上海图书馆。

致张心逸[1]（二通）

一

逸心：

因忙，至今复你。半为你字太小，太草，看起来很吃力。我近来眼力弱，喜看大字，正字。以后问问题，务望写得大，写得楷，那么立刻复你。

子恺

〔1963年〕六月二日

① 大概不是三世纪以前之物，是可想象的。

② 花子[2]的起源，也许是西方传来的化妆法亦未可知。

③ 花子流行于唐代中国，只要考查文献，特别是唐诗，便可明白。

④ 但从证实此事的绘画及土偶上看来，这也许是发生于中国内地，而在中央亚细亚方面特别流行的。

---

[1] 张心（星）逸，又名张逸心，丰子恺在石门湾缘缘堂时期私授（日文等）弟子。

[2] 花子：张逸心译为花钿，作者改为花子，是古代女性的一种饰品，现常作为日本女性的名字。

【附：张逸心原信】

子恺师尊鉴：又要麻烦请教哩。

① 总之花钿的起源不明，但是大概想起来，不能追溯到三世纪。

② 花钿的起源，或者认为是不是从西方传来呢，也不是不可想象的。

③ 花钿在唐代中国流行着的文献，特别在唐诗里是明白地有着。

④ 把这些实证依据绘画和土偶，与其说起于中国内地，不如说在中央亚细亚特别流行的看法不是不可以的。

祝

著安！师母弟妹均此

生 逸 叩上

二

心逸仁弟：

来信收悉，你的事情只有尽力而为之。谋事在人，成事在天。你的"诗经"被誉为"面目一新"，可见有人重视，未始非成功之望。今日之事，常有出人意外者，故不可失望，当努力争取。

新枚在外语训练班当教师，不久要出国[1]，但不知何日成行。

---

[1] 丰子恺之幼子新枚当时在上海科技大学外语进修部学习兼任教职。出国事因"文革"而未果。

我也无法管他了。前次你寄食物给他，岂有此理！你自己生活不裕，如何可寄给他？以后千万勿为。"贫者不以货财为礼"，况你无送他礼的必要。而目前你总算是"贫者"也。问好

恺 复

〔约 1966 年〕四月十五日〔上海〕

致彭长卿[1]（二通）

一

长卿同志：

来示奉到，弘一大师墨迹嘱题，自当允命。有便送来可也。令族祖彭逊之先生在西湖出家事，余曾在马一浮老先生处闻之，但未见其人。马先生健在杭州，当详知其事也。匆复。即致敬礼！

丰子恺

六三年九月十四日〔上海〕

二

长卿同志：

信收到。"断食日记"[2]未能办到，不可勉强，且待后缘可也。广洽师乃弘一大师弟子，收藏墨宝甚多，故来件不须送彼，仍由足下保藏可也。前索画，今率写一帧附赠。马一浮先生书牍多散失，尚存一纸，附奉收藏可也。顺问

---

[1] 彭长卿，信札收藏家，当时为上海五十六中学教师。
[2] "断食日记"，为弘一法师所写。

近安

子恺 启

六三年十二月二十日〔上海〕

致张青萍 [1]

青萍同志惠鉴：

 此次游扬州，多蒙厚谊，竭诚招待，不胜铭感。弟返沪后因天气剧变，忽患气管痉挛，入院治疗，今始复健。迟迟报复，至深歉仄。今另封挂号寄奉书画一包，乞按上款分送诸处。内有旧作四幅，无上款，请随意分送各处补壁可也。建平同志及胡宏同志 [2] 之件另寄。草率之作，殊不足观，聊留纪念云耳。此次维扬之游，回忆甚佳，而人情之厚，更胜于风景，殊可感谢也。病中阅《二十年目睹之怪现状》，见作者云当年曾游扬州"容园"，此园为诸园之冠，此次弟未见容园，想已毁于兵燹乎？草草即颂
文安

弟 丰子恺 叩
〔一九〕六三年十一月一日〔上海〕

内子小女附叩。

---

[1] 张青萍，当时扬州市文联副主席、文化处处长。

[2] 张建平，当时扬州地委宣传部部长、统战部部长。胡宏，当时扬州地委书记。

致张纪恩[1]

纪恩同志：

嘱书四件，今已写就。倘有便人，请随时来取可也。若本人外出，向舍间任何人取件皆可。草此奉达，即致

敬礼

丰子恺 上

〔1964年〕四月八日〔上海〕

---

[1] 张纪恩（1907—2008），原华东煤矿设计院院长。

致郑效洵 [1]

效洵先生：

今日葛祖兰先生来访，要我写信请教。据言：他为人文社译日本俳句，其稿迟迟不刊，他近去信要预支稿费，社方复信已支200元。须待出版后支清，但出版又渺茫无期；彼曾闻他人译作迟刊者，得先支全部稿费，为此不平，想向社方交涉，又恐不确，嘱弟询实情。弟只得据实函询，还请向社方问明实际情况，示复以便转告。葛老今已七十八岁，生活虽有文史馆供养，但并不裕如，故而嘱弟问询也。专此奉达，即致

敬礼。

弟 丰子恺 叩
六四年四月廿二日

---

[1] 郑效洵（1907—1999），笔名孝嵩、郑岱，福建闽侯人，编辑、学者。1937年后历任外国文学翻译、教师、编辑，三联书店及人民文学出版社主任、副总编辑、学术顾问，编审。曾编译中国第一部《资本论》全译本，编印出版第一部《鲁迅书简》。

致邵仁 [1]

邵仁学兄：

　　来示奉到。一别屈指近五十年矣，而儿时印象犹楚楚也。惠寄大作诗篇，俱见心神畅乐，至深喜慰。弟老来画笔甚疏，知兄爱孙儿，特检旧作一幅加题奉赠，以答雅意。匆复即致敬礼

^弟 丰子恺

〔1964年〕8月5日

---

[1] 此为明信片，附一小画"盛年不重来"。邵仁，丰子恺在浙江省立第一师范学校时的同窗学友。

致徐广中[1]

广中同志：

二信及纪念物，皆收到。纪念物我都看过，今全部另封挂号寄回（存局待领），请去局领取可也。我私人不欲收藏，自己所有文物皆捐赠博物馆。况此物乃令祖遗念，应由你家保存或由你送公家保存，最妥。书画公会报乃六十年前物，今日难得，我已替你补好，请收藏。西泠印社石壁中藏印，日寇并未盗去，前年已由杭州文化局开发，得印九十二枚，但皆非李叔同先生自刻[2]，乃彼所用也。你集的一册，虽是少作，却是亲笔。闻杭州西泠印社拟刊印李叔同印谱（传闻未确）。你可将此册寄去（寄"杭州葛岭西泠印社"），问他们要不要收入（我事忙，不能代洽，请直接联系）。匆复，致

---

[1] 此信由天津徐广中居士提供。徐广中是李叔同家原来的账房先生徐耀庭之孙。信末署名处在"文革"中被裁去，故缺结尾。按内容考核，约写于1965至1966年间，从上海寄发。

[2] 其中二枚是李叔同自刻。

致秦岚[1]（九通）

一

来信收到。我向不喜山水画，且近来病目，久不作画矣。今书主席诗一幅奉赠。此复

秦岚同志

子恺
〔1966年〕一月十日〔上海〕

承告教学情况，至可欣慰。又及。

二

秦岚仁弟：

久不通音，得信甚喜。藉悉近况，至深欣慰。仆一向安善，唯近两年来忽患肺病，幸有特效药，已渐见愈。近来眠食均佳，诗酒兴浓，请看笔迹，即可察知我之近况矣。辽宁此时想正严冬，江南则已届春半。今借龚定盦诗句作画一帧奉赠，藉留遗念云尔。专此奉复，即问

---

[1] 秦岚，时任沈阳市中、小学美术教师。

春安

子恺 手启

〔1972年〕四月一日〔上海〕

三

秦岚贤弟：

　　承惠花生两包并信，已妥收。仆年登七四而百体康泰，茶甘饭软，酒美烟香，今后得花生下酒，更增美趣矣。谢谢。

　　近作二幅，附赠，聊备欣赏。文革史无前例。我因无政历问题，幸得平安无事，可以告慰。何日有缘，盼能相见也。顺问

近好

子恺 启

七二年十二月十九日〔上海〕

四

秦岚贤棣：

　　承寄花生米一包，昨已收到。此物此间不易买得，千里分惠，至感美意。仆退休在家，一切安好，日唯弄笔看书，浅醉闲眠而已。今写小联一副奉赠，可请悬壁。顺问

近好

子恺 启

〔1973年〕儿童节〔上海〕

五

秦岚仁弟：

惠花生已收到，谢谢。今写小联一副，寄上留念。照片待放大，日后续寄。

子恺

〔1973年〕十二月十二日〔上海〕

六

秦岚仁棣：

"春风杨柳万千条，六亿……"不是对句，不能写对联。

今我另写一联送你，是歌颂自力更生与勤劳的。

子恺

七四年二月三日〔上海〕

七

秦岚贤棣：

来信欣悉。我身体健康，唯手指尖麻木，只能执钢笔，不能握毛笔，所以画事久疏。你爱好我的画，待我手健时定当画寄你。

上海已入夏季，室内二十六度左右。我近每日饮绍兴酒，可以养筋活血，指尖麻木或可全愈。草草问好

子恺

七四年六月三日〔上海〕

八

秦岚贤棣：

　　寄来花生米，品种极良。谢谢。我手指发麻，今已全愈。写扇面一个，赠你留念。

子恺
〔1974年〕六月廿一日〔上海〕

九

秦岚贤棣：

　　多时不通信，彼此都好。

　　传闻辽宁一带有地震，不知实情如何。暇时请告知一二。

子恺 启
〔1975年〕三月六日〔上海〕

致魏风江[1]（二通）

一

风江仁弟：

久不相见，得示甚喜。吾弟儿女均已成业，至可庆幸。仆在文化大革命中虽受冲击，幸无大过，现在家受一批二养待遇。深感毛主席政策之宽大也。昔年同学，大都离散，少有音信。吾弟想已过壮年，宜多保重。仆今年七十有四，幸康健如昔也。

顺问

秋安

小兄 子恺 顿首

〔1971年8月24日〕辛亥处署〔上海〕

二

风江仁弟：

来示欣悉。知近况安善，至深喜慰。吾弟亦已近于退休年龄，无怪我等之垂垂向老也。仆今七十五岁，两年来患肺病，

---

[1] 魏风江（1912—2004），浙江萧山人，丰子恺在春晖中学、立达学园时的学生，后留学印度，为泰戈尔的学生。后为印度国际大学中国学院教授。

幸有良医良药，现已入吸收好转期，近正在家休养也。叨天之福，老而弥健，茶甘饭软，酒美烟香，不知死之将至也。所示诗，第二句应改为"诗学泰翁大道高"，因道字仄声，不能与毛字押韵也。附赠画一幅，留念。即问
近佳

子恺 手启
〔1972年6月21日〕壬子长至〔上海〕

致胡治均[1]（二通）

一

治均：

　　星期天你不来，大家挂念。不知石英[2]出院后身体可好。一吟回家，今晨又下乡去，她也记念你们，叫我写此信问候。想必平安无事也。

子恺
〔1971年〕十二月一日晨〔上海〕

二

治均：

　　上周相约同赴杭州，现我变更计划，要等春暖时去。所以你春节中另作打算可也。

恺 留字
〔1973年初，春节前，上海〕

---

[1] 胡治均（1921—2007），浙江宁波人。原上海电力设备公司经理。丰子恺私淑弟子，当时每周日必去丰家，成忘年交。

[2] 石英，胡治均之妻。

致潘文彦、罗芬芬[1]（十通）

一

文彦：

　　肝病望好好休养。不知已赴校否。姑寄上小画四幅，聊供病中欣赏。问好。

子恺 启
〔1972年〕六月三日〔上海〕

二

芬芬：

　　元旦，文彦大约没有回来吧？今有一事告诉你们，你去信时转告文彦：

　　我已于元旦前几天被宣布解放，是自由职业者，内部矛盾云云。政府对我是宽大的。

　　现正向画院收回抄家物资及扣薪。电视机亦已取回。房屋

---

[1] 潘文彦，生于1933年，专长物理学，爱好文学，曾师事丰子恺。罗芬芬为其妻。儿子宜冰是丰子恺取的名。

正在考虑中。

你们一向关怀我,所以告知。即问
近好

子恺 启

〔1973年〕一月四日〔上海〕

三

芬芬:

昨夜你送蟹来,我睡了,小孩不知招待,很对不起。

蟹太多了,谢谢你和文彦。日内我有新画送文彦和你,当寄给你收。

子恺

〔1973年〕一月六日晨

四

文彦仁弟:

吴志厚[1]君送来蟹二十余只,照收,已逐日下酒。虽嫩,至今死者只二只,余均可口。国庆上海无烟火及游行,芬芬携宜冰到王店过节,亦有佳趣。我老而弥健,近日早上还替文学社翻译日本文学[2]。早膳以后,则饮酒看书而已。吴志厚君闻我早已解放,握吾手而欢跃,此君对我同情甚深,至可感谢。惜

---

[1] 吴志厚,潘文彦之友,当时任上海向明中学语文教师。

[2] 并非应约,而是自译日本三篇"物语",后由人民文学出版社出版。

未多谈，不悉其详耳。

> 子恺 启
>
> 〔1973年〕十月四日〔上海〕

五

文彦：

久不见，想必安好。春到江南，景色明媚，我枯坐小室，想象乡间美景而已。酒兴甚佳。

兴到写小诗（皆古人诗），附寄欣赏。在"批林批孔"高潮上，此种小诗不可公开，灯前私下吟哦可也。

> 子恺
>
> 〔1974年〕三月廿日〔上海〕

六

文彦：

前晚芬芬带宜冰来送蟹（一吟接见），我已睡了。听说宜冰还带着病，想必无恙。此蟹极好，今年未曾吃过如此好蟹。难为你记着我，心甚感谢。

工作忙，元旦想必放假。可以休息。

> 子恺
>
> 〔1974年〕十二月二日〔上海〕

七

文彦：

多时不见，彼此安好。今天冬晴，闲空写清代法家龚定盦诗，附赠留念。

我近来忽然不想吃酒了。而饭量增加，身体健康。新枚探亲来了一个多月，前天才回石家庄去。他吃酒，我饭陪也。

恺

〔1975年〕一月廿三日〔上海〕

八

文彦：

你爱诗词，我将近日消闲写出古诗二纸寄给你，可供欣赏。

子恺

〔1975年〕二月廿一日

九

文彦：

多时不见，想必工作很忙。我闲居，想看看《白香词谱笺》，而遍觅不得。忽忆有一册大本子咖啡色面子的《词综》（？），后面附有《白香词谱笺》。此书是否在你处，也记不清了。如果有，请将"白香"一部分裁下，寄给我。裁破不妨，可以重订的。

我最近到故乡石门湾去了一次。住了两星期，亲戚故旧，见得不少，但都老了。却没有想到自己也老了。写了贺知章诗送人，余多一张，附送给你留念。

子恺

〔1975年〕六月五日〔上海〕

十

文彦：

你热爱词，可见是性之所近，而深于情者。词这种文艺格式，世间只有中国人擅长。日本人模仿汉诗，但不解词。诗盛于唐，词兴于宋。可知词是一种进步的文艺格式。古人称词为"诗余"，实则乃诗之变格，言情更为细致而亲切也。

我近读《白香词谱》，爱其"笺"。笺中有许多可爱的作品。今日读贺方回《小梅花》，读之不足，又抄出一纸，今附送给你。《小梅花》少有人填，《词综》中或另有所载，你可查看。此词不易填，因其篇幅长，难于贯彻一气。贺方回确是能手。

"白香笺"我读完后，仍旧交还你。大约可在暑假中面交。

子恺

〔1975年〕七月五日〔上海〕

致周瑞光[1]（四通）

一

瑞光贤棣：

来示多蒙眷念，至感厚情。仆患肺结核已入吸收好转期，近来康健如常，虽年登七四，而茶甘饭软，酒美烟香，堪以告慰也。今乘兴作画一幅附赠，可供欣赏。小儿华瞻编英文词典，尚在初稿中，未曾出版。一吟已由乡间五七干校回上海，其办公处甚近，十分钟步行可到，每日早出晚归也。何日游沪，再图快晤。余后陈，即问
时安

子恺 手启

〔1972年〕十一月十二日〔上海〕

二

瑞光仁棣：

来信收到。我因懒惰，久不写信与你，并无他意也。以前你托人送来的雕刻松鹤，手工很巧，至今还挂在我家，多谢

---

[1] 周瑞光，时任福建福鼎白琳第三中学教师。

你！以前你陪我去访曹辛汉先生，三轮车难得，全靠你去找来。情景还在目前，但曹先生已于去年逝世了。我幸而健康，今年七十七岁，茶甘饭软，酒美烟香，不知老之将至也。余后陈，顺问
近好

子恺 顿首

〔1974年〕七月廿二日

三

来信收到。你工作顺利，甚慰。我们都很安好，多承存问，至感美意。

子恺 复

〔年代不详〕四月十日〔上海〕

四

瑞光贤弟：

汇来百元已妥收。我身体健好，酒量增加。匆复不尽。

子恺

〔年代不详〕八月卅一日〔上海〕

致周颖南[1]（十一通）

一

颖南先生：

辱承枉驾，并赐珍品，至深感谢。弟因病足，未能奉访，不胜歉憾。今检得小画十幅，奉呈左右，聊供雅赏。此中有数幅乃昨今新作。余则旧藏，不足观也。难得归国，还望多留数日。

草此奉请

旅安

弟 丰子恺 顿首

〔1972年〕十二月三日〔上海〕

托带交广洽法师译稿[2]，增加行李负担，至深抱歉。然此乃宣扬大乘佛法，贤劳功德无量！

二

颖南先生大鉴：

昨专差送上画十幅，想必收到，明日荣行，弟本当走送，

---

[1] 周颖南，生于1929年，新加坡企业家、作家。
[2] 指丰子恺所译日本汤次了荣《大乘起信论新释》。

只因病足,未能如愿为憾。特此敬祝

旅途快乐!

弟 丰子恺 上
〔1972年〕十二月四日〔上海〕

三

颖南先生:

仙游寄下包裹及信,今已妥收。包内各物,皆珍贵足供御冬。不胜感谢。

今作春夏秋冬四季小屏一堂,奉赠留念,即请赏收。

余续陈,顺颂

旅祺

弟 丰子恺 叩
〔1972年12月〕廿六日〔上海〕

四

颖南先生:

寄下大示及照片,今日(一月廿六)妥收。《大乘起信论新释》译稿,蒙亲送蕉萄院交与广洽法师,有劳甚多,功德无量。佛力加庇,长寿康乐。照片二张,彩色如生,已珍藏道谢。

大驾从福建寄来包裹(内毛裤等)后,弟即写春夏秋冬四季小屏一堂(四条),寄至尊府。来示未见提及,不知是否遗失,念念。

闻广洽师病已见愈,至慰。弟近亦患小恙,医药后渐见痊

可矣。顺颂

年安

弟 丰子恺 草上

〔1973年〕一月廿六日〔上海〕

五

颖南先生：

　　两示均收到。大作《槟城纪行》等，皆已拜读。足下身任商务，而又崇信佛法，擅长文学，真乃难得之人才，不胜钦佩。

　　名人手迹，弟实无收藏。盖昔年所藏，皆毁于兵火（日本侵略战中），以后即不再收藏。今向友人（刘质平）乞得弘一大师手迹照相底片三枚，随函附上。其真迹则不知所在矣。

　　承询药物，此间供应丰富，不须惠寄。昔年广洽师赠弟一"日历自动手表"，弟转送他人，至今只有一小表，颇感不便。足下下次归国观光时，希望代购一表。但此物不可寄递，因关税数倍也。况弟并不急用，偶谈及耳。

敬礼

弟 丰子恺 叩

〔1973年〕二月廿七日〔上海〕

六

颖南先生：

　　从广州寄来包裹，内手表一具，今已妥收。特此告复，道谢。此表极好。

此次文驾到广州，不曾来沪，未得图晤为憾。弟碌碌如常，幸身体粗健。江南正在蚕忙，今写饲蚕一幅，以供清赏。即问
春安

弟 丰子恺 上
七三年五月十五日〔上海〕

七

颖南先生：

来信收到。旧译《大乘起信论新释》即将出版，此乃广洽法师之要求，非弟本意。故具名"无名氏译"。今特奉告，请勿在报上宣传为荷[1]。专此即请
文安

弟 丰子恺 启
〔1973年〕十二月廿日〔上海〕

八

颖南先生：

承惠款人民币八十一元九角八分，已如数收到。无功受赐，实甚歉愧，专函道谢。即颂
春釐

弟 丰子恺 叩
七四年一月三日〔上海〕

---

[1]《大乘起信论新释》，实非旧译，是在"文革"中译成，恐受批判，故署"无名氏译"。

九

颖南先生：

　　承示报刊，藉悉新加坡佛教界近况，至深感荷。

　　属书春景词，今草奉二幅，即请欣赏指正。即颂

时安

子恺 上言
〔1974年〕五月九日〔上海〕

十

颖南先生：

　　来示奉到。弟近手指神经麻痹，只能执钢笔，不能执毛笔。因此书画久疏。来示殷勤劝勉，甚是好意。但愿日后复健，则可重作书画也。草草不具，即请

时安

弟 丰子恺 顿首
〔1974年〕六月二十日〔上海〕

十一

颖南先生惠鉴：

　　来示并汇款人民币百元，均于今日收到。多承厚意，实深感激，特画道谢。弟手指麻木，医生说是血亏之故，乃老年人常有之事，服药后，春暖当可痊愈云云。幸尚能执钢笔，聊可通信。执毛笔则手发抖，不能成字。或是过去毛笔用得太多，

故必须停息一时也。草草奉复,顺颂

时安

弟 丰子恺 叩

一九七五年一月廿日〔上海〕

致王星贤[1]（二通）

一

星贤尊兄：

前日诗画酬酢，太过风雅，恐犯修正主义之罪，故今特奉函。数日前令媛均蓉来访，赠我罐头鱼，坐谈多时，昔日娇娃，今已成健妇。因念古人诗"去日儿童皆长大，昔年亲友半凋零"。（但觉"半"字颇不够，几乎可易"尽"字。）弟之幼子新枚，亦在石家庄，（此子即在桂林产生者，今已有妻子，同在石家庄。）为华北制药厂技术员。弟已去函嘱其去访，以便请教也。（弟有子女六人，四人在沪，一人在京，一人在石家庄，幸均平安无事。）文革以来，弟幸无政历问题，只就思想意识作书面检讨，侥幸无事。（未被殴打，未被隔离，亦未自杀。）唯三年来患肺结核，全赖医药周至，今已入吸收好转期，在家养疴，亦颇得闲居之乐。（长病假，而薪给照领，受之有愧。）虽年登七四，而茶甘饭软，酒美烟香，不知老之将至也（难怪刘公诚[2]）。传闻已被选为政协委员，若然，则又可入京开会，重图快晤。郑晓沧兄八十一

---

[1] 王星贤，名培德，马一浮之弟子，丰子恺之好友。
[2] 刘公诚，应作刘公纯。此处指刘在杭州误听丰子恺自杀之谣传。

岁，甚健，上月来此晤谈，其他旧友，消息沉沉，有便乞惠数行，顺祝

冬安

弟 子恺 叩

〔1972年〕十二月十一日〔上海〕

二

星贤尊兄：

　　昨夜梦见，今日修书问候。遥想起居康泰。弟亦粗健，烟酒尚堪驱使，惟右腿患风湿，行路必策扶老。亦安之若素。去春桃花开时，赴杭州游玩，见郑晓沧兄年高八二而步履弥健。盛世黎民皆得长寿之福也。汤淑芳、桑修珠二女士亦晤及，知湛翁圆寂安详，必生西方。书不尽意。预祝

春祺

弟 子恺 顿首

〔1974年2月2日〕立春前二日〔上海〕

致郑棣[1]

棣仁弟：

久不通音，得信甚喜。上周瑛瑛[2]来，已曾述及近况。旧画损失，今新作一图附奉，可供欣赏。

我年来平安无事，退休已三年，日唯在家饮酒看书。四方来信求画者甚多，皆因往年损失而希望复得者。我精力尚佳，有求必应。老来与人多结胜缘，心情快适也。

问好

子恺 手启

七三年四月廿五日〔上海〕

---

[1] 郑棣，丰子恺在立达学园时的学生。
[2] 瑛瑛，为郑棣之长女。

致吴颖[1]（五通）

一

吴颖女士：

你的册子，我已写画完毕，便中可请来取。

上次你买来的白乳腐，味很鲜美，今已吃完。不知何处买得。便请代买一瓶来。

子恺

〔1973年〕五月十七日〔上海〕

二

吴颖女士：

忽然想起：你的册子我只画一面，那一面没有画。

如果你要画，便时可再送来，给你补足。

昨夜你和令弟来医，我已睡了，不曾见面，故写此信。

子恺

〔1973年5月〕廿四日〔上海〕

---

[1] 此五信写作年份均据丰子恺遗留下来的小通讯册，收信人待考。

三

吴颖女士：

那天你来，我正在听一个青年讲《山海经》，背后不生眼睛，全不知道你来。丰婆婆坐在旁边，但因为是独眼龙，所以也不知道你来，你悄悄地走了。

那册《渊硕画集》，我已看过，放着等你来取。

你的手册，今已全部画好。可以乘便来取。问好。

子恺

〔1973年〕五月廿九日〔上海〕

四

吴颖女士：

周承德、梅兰芳等轴，都已题好。有便请来取。

你说的那药，内人服之，甚好，通夜安眠。

子恺

〔1973年〕九月廿五日〔上海〕

五

吴颖女士：

新作一画，送与你。（吴颖仁棣存）

你说有一瓻陈酒，我不想要。让别人享受吧。

子恺

〔1973年〕十月卅日〔上海〕

致宽愿法师[1]

宽愿法师：

来信由画院转来，我退休在家，多年不到画院了。我的通讯处如信面。你担任灵隐住持，可见品德高尚之故。你的信写得很好，可见文化也进步得多了。你已六十八岁，我今七十五岁，大家健康，托毛主席之福，应当感谢共产党。我上月到杭州[2]，曾到灵隐寺。不知道你在灵隐，没有见面，下次当再游杭州，定可晤面。此致
敬礼

丰子恺 启

〔1973年〕六月四日〔上海〕

---

[1] 宽愿法师，曾侍奉弘一法师，当时在杭州灵隐寺为僧。
[2] 实际是3月到杭州。

致胡士方[1]（四通）

一

士方仁棣：

来示奉到。前承代购扑克八副，四副损失了，四副早收到，质量极好，我的孙女、儿们分而得之，皆大欢喜。要你花了许多钱，甚是抱歉。我两次有画寄你，聊作报答，想都收到。

昨又得你寄来日本纸"月宫殿"一卷，此纸甚好，我很感谢。国内宣纸亦甚优良，故以后不须再寄，免得海关当作货品收税也。

你说藏有沈寐叟对联，要我画一幅中堂，此事暂且从缓。因我入夏身体不好，精力衰弱，不克作大画。再者，我擅长小画，不宜大幅。画大幅时，出力不讨好。等我健康后，再试为之。我今年七十六岁，总算健康。每日能饮啤酒二瓶，素食三餐，幸无病苦也。草复，即问

近好

子恺 手启
〔1973年〕九月一日〔上海〕

---

[1] 胡士方，居香港，丰子恺作品爱好者。

二

士方仁弟：

　　来书收到。你有沈寐叟联欲配大幅画。我近日力衰不能作大幅，忽忆自家藏有旧作《山明水秀》，可以移赠，今另封挂号寄上，收到请复为盼。

　　《螺庐随笔》题奉请收。即问

近好

子恺 启

〔1973年〕九月廿九日〔上海〕

　　再：画挂号，必须写寄信人姓名。我姓名受人注目，往往被窃取其中画幅，所以用"徐力民"出面。请洽。

三

士方仁弟：

　　大画《山明水秀》，今日去邮局寄递，据说名画不能出国，被退回。

　　因此只得暂存，后再设法。《螺庐随笔》题签，已附前信中。想可收到。

子恺 启

〔1973年〕十月二日〔上海〕

四

士方仁弟：

　　十月八日来信收到。上月承寄人民币四十元为中秋节礼，早经收到。且已奉复，信内附有《蠓庐随笔》题签。竟未收到，恐已失去。今另写附上。

中堂画是已裱托的，所以体积大，不能放在信内。作印刷品则不能出口。你处是否常有便人赴广州。如有，我可寄广州友人家，你托人到广州去取。如何？顺问
近好

子恺 启

〔1973年〕十月十九日〔上海〕

致李道熙[1]

道熙仁兄：

　　陶利鳃君携来大札，读后欣慨交心，欣者，仆虽年登七五，老而弥健；慨者，往事依稀仿佛，浑如梦境也。忆当年在五通桥相见时，足下乃一青年，今则已为壮年之人民教师，至可喜也。问陶君言，足下年来情况一切顺利安乐，至慰，仆亦托庇平安，"文革"中在中国画院（仆身任院长）检讨过去作品，颇得群众原恕，七〇年即回家休养，直至今日，政府对我待遇优厚，生活毫无缺憾，春秋佳日，犹能出门游山玩水也。马一浮先生已于六七年在杭州病逝，此君无后，身后定有遗作，不知保存何处，然耄耋之物，过眼烟云，亦不足深惜。足下何时访沪，可图快乐，书不尽意。顺颂

秋安。

弟 丰子恺 叩

七三年十月四日〔上海〕

---

[1] 载龚静染《小城之远——五通桥的历史记忆》（天津教育出版社 2008 年 7 月初版）。李道熙（1920—2007），四川画家，从事教育、书画工作数十年。

致卢永高、卢鸿钢[1]（三通）

一

永高仁弟：

我有表要托你家郎君修理，有空请来面言。

子恺 启

〔1973年〕十一月廿六日〔上海〕

二

鸿钢：

你的大楷已有基础，今后可试写较小之字，像五分角币大小；再后，像二分角币大小。如此，方可供实用，即使用钢笔写，亦可看出张猛龙体也。我们学书法，一方面为艺术，一方面为实用。此亦文艺为工农兵服务之道。转告你父亲：沈定庵[2]处我已去复。

子恺

〔1974年9月16日，上海〕

---

[1] 卢永高（1924—2006），浙江绍兴人。上海饮食行业职工，丰子恺作品爱好者。在"文革"中携子鸿钢（当时是个15岁的少年）登门求教而结识。

[2] 沈定庵，生于1927年，浙江绍兴人。书法家，系卢永高之友。

三

永高：

《缘缘堂随笔》已借到，你可派鸿钢来取。

此书是别人的，故看后要还他。迟早不拘。

子恺

〔1974年12月〕十九日〔上海〕

致唐云[1]

云兄阁下：

敝友卢永高（上海点心店工人）热爱大作，属代求尺画一方赐款永高。恕不寄纸，画成寄弟代收。多谢！

顺颂

冬安

弟 丰子恺

〔1973年〕十二月十一日

---

[1] 唐云（1910—1993），浙江杭州人。书画家，曾任上海中国画院副院长、中国美术家协会理事、上海博物馆鉴定委员等职。

致王观泉[1]

王观泉同志：

关于陶元庆[2]，我所知也不详。他是所任教的艺术师范的学生，成绩优良。后来我主持立达学园美术科，就请他任教。后来立达经费困难，美术科停办。我把未毕业的学生及教师陶元庆、黄涵秋[3]，移交杭州西湖艺术学院。院长林风眠[4]接受了，要我也去，我不去。不久陶患伤寒病，死在杭州，黄涵秋为他殡殓。许钦文为他筑墓在玉泉道上，其墓今已毁了。

子恺 复

〔1974年〕一月十九日〔上海〕

---

[1] 王观泉，生于1932年，上海人。美术史论家。

[2] 陶元庆（1893—1929），曾在上海艺术专科师范学校师从丰子恺、陈抱一等名家学习西洋画，后从事书籍装帧工作。

[3] 黄涵秋，上海崇明县人，作者在日本时结识的好友，后成为口琴家。

[4] 林风眠（1900—1991），广东梅州人，画家、艺术教育家。十九岁时作为第六批勤工俭学学生赴法留学，后历任国立艺术学院（中国美术学院前身）首任院长等职。七十年代移居香港直至逝世。

致朱幼兰[1]

幼兰仁弟：

令堂作古，我未亲奠为憾。今世长寿者多，令堂非终天年，乃乙型脑炎之害。可知此病非严防不可。据云乃由蚊虫传播。现已入秋，蚊虫正宜严防。

此间室内三十三度连续十天，使我患气管炎。服各种药，今已痊愈。十多天不吃酒，昨天开始吃酒了。不尽，问好。

子恺 启

〔1974年〕八月廿一日晨〔上海〕

听说旧功德林关门了，现在上海素食处只有城隍庙一家了。

---

[1] 朱幼兰（1909—1990），早年皈依印光法师，作者之好友，《护生画集》第四、六集题字者。退休前在上海第十五中学任职，曾任上海市佛协副会长。

致沈定庵[1]（二通）

一

定庵贤棣：

永高[2]送来绍兴乳腐昨已收到。我爱素食，此物最宜佐膳。殊深感谢。近日秋凉，晴窗写诗，附赠一纸，聊供清赏。

子恺 顿首

〔1974〕九月十四日〔上海〕

二

定庵兄：

前寄"家住夕阳江上村"小画一幅，想必收到。兹有托者：我闲居无事，想看《官场现形记》。家中原有一册，久已损失。不知贵处能借到否？但恐此种旧书，已不通行，无处物色耳。冬安

子恺 上

〔1974年〕十二月十日〔上海〕

---

[1] 沈定庵，生于1927年，浙江绍兴人，书法家，他的作品被故宫博物院等收藏。

[2] 永高，指卢永高。

致陆维钊 [1]

维钊吾兄惠鉴：

　　李医生带来大札，藉悉手术经过顺利，至为快慰。李医生年少多才，前程远大，嘱字画定当寄与，勿念。弟行年七七而茶甘饭软，酒美烟香，不知老之将至也。吴颖住处甚近，常来闲谈。不尽。即请
文安

弟 丰子恺 顿首
〔1974年12月12日〕甲寅冬至前十日〔上海〕

---

[1] 陆维钊（1899—1980），画家，美术教育家，浙江美术学院教授。

致卢玮銮[1]

玮銮女史惠鉴：

昨承香港《大公报》罗承勋君寄下竹久梦二[2]《出帆》一大册，已妥收。此书内容丰富，装帧精美，实为文林珍品。且鄙人一向景仰竹久梦二，昔年曾在东京收集其画集，至今宝藏在家。而拙作《子恺漫画》实师法于梦二，故得此大册，尤感欣幸。特函申谢。即请

文安

一九七五年一月十七日 丰子恺 具

此书托香港《大公报》罗承勋君转寄。

---

[1] 此信原无标点。卢玮銮，笔名小思，生于1939年，香港作家、散文家、学者，香港中文大学教授，丰子恺研究者。

[2] 竹久梦二（1884—1934），日本明治和大正时期的著名画家、装帧设计家、诗人和歌人，有"大正浪漫的代名词""漂泊的抒情画家"之称。他的作品影响深远。

致罗承勋[1]

承勋先生惠鉴：

承代寄竹久梦二《出帆》一大册已昨日妥收。此书为旅日华侨卢玮銮女士所赠，弟欲寄书道谢而不知其址。今备函附奉欲乞先生代为寄递。费神甚感专此叩请

春安

弟 丰子恺 上

一九七五年一月十七日

---

[1] 罗承勋，生于1921年。先后在桂林、重庆、香港三地《大公报》工作，曾任香港《新晚报》编辑、总编辑。编辑过香港《大公报》、香港《文汇报》的《文艺》周刊。

致李荣坤[1]

荣坤先生大鉴：

承汇下港币壹佰元，昨已收到。春节隆仪，受之有愧，今专函道谢。弟托庇粗安。先生何日再次返国观光，不胜欢迎。

顺请

春安

弟 丰子恺 上
七五年二月十九日〔上海〕

---

[1] 李荣坤，印度尼西亚籍，笃信佛教，曾多次到上海拜访丰子恺。

致蒋正东[1]（二通）

一

正东：

　　我们安抵上海。此次在你家住十来天，你们招待周到，我与胡先生[2]都很快乐。胡先生叫我谢谢你们。

　　所有要字画的人，稍待数日，当即写好，寄给你分送。

　　转告阿七[3]：一吟姐欢迎丰明暑假来上海。

子恺

〔1975年〕四月廿四日〔上海〕

二

正东：

　　今天挂号寄你画一包，共十三张，想可与此信先后收到。你分送各人可也。

　　今汇出二十元，是送你母亲装牙齿的。你母性情强硬，但

---

[1] 蒋正东（1931—1993），作者之妹丰雪珍（雪雪）之子。

[2] 胡先生，指弟子胡治均，陪同赴石门者。

[3] 阿七，名蒋镜娥，作者之妹丰雪珍（雪雪）之女。丰明为阿七之女。

你同菊初[1]必须说服她:装了牙齿,食物容易消化,身体健康,长寿,活到一百多岁。看见孙子做祖父,看见孙女做婆婆。

加林大妈[2]装过了,现在很健康,现在八十四岁,走路很快,只是摇头,是不要紧的。

子恺
〔1975年〕青年节〔上海〕

外,汇款二十元正。

---

[1] 菊初,蒋正东之妻。

[2] 加林大妈,指丰嘉麟(又名嘉林)之妻。丰嘉麟是丰子恺的堂兄。

致洪丕谟[1]（二通）

一

丕谟医师：

　　来信收悉。仆患风湿，现不甚重。日后倘有需要，当求医药，目前且在室内常常走动，料天气暖和后当可复健也。大作诗篇及书法，均甚佳妙，深为赞佩。匆复，顺颂
时安

　　　　　　　　　　　　　　　丰子恺 上
　　　　　　　　　〔1975年〕四月廿八日〔上海〕

二

丕谟医师：

　　来信收到。书法及诗篇都很好，深可赞善。承示有自制蛇药片能祛风活血，有友人（五十二岁，男）欲请惠若干。其人左臂风湿，不能伸展，躺下时更痛，不知此药对症否。如可用，请封入信内寄来可也。我自己近来好些，不须服用。

　　　　　　　　　　　　　　　丰子恺 具
　　　　　　　　　　〔1975年〕青年节〔上海〕

---

[1] 洪丕谟（1940—2005），时为医师，兼工书法。

致朗度[1]（二通）

一

朗度先生：

示奉到。属画"人散后"一图，稍缓当写寄可也。属寄润例今奉上，即颂
春安。

〔年代不详〕二月廿日

属画大小（称方尺）乞示明，

"人散后"弟所爱写，不作指定题材论。

二

朗度先生：

寄上画二幅乞收。尊属写二尺"人散后"，惟此画布局不宜长条，而宜于册页，故改为册页。另作"红了樱桃"一册页，与"人散后"同一格调。先生喜"人散后"，亦必喜"红了樱桃"。近求画者，均喜人物画，足下独爱无人物之"人散后"，足见具

---

[1] 此信收信人及具体写作年份待考。

有特殊之艺术趣味。

弟

〔日期不详〕

日 记

(1938年—1940年)

子愷

一九三八年

十月二十四日（星期一）[1]

校舍[2]建筑尚未成功，学校在斧斤影里，杭育声中先行开课，将来择吉补行开校典礼。今天上午七时十分，行最初次的纪念周。全校学生一百三十余人，教师十余人，雍容一堂，行礼如仪。我脱离教师生活，十年于兹。今日参加此会，犹疑身为来宾，不知自己已是此剧中的一角色了。

校长和教务主任讲了诚恳无间的训话之后，校长便拉我讲演。我推辞。学生席中一阵鼓掌声把我赶上台去。许多脸孔仰望着我，我心中不免有些不自然。但立刻想起现在是角色登台，十年前当教师时曾经磨练过的那种演剧的本能就复活起来，简短地讲了一番话。大意如下：

---

[1] 10月24日至31日等八篇日记原载1939年11月16日《宇宙风》乙刊第17期，收入崇德书店1944年6月版《教师日记》。

[2] 校舍，指广西省立桂林师范学校。

"我与诸君行过相见礼,并且共唱党歌。我们已由礼乐结合,成为新相知了。古人云:'乐莫乐于新相知。'我今天觉得非常快乐!

"我们的新相知,实在是很难得的:前几天,我曾在桂林城内监督你们入学考试。那时我对着满堂的投考者,曾经想道:不知这数百人中哪里的几位,是我们的学生,将与我共数晨夕?我看看数百只脸孔,但脸孔上并没有写明,我不得而知。今天我才知道,原来与我有缘的就是你们这几位!你们恐也有这样的感想。当你们在考场中看见我时,也许有人真心想道:不知这胡子是不是我将来的先生?但现在你们也知道了。投考者有数百人之多,其中大多数与这学校无缘,偏偏你们这几位有缘。这不是很难得的么?这是难得之一。

"其次,这里的诸位先生,是由中华民国各省各地会集拢来的人。有河北人,江苏人,浙江人,安徽人,湖北人,湖南人,仿佛是全国各省的代表!因了国难,东西南北地集合拢来,来作你们的导师教师。这是难得之二。

"又次,桂林以山水著名于全国。我们这学校位于山水之间,风景特别美丽,青天白日特别鲜明!我们有这样的好环境,是难得之三。

"有这三重难得,我们的新相知特别快乐。希望诸君今后努力用功,不要辜负这难得的好机会!"

九时十分,我第一次上课,高师班的美术。点名后首先问:"刚才我在纪念周讲话,你们都能懂么?倘有听不懂的,请举手。"没有人举手。我很高兴,就对他们讲美术的范围和学习法。其言大体如下：

"美术，包含哪几种东西？自来界限模糊。中国古书中，曾把音乐也归入美术范围内。则美术仿佛就是艺术。但我主张，美术的范围应限于视觉艺术，即所谓造形美术。艺术旧有八种，即文学，音乐，演剧，舞蹈，绘画，雕刻，建筑，工艺。近添照相、电影二种。我主张在中国应再添书法、金石二种，则共得十二种。这一打艺术中，只除了文学与音乐与眼睛无关外，其余的十种均用眼睛鉴赏。不过其中演剧、舞蹈、电影三种用眼睛之外又兼用耳，称为综合艺术。其余的七种，即画，雕，建，工，照，书，金，则全用眼睛，为纯粹的视觉艺术，即造形美术。

"我所规定的美术，就是这七种。七种之中，绘画实为其中心。美术专门学校中学雕刻、建筑、工艺的人，必须先从绘画练习入手。学金石、书法、照相的人，倘能从绘画练习入手，必易于学成。故绘画可说是美术的基本。

"因此你们的美术科，就以绘画学习为主体。此外附带学习其他各种美术的创作、鉴赏的常识。大略每星期二小时中，一小时学画，一小时讲述常识。今天上课开始，我们就这样奠定修习的方案。

"关于学习绘画，我今天先指示你们一个方针：绘画必从写生入手。人物是写生的最好材料。这校舍正在建筑中，各种工人来来往往，有各种服装，各种姿势。这都是我们的写生范本。希望你们于课余之暇，用小册速写各种人物的姿势，当比教室中的上课得益更多。但速写时须注意一事：将两眼稍稍闭合，看取人物的大体姿势，而删去其细部。切勿注目于细目而不顾大体。今我在黑板上姑作数例。举一反三,则在你们自己。"

十时的简师图画课,仅讲图画学习法,即上文的下半,但讲得特别疏略。因为这班里的人听不懂我的语言,举手者竟过半数。我的话风大受阻碍了。

十时四十分下课后返寓,途遇章桂[1]。持医生信催我即刻赴桂。因吾妻力民在桂林医院患子痫症,要我去决定办法。匆匆于二时半到车站,拟乘三时开之三班车赴桂林。彬然[2]从车站来,报道今天是除历九月初二。照例,初二、十六下午车停班。我近来惯于逃难,对于横逆之来,心君泰然不动。只是勉尽人力,以听天命。于是我说姑且上站一看。

到站,适有一小汽车满载行客,将开桂林。我要求附搭,得其许可,但只能坐司机之椅背上,身体屈作S形,且须出车资桂钞二元五角。三点三刻,我的身体又由S恢复I,站在省立医院的产科主任郑万育的面前了。

郑医师说,临产期尚距三星期。但一患子痫症,今天非生产不可。倘延迟则危险性增大。他决定四点钟行手术。我到得正好。又说,或破肚,或人工生产,须再诊后决定。又说,万一不能大小两全,则保大抑保小?我知道生产破肚并无危险,关于手术悉听医师决定。至于不能两全,则当然保大。医生即出证书要我签

---

[1] 章桂,又名桂荣、璋圭,为丰子恺祖上丰同裕染坊雇工,随丰家一同逃难至大后方。

[2] 彬然,指傅彬然(1899—1978)。作者浙江省立第一师范学校同学,当时亦在桂林师范任教,也是上海开明书店老同事。

字盖章。无印泥,用指蘸红墨水抹印面而盖章,结果意外地清楚。

我到医院时,联棠、梓生、鲁彦、丙潮[1]诸君皆已在场,分我忧患,壮我胆量,心实万分感激。此时我谢诸君,请其返家。梓翁独留,相与坐手术室外走廊内烧香烟,谈广州失守、武汉放弃事。娓娓两小时,而新枚(此是我第七子,名字在胎中时预为取定)出世,大小平安。盖郑医师不但手术高,医德更高。其动作之周详,态度之和蔼,令人感佩。母子二人平安脱险,实是他的医德的所赐。他是我的读者,一见相契。看护士中亦有周女士,为我昔日在上海时之学生。十余年后五千里外患难中相遇,亦奇缘也。六时半出医院,拉梓翁到"秀林"[2],饱餐一顿。夜宿崇德书店[3]章桂床中(章桂留乡)。

十月二十五日(星期二)

昨在汽车中屈曲一小时,晚上全身甚酸痛。疲极酣睡,今晨爽然复健。七时梓翁来,同赴东环路送马先生[4]离桂赴宜山。

---

[1] 联棠,指陆联棠(当时桂林开明书店负责人);梓生,指张梓生(1892—1967,新闻出版家);鲁彦,指王鲁彦(1901—1944,乡土小说家),皆作者之好友。丙潮,指周丙潮,作者的表弟,他随作者一起从家乡逃难至内地。
[2] "秀林",当时桂林一餐馆名。
[3] 崇德书店,系作者为解决一起逃难至内地的乡亲们的生活问题而开设的一家书店。
[4] 马先生,指马一浮。马一浮(1883—1967),号湛翁、蠲叟等。国学家、书法家、篆刻家,近代新儒学派的代表人物之一。建国后历任浙江文史馆馆长、中央文史馆副馆长等。

吴敬生[1]君亦在场，匆匆话别，即到医院。途中忽见桂林城中黯淡无光，城外山色亦无理唐突，显然非甲天下者。盖从此刻起，桂林已是无马先生的桂林了。

力民病势颇重，昏迷不省人事，赖葡萄糖针及强心针维持。新枚颇健壮，哭声大于院中一切婴孩。其脚先出世，经医师拉扯，腿骨微有恙，但医师云日后必可复原。是晚我与陈宝（我的长女）宿病室中。病室为隔离第六室，院中人简称之为"隔六"。

十月二十六日（星期三）

拂晓，力民忽苏醒，且索食。自言自入院后即失知觉，直达这时候方才醒悟，但觉全身疲乏，却并无痛苦。这样说来，这回她虽然不是平产，却比平产更少苦痛，真是所谓"因祸得福"了。她不相信已生下一个孩子，更不相信孩子是男。陈宝特请护士抱来给她看，方始疑信参半。我也直到此时方知婴孩是男。昨晨送别马先生时，马先生道贺后即问我所生是男是女，我不能答，但说是一个"人"。闻者皆失笑。

十月二十七日（星期四）

今日起医生许产母食麦片。但葡萄糖针仍不止，且每次打100cc。广州失守后，药物来源断绝，剩货皆增价，该针10%

---

[1] 吴敬生，当时在桂林农民银行工作。

者每匣八元（桂币，下同），20%者十元，25%者十二元，50%者十六元。有药可买，还是幸事。力民素无奶，新枚仰给于牛。昨已为买到牛奶约二三月之粮。下午拟返乡，同一吟（我的幼女）到桂益行，适是日无车，原因不明。唐现之[1]，王鲁彦，朱雯[2]三君在站，即同赴西湖酒店吃茶。晚唐邀王、朱及我在乐群社便饭。归院，力民已大好，索鸡汤。我赴附近饭店买一腿，嘱陈宝于院中炭炉上煮汤，下面给她吃。医生不准她吃鸡，我们偷偷地给她吃了。

十月二十八日（星期五）

晨五时，与一吟离院赴桂益行，天方破晓。车直到七点半开，九点始到家。上午有课两小时，已来不及去上。且日来奔走甚疲，今天要休息了。我赴桂之次日，恐岳母年老，闻力民在院难产，不胜其忧，故不惜来往车费（桂洋三元六毫），特派杨子才[3]君下乡报信。故家人早已安心。今我返家，备述详情，皆大欢喜。诸儿更盼早见新弟。华瞻即于是日下午上桂林，以慰其母，视其弟。

---

[1] 唐现之（1897—1975），广西灌阳人，时任桂林师范校长。著名教育家，一生致力于乡村教育与师范教育，与梁漱溟、任中敏等合称桂林教育界"八怪"。解放后任广西壮族自治区第一图书馆馆长、司法厅厅长等职。译著有《近代教育家及其理论》《欧洲新学校》《近代西洋教育发达史》等。

[2] 朱雯（1911—1994），作者之友，翻译家。

[3] 杨子才，作者子女的同学，逃难途中相遇，当时在崇德书店工作。

牛棚（即我的书房）上漏，我书房迁彬然所曾居之西室。拟请工人修牛棚之漏，平牛棚之地，留给新枚居住。倘他吃牛奶，住牛棚，将来力大如牛，可以冲散敌阵，收复失地。至少能种田，救世间的饿人。即使其笨也如牛，并不要紧。中国之所以有今日，实因人太聪明，不肯用笨功的原故！

十月二十九日（星期六）

为新枚诞生，请假已四天了。今日继续授课。九点十分有课，八点一刻须动身。因为我家离校足有五里之遥，我步行需三十五分钟。若在平时，非坐黄包车不可。现在没有代步的东西。况且环境中的人都苦干，视步行五六里不但是应该，且是乐事，因为他们是做苦工的。在桂林时，看见本地人皆勇于逃飞机，自己也不免胆小起来。现在看见本村人皆苦干，自己也不觉耐苦起来。这在我实在是大有得益的。教务主任体恤教师，把我的时间一律排在上午九时十分至十时四十分。我早膳后从容地走三十五分钟，上两课后再从容地走三十五分钟，于身体健康确有好处。闻此地冬日多晴，则行路不难，直可视为每日的健身运动。记得昔年在缘缘堂时，医生说我少运动，以致身体不健。我下一决心，每日与儿童在院中踢球一次，以代运动。但三天后即废止。一则踢球无味，二则我口上生须，人视我为老人。一老人与儿童踢球，见者大都好笑。被笑虽然不痛，但也难受，因此废止运动。现在上课要跑路，正是使我准时运动的好机会。即使校旁有好屋，我也不肯迁居了。

课二小时，皆简师国文。教育厅规定用中华版师范国文读本第一册。其第二篇选的是我的随笔——苦学经验[1]。这班学生有半数听不懂我的话，所以今天先选我自己的文章，朗读一遍，使他们听我的口音。朗读以前，先借粉笔之助，向他们说：

"我教你们国文，第一步先须使你们能听懂我的话。我所说的，是浙江口音的普通话，难怪你们不懂。但我即使能说纯粹的普通话，也不中用。因为你们是从广西各县来的人，而各持一说。

"现在我先朗读我自己的文章，请你们仔细地听，记牢了我的口音，以后能听讲。本来，我也应该学桂林话。一则我学会了桂林话你们也不会全懂，二则我们有年纪的人舌根较硬，不便改换方言，不如请你们年青的人听我的方言，较为合理。况且，这于你们有很大的益处：这回来教你们课的先生，有中国各省的人，各省的方言你们都得听到。言语对于文化有很大的关系。你们听惯了中国各省的言语，胸襟和气魄也会广大起来，不限于广西一省，而扩张于中华全国。这种训练，在你们广西人是很受用的。"

十月三十日（星期日）

上午九时乘车赴桂林。先到崇德书店看丙潮病，知为发疟，当无大事。即赴医院，见力民体肿已退，看似较瘦，而实乃恢复健康。据陈宝、华瞻言，医生已许吃鸡汤，且谓只需休养，

---

[1] 苦学经验，指作者1930年11月13日写的《我的苦学经验》一文。

已无危险。华瞻正午即乘车返乡。我同陈宝在"秀林"吃饭，买葡萄糖针及什物。陈宝先返医院。我则访问吴彦久，张梓生，鲁彦夫人[1]等。彼等于我不在城时，常去医院探访，其好意当感谢也。夜又访吴敬生兄，探询马先生消息，司机未返，尚未有音信。但料想必安抵宜山。

夜返医院，闻陈宝言今日手术室有人割腿，其腿被疯狗所咬，毒发不可留，故割去之。护士领她去看割下之腿，宛如轰炸后所见，但不觉可怕。此言甚有道理：同是断腿，一因于仁，一因于不仁，给人印象当然不同。

十月三十一日（星期一）

五时起身赴桂益行乘车，返乡已八时半。即赴校上课。

今日二课，为高师美术与简师图画。令各作一能作的画缴来，使我知道他们的美术修养的程度，以便规定我的教法。且此种画卷又可搜集起来，归我保存。将来他们毕业时，我可拿出来比较一下，毕竟进步多少，并可留作初相见时的纪念品。五年十年之后，我们相见，拿出这册子来看看，追怀既往，亦可勉励来者。诸生闻我此话，默默地作画了。不知他们作何感想。广西人的脸孔上，表情不很显明，我无从测知。我在教室中徘徊了两小时。

---

[1] 鲁彦夫人，指王鲁彦夫人覃英。覃英（1906—1993），曾就读长沙女子第一师范、南京中央大学。毕生后从事教育工作。

十一月一日（星期二）[1]

校中时钟改早，与我的表不对，我到校已脱简师国文一课，约下午补授。第二课为师训班图画教材教法。上星期我请假，今天还是初次上这班的课。先请不懂我话的人举手。结果大家不举手，我很高兴。为讲图画教材问题如下：

"图画教材甚广，凡宇宙间森罗万象，无一不是图画教材。把各物的画法一一教给你们，例如今天教画马，明天教画牛，后天教画花，再后天教画鸟……十年也教不完。且所教的限于各物的某一种状态，死板而不能随意应用。中国旧时的学画法，便是犯这毛病：学画者大都备《芥子园画谱》一册，依样描葫芦，知其一而不知其二，举一而不能反三。因此多数的中国画毫无创意，大都是在抄东袭西，从各种画谱中所摹得的景物堆砌起来，成为一幅。因此画中景物拘泥于古代。例如人物，必作古装；例如舟车，必作古制。二十世纪的画家，对目前景物如同不见，而专写古代状况。这是何等不合理的事！他们的工作，实在不是作画，只能称是'凑画'。你们学图画，切勿犯这毛病！要你们不犯这毛病，我不把各物的画法教你们，而教你们一个'一通百通'的方法。这方法包括一切图画教材了。

---

[1] 11月1日至3日、5日、6日等五篇日记载1939年12月1日《宇宙风》乙刊第18期，初收崇德书店1944年6月版《教师日记》。其中，11月1日至3日、5日等四篇日记又载1940年1月20日《战时中学生》第2卷第1期。

"所谓'一通百通'的方法,便是训练你们的眼睛和手。我们的眼睛原来具有对形状、色彩的辨识力。人的脸貌、形状、色彩千差万别,而普通人都不认错他的亲属朋友和识者。不满一岁的婴孩,也能辨识母亲或乳母的颜貌。这足证人的眼睛,对于形状色彩原来具有辨别力。不过一般人没有受过图画的训练,对于形状色彩的不同,只知其然,而不知其所以然。我们看到两只不同的脸孔时,辨别了他们的不同还不满足,必须研究其所以不同的地方何在。对于山水、树木、花鸟、器什的形状,亦复如是。堆积这种研究,能辨识各物形状、色彩的不同所在后,你的手便会与你的眼合作,而在纸上描出所见各物的特相。'得心应手',即是'一通百通'。一通百通,则凡看得见的,都画得出。无论到什么地方,无论教何种学生,都可因地制宜,因人施教,而教材永无穷乏之虞了。

"诸君在学的一年中,请努力训练自己的眼睛,我则从旁加以指导。"

下课后,在校与学生一同吃午饭。这样的饭,我有十多年不吃了。默默地吃,容易吃饱,我吃了一碗半就罢。下午在王、傅[1]二兄的房间中休息闲谈。二时四十分,为简师补国文课。上次讲我的《我的苦学经验》,其主要目的是使他们习听我的口音。至于自白我为学的经验,勉励他们为学,却是副目的。因为我未谙他们的性格,尚不能决定教学的方针。今天我教他们

---

[1] 王,指王星贤,名培德,马一浮之弟子,丰子恺之好友,当时亦在桂林师范任教。
傅,指傅彬然。

读厨川白村[1]的Essay〔小品文，随笔〕。因为我曾阅入学试验的国文卷子，记得以"人生于世"开篇的卷子很多，料想广西青年中犯此毛病者必有其人，故提倡Essay以调剂之。鲁迅先生译笔太过谨严，有几处难怪学生看不懂。经我在黑板上改译中国文式的，犹有人看不懂。懂的人亦似乎少有兴味。事后我方知所选程度太深。下次当降低标准。

四时返家，牛棚地已由工人填平，漏尚未修。明日无课，原定赴桂林。自觉疲劳，派软软（我的三女）代去。

十一月二日（星期三）

软软早晨乘车赴桂林。今日我无课，在家休息。午餐饮茅台酒，味甚美。此酒乃是吴敬生送马先生，马先生送王星贤，而王星贤送我的。王星贤送我时说，不吃不妨转送他人，但勿送吴敬生。我恐吴敬生亦是别人送的，还是由我把它吃了，使它免于轮回。

下午同林先[2]到圩上，买甘蔗及麦饼。麦饼七镖十个，味可抵劣饼干。

十一月三日（星期四）

今天下午三点钟，三班同学会联合开成立大会，由学生召

---

[1] 厨川白村（1880—1923），日本文艺评论家。

[2] 作者二女儿，又名林仙，见后文。

集各师长参加。我上午十一时十分下课后，不得返家，专等三点钟参加集会。住家离校太远，毕竟不方便。在校午膳后，无事，躺在彬然床中看《牡丹亭》。听见门外有人喊"报告"。开门一看，原来是一个学生要进来向傅先生（彬然是他的导师）请假。他一进门，即向彬然鞠躬。鞠躬时头仍垂直，眼看导师。其身体成弯曲形，好像某种机器的一部分。我听了看了，觉得好笑。原来这种都是军队里的礼貌，受过军训的学生都学会了的。我真是少见多怪！等他出去后，我私下学学他的鞠躬看，觉得很吃力，真不容易！这姿势难看！好像是某种动物所有的。

三点半才来开会，还是校长在院子里喊拢来的。行礼如仪的时候，我才想起今天恐要我讲话，悔不在看《牡丹亭》时先准备一下。于是在静默三分钟（其实不到一分钟）中思索一下，决定了讲话的大意。谁知校长第一个上台，所讲的和我所要讲的一部分相同。我只得另找话材。校长讲毕，我就被拉上台。没有充分准备，短短的讲了这样的一番话：

"今天你们三班同学会联合起来开成立大会，我就拿你们这地方所常常听见的一句话来送你们。这句话就是'三位一体'。你们虽然分为三个级会，但这是为了办事手续上的方便而分。实际上你们这三班人还是一体的，大家是桂师第一届的学生。

"既是三位一体，你们必须排除'我们''你们''他们'的意见，而分工合作。万万不可固执小团体的界限而互相磨擦。

一切团体事业（尤其是在中国）的失败，皆由于此。你们人数虽然很少，但也是一个团体，大家必须养成以全体为中心的精神。只要胸襟放宽。这胸襟是可以养成的。譬如：你们同桂林各学校的学生，同是广西学生；你们与全国各校的学生，同是中国学生。推广一步，你们与全国一切人，同是中国人。再推广一步，你们与世界上一切国民，同是人。再推广一步，你们与天地间一切禽兽草木，同是天之生物。所以外国人受非人道待遇，我们要代为愤慨。禽兽被虐待，我们也要发同情心。你们能把胸襟放宽，人我之见自会减弱，彼此之争自会消灭。无人我之见，无彼此之争，实为团体生活最大的幸福。团体要像人的身体：五官四体，决不互相争斗。故我劝你们，要把世界当作一个身体看。退一步说，要把中国当作一个身体看。退几百步说，至少要把桂师当作一个身体看。这就是说，我们要有'万物一体'的大胸怀。'三位一体'还是最起码的。以上是我的赠言。

"连日阴雨，今天忽然放晴。这预兆你们前途光明。愿你们努力自爱！"

十一月五日（星期六）

今天上午简师国文两小时，是作文。托彬然代为督课，自赴桂林。因为力民已渐复健，明天或可出院，今天我准备去接。一早赴车站，到了十点半钟方才开车。为的是等客等货。桂益行的汽车，开车没有定时，车中也没有好好的座位。只是两旁装两条板，算是座位。中央就堆货。卖票也没有限制。有时挤起来，货上坐满了人，后面（门开在后面）还是不断地挤进来。车中的人竟像叠咸鱼一样，手足动弹不得。颠簸了一小时，到得桂林，全身筋骨发痛。我初坐这车的时候，疑心它是逃难汽车。问本地人，才知道通车多年，一向就是如此的。

到医院，问过医生，知道明天可以出院。我就去访吴敬生兄，向他借用小汽车，约定明天下午一时到医院来接。晚上访王鲁彦夫人，知道她要迁居江东。是晚宿崇德书店。

十一月六日（星期日）

上午张梓生兄来医院访问。一位读者胡君也来医院访问。他说有汽车赴昆明，若我有行李要带昆明，他愿代办。我没有行李托他带，但念马先生的十箱书留存桂林，最好托他带到宜山。将来托吴敬生同他接洽。

下午一时吴敬生来医院相邀，同赴两江。经过二我轩[1]停车片刻，给新枚拍一张照。他降生才十三天。这回是他最初一张照片。这回是他最初次出门。途中我对吴敬生说，这小孩子最初出门就坐这么好的小包车，将来衣食住行中恐有"行福"。

三刻钟即到两江。托圩上人于竹椅上缚杠竿，当作轿子，抬力民到家。彬然、星贤二兄均在家，星贤兄家有酒及鸡，邀敬生一同去吃。我陪敬生参观我的牛棚（已改作房间），即同到隔壁星贤家的牛棚（已改作书房）去吃鸡酒。敬生亲自送我回家，

---

[1] 二我轩，当时桂林一照相馆的名称。

我本应招待，现在就借花献佛了。王星贤夫人手制的鸡，为马先生所称道。今天我在牛棚里吃鸡，变色而作。这真是一幅漫画的材料。敬生于五时坐汽车返。我拿两只竹篮、一个葫芦送在他的汽车上，带去作为纪念。

十一月七日（星期一）[1]

今天把远近法之理教给诸生。画中的远近法，正好比文中的文法，论理观念清楚的，不学文法也能作文。透视观念清楚的，不学远近法也能作画。故我主张远近法不必一一细说，只要把透视的道理讲清楚，使学生悟得了"把立体看作平面"的观照法，就一通百通。我想在一小时内做完这工作。提纲挈领地说了一小时，学生中有的似乎领会了，但大多数表示茫然。这恐是我的奢望了。十年不做教师，不会对付学生，把学生当作朋友或家里的孩子看，想在短期时间内教会一种技法，分明是难得成功的。

十一月八日（星期二）

昨晚阅简师的国文卷，发现没有一个完全通顺的。标点乱用，文法不通，是全班共犯的毛病。错字之多，尤不应该！这只能说是高小学生的文卷，却不配称为高中学生的文卷。今天

---

[1] 11月7日、8日、11日至15日等七篇日记载1939年12月16日《宇宙风》乙刊第19期，初收崇德书店1944年6月版《教师日记》。

上课，我把各卷中不通的文句列举在黑板上，当场改给他们看。并且同他们约法三章：(一)以后作文暂时不许用文言，至文法通顺而止。因为他们中有些人用似通非通的文言来掩饰文法的错误。(二)以后作文，先念一遍给朋友听。他听得懂，才可缴卷。他听不懂的，都要改去。(三)标点不准乱用，字不许潦草。潦草者不给改。我初次做国文教师，起初很胆小，怕教不出。现在大失所望。但仍怕教不出。这样的文章要教他通来，我哪里来这股神力？

改了两黑板文句，不胜其头痛。快步回家，来看新生的孩子，藉以调剂心情。两三日来，几小时不见就要想着他。自笑"丈夫亦怜少子"。

十一月十一日（星期五）

今天续讲远近法，并在黑板上画"桂师"两个立体字，以为远近法的实例。讲毕，令学生各把自己的姓名作立体字，务须注意消点的统一。这练习兼有两种作用，一方面练习远近法，一方面练习图案。桂师图画设备不周全，写生画难教。即有相当设备，一星期两小时也不够用。还不如教他们这种小玩意儿，便当一些。有画才的，自能由此获益。

陆联棠君来校，在傅先生房间午餐。彼因近来华南吃紧，桂林人心摇动，故来两江探听开柳州的船，预备必要时装货走柳州宜山。当日下午乘车返桂，未及来泮塘岭参观我的牛棚。

十一月十二日（星期六）

今天是中山先生生日，例假。上午八时开会，校长托人来通知我，我不去。因为关于中山先生，我没有话可讲；而到会是必须讲话的。

午与彬然兄同赴桂林。正值华南反攻大胜，为之一快。在桂林见新朋旧友甚多。谈华南战事及时局，不乏奇闻。有人谓此次广州失守，乃因该处军人团长皆因事他往，城中全不戒备。故敌军长驱直入，毫无抵挡。又有人言，我军撤退后二三日，敌军始入城。其间有机械化部队冒悬日本旗入城，群汉奸皆出城欢迎，尽被用机枪扫死，可称快事！又有人言，日本国币在安南已打三折，我国国币则打对折。故知敌国内虚空，在国外已失信用，其不能长期侵略无疑。又有人言，敌急于求和，又加一好条件：赔偿中国民众一切损失。果真如此，日本人当还我缘缘堂来，我就不必住牛棚，听炸弹了。然而……

夜与彬然共宿崇德书店。吴敬生、朱雯来谈，共饮老米酒，至十时始散。丙潮、子才自睡书摊上，将两榻让我们睡，复代为买物，招待殊周。

十一月十三日（星期日）

据秘密消息，蒋先生[1]在桂林，住乐群社。万一汉奸放此

---

[1] 蒋先生，指蒋介石。

消息，今日桂林有被轰炸之希望。幸而不然。上午同梓生访范寿康[1]夫人，王鲁彦夫人，复独赴大中华[2]访林憾庐[3]君。后二人皆新近自长沙及广州退桂林者。憾庐乃一老人，态度诚恳，甚可敬爱。已来开明[4]访我两次。今晨我访大中华不遇，返崇德[5]，彼正坐待，遂得快晤。惜为时匆匆，十一时即相别，与彬然乘车返乡。

十一月十四日（星期一）

上午上图画科，与诸生约：每周第一小时讲理论，由我主动，发讲义或讲话。第二小时实习，由诸生主动，各人随意作画（或写生，或创意，或图案）请我批改。今日为第一小时，发图画与人生讲义。这是前年教育部请我在中央广播电台讲演的讲稿。措辞甚长，本不须再讲。但前日检点一遍，觉得其中有许多地方，能再加补说最好。故在教室重新播音一次。赖有黑板的帮助，讲得更加详细，诸生似乎都能懂得。

马先生寄我一诗，题曰《赠丰子恺》，抄录于下："人生真相画不得，眼前万法空峥嵘。"真是良话！我的画集《人间相》所描的实在是地狱相，非人间相。明知讽刺乃小道，但生不逢辰，

---

[1] 范寿康（1896—1983），教育家、哲学家。当时为开明书店驻重庆的代表。

[2] 大中华，当时桂林一旅馆名。

[3] 林憾庐，林语堂之三哥，《宇宙风》编辑。

[4] 开明，指开明书店。

[5] 崇德，指崇德书店。

处此末劫,而根气复劣,未能自拔于小道,愧恨如何!

赠丰子恺[1]

　　昔有顾恺之,人称三绝才画痴;今有丰子恺,漫画高才惊四海。但逢井汲歌耆卿,所至儿童识姓名。人生真相画不得(君自题其画曰"人间相"),眼前万法空峥嵘。"护生"画了画"无常"("护生""无常"皆君画集名),缘缘堂筑御儿乡(君家崇德,榜其居曰"缘缘堂",今毁于寇)。吴楚名城一朝烬,展转流离来象郡。谁言杀尽始安居(庞居士偈云:护生须是杀,杀尽始安居,此言杀者,谓断无明也),此是无常非岁运。乱峰为笔云为纸,点染虚空如妙指。晴阴昏旦异风光,万物何心著忧喜。每忆栖霞洞里游,仙灵魑魅话无休(在桂林时与君同游是洞,导游者历指洞中物象,述成故事,言皆谬□,予因谓君:世间历史或亦类此)。石头何预三生业,国史犹争九世仇。吾欲因之铲叠嶂,不见神尧天下丧。书契结绳等胶漆,鸡狗比邻相谯让。琴台汉上已成灰,破垒焦原百事哀。巴蛇吞象知无厌,黄鹤西飞遂不回。豪情壮思归何处,梦中勋业风前絮。岂如华子能操戈,不信留侯能借箸。伏波山下酒初醒,一别漓江入

---

[1] 全诗原无标点,标点系丰子恺女儿丰陈宝、丰一吟所加。《子恺漫画全集之一·古诗新画》(开明书店1945年12月初版)中曾以此诗作"代序",但有些字句有所不同,疑为马一浮后来作的修改,详见【附】《奉赠子恺尊兄》。

杳冥。丹穴空桐堪送老，白龙青鸟惜零丁（白龙洞、青鸟峰并在宜山）。若知缘起都无名，始知名言离四病。如江印月鸟飞空，幻报何妨论依正。画师示现无边身（华严偈云：心如工画师，能出一切相。予每谓君：三界唯心，亦即三界唯画。若问画是色，法无色界作护生画，答曰：空处着笔），痴与无痴共一真。骑得虎头作龙猛，会看地狱变天人。（顾恺之小字虎头，龙树菩萨玄奘译名龙猛，骑虎头把虎尾，禅师家恒言，亦即龙猛真智也。君尝题其画曰"人间相"，其实今之人间殆与地狱不别。予尝谓君：画师之任在以理想之美改正现实之恶，故欲其画诸天妙庄严相，以彼易此，使大地众生转烦恼为菩提，则君之画境必一变至道矣。）

【附】

奉赠子恺尊兄

昔有顾恺之，人称三绝才画痴；今有丰子恺，漫画高文行四海。艺术权威亦可惊，学语小儿知姓名。人生真相画不得，眼前万法空峥嵘。"护生"画了画"无常"，缘缘堂筑御儿乡。吴楚名城一朝烬，展转流离来象群。谁言杀尽始安居（庞居士偈云：护生须是杀，杀尽始安居，此言杀者，谓断尽无明也），此是无常非气运。须弥为笔天为纸，点染虚空唯一指。四时云气异丹黄，万物何心著忧喜。却忆栖霞洞里游，仙灵魑魅话无休（在桂林时与君同游是洞，导游者历指洞中物象，述成故事，言皆谬悠，予因谓君：

世间历史或亦类此）。石头何预三生业，国史犹争几世仇。吾欲因之铲叠嶂，不见神尧天下丧。文章胶漆元等观，鸡狗比邻相谯让。琴台汉上已成灰，破垒焦原百事哀。巴蛇吞象知无厌，黄鹤西飞遂不回。豪情壮思归何处，梦中勋业风前絮（君在汉上时，曾贻书见语朝野抗战情绪之热烈）。只今粤俗尚迎□，浪说留侯曾借箸。伏波山下酒初醒，一别漓江入杳冥。丹穴空桐堪送老，白龙青鸟惜零丁（白龙洞、青鸟峰并在宜山）。若知缘起都无性，始悟名言离四病。如江印月鸟飞空，幻报何妨论依正。画师示现无边身（华严偈云：心如工画师，能出一切相。予每谓君：三界唯心，亦即三界唯画），痴与无痴共一真。骑得虎头作龙猛，会看地狱变天人。（顾恺之小字虎头，龙树菩萨玄奘译名龙猛，唐阎立本画地狱变相。君尝题其画曰"人生诸相"，其实今之人生殆与地狱不别。予尝谓君：画家之任在以理想之美改正现实之恶，故欲其画诸天妙庄严相，以彼易此，使大地众生同圆种智，则君之画境必一变至道矣。）

古人作诗，本无自注之例，唯谢灵运山居赋有之。今浅陋之言犹或未喻，故略明之，亦以隐歇无二致，且省后来笺释之烦耳。

戊寅旧历重阳躅戏老人漫书

十一月十五日（星期二）

近来发见一条到车站的近路：穿过松林，通过荒冢，不到一里路便是车站。然后走公路赴学校，约比从前走的路减短四分之一，缓步亦只须三十五分钟。只是荒凉满目，四顾无人。今日天阴风劲，倍觉凄凉。走在路上，我常想起陶渊明的诗："荒草何茫茫，白杨亦萧萧。严霜九月中，送我出远郊……"嫌它不祥，把念头抛开。但走了一会又想起了。环境逼得你想起这种诗。到校，于傅桌上看见马先生致王星贤书，并附长诗。诗用典太多，不能全懂。书使人感动！内有一节云："（上略）吾心恻然不能已，作得五言长篇一首，今以附览。前寄子恺是变风，此却是变雅，可当诗史，不为苟作。不惜歌者苦，但伤知己稀。局格谨严，辞旨温厚。虽不能感时人，后世必有兴起者。贤辈勉之。此学（非指诗言）真不绝如缕。吾已衰老，值此乱亡，非特日讲论不能益人，即欲从事著述，亦恐只供覆瓿。但令种子不断，如大鉴所云：心地含诸种，普雨悉皆萌。吾虽不能见其成熟，但稍露萌芽，亦可无憾。深望贤辈悉力担荷，切勿妄自菲薄，随人起倒也。（下略）"[1]

今日简师国文，讲标点用法。他们大多数还没有认识标点在文章中的有机性，大都看作旧时的句读，写完了文章然后附加上去。从今天起，我要他们随写随加。养成了习惯，标点的

---

[1] "到校，于傅桌上看见……随人起倒也。（下略）"，此数行为《教师日记》中所无，现据1939年12月16日《宇宙风》乙刊第19期发表稿补入。

用法自会知道了。

读叶[1]、夏[2]合著文章讲话，觉得有几章给我的学生读，还嫌太深。

十一月十六日（星期三）[3]

今天无课，写信七八通报复诸友。近来积信甚多，无暇报复，搁置至今，很对人不起。

十一月十七日（星期四）

今日（旧历九月廿六日）是我生日。年年此日必罢工一天，以资退省。今虽时值非常，此例亦不愿废止。早晨差嫂嫂（女工也）送信至教务处，请假一天。

喝了两杯老米酒，闭目静坐，对过去生涯作一次总回顾。

---

[1] 叶，叶圣陶（1894—1988），原名叶绍钧，作家、教育家及出版家。三十年代曾与丰子恺合编《开明国语课本》，终生致力于出版及语文的教学。建国后曾任出版总署副署长、教育部副部长等职。

[2] 夏，指夏丏尊（1886—1946），中国近代教育家、散文家。曾任杭州浙江省立第一师范学校国文教员、浙江上虞春晖中学教员等。曾在上海开明书店工作。1923年翻译意大利作家亚米契斯的名著《爱的教育》。1930年主编《中学生》杂志。

[3] 11月16日至23日等八篇日记载1940年1月《宇宙风》乙刊（新年号）第20期。其中11月17日至23日等七篇日记初收崇德书店1944年6月版《教师日记》；11月23日一篇后又载1962年10月26日《广西日报》。

这次回顾，所见与往年略有不同。往年走的都是平路，今年走的路很崎岖。站在崎岖的丘壑中回顾过去的康庄，觉得太过平坦，竟变成了平凡。再过四天，十一月廿一日，是我们逃难周年纪念日。过去一年中，艰苦，焦灼，紧张，危险，已经备尝。在他方面，侥幸，脱险，新鲜，快意的滋味也尝过不少。所谓"山穷水尽疑无路，柳暗花明又一村"，用以比方我这一年间的生活，很是恰当。过去的生活，犹如一片大平原，长路漫漫，绝少变化，最多不过转几个弯，跳几道沟，或是渡几乘桥梁而已。这一年间的崎岖之路，增加我不少的经验，给我不少的锻炼。然而我决不是赞美崎岖之路而不乐康庄大道。谁不愿在康庄大道上缓步徐行呢？但走崎岖之路也有它的辛劳的报酬，并非全然不幸，尤不必视为畏途而叫苦连天。这一点精神，是我四十一岁生辰的退省中可以自勉的一事。至少希望我的孩子们将来能接受我这笔遗产。

说起孩子们，想起还未满月的新枚。十年不育，流亡中忽添了这一个婴孩，打破了十年来家庭的岑寂，改动了十年来固定不易的家庭章法，又可说是"柳暗花明又一村"的一个著例。

十一月十八日（星期五）

两天不到校，一到校就听到紧张的消息：岳阳失守，长沙坚壁清野，自动毁灭全城。因此桂林师范又起迁校之议。校长教务长都为此进城去了。听说拟迁龙胜；地在桂林北约百里之深山中，有数校相约偕行；万一桂林失守，此等学校员生即改组为游击队，投笔举枪，亲手杀敌。

我对此说不敢赞成。我为此新生之桂林师范惋惜。桂林师范在广西各中学中，宗旨最为远大，希望最为丰厚。我被邀初到桂林时，会见校长，即承告"以艺术兴学"，"以礼乐治校"之旨。此旨实比抗战建国更为高远。我甚钦佩，同时又甚胆怯——怕自己不胜教师之任。最近我为桂师谱校歌，其词曰：

> 百年之计树人。教育根本在心。
> 桂林师范仁为训，克己复礼泛爱群。
> 洛水之滨，大岭心村，
> 心地播耘，普雨悉皆萌。

以此歌为校歌的学校，其宗旨何等远大，希望何等丰富！况且广西教育当局特拨巨款，以供建筑校舍，培养学生之用。其物质的基础也可谓稳固。以此得天独厚之桂师，改组为游击队，我认为可惜。游击队非不可贵，但不出抗战建国之上。以彼易此，大蚀其本。此犹以杖作薪，图得眼前一饱，不顾后来行路艰难。

凡武力侵略，必不能持久。日本迟早必败。我们将来抗战胜利，重新建国的时候，就好比吾人大病初愈，百体疲乏，需要多量的牛奶来营养调理，方能恢复健康。桂师便是一种牛奶，应该把它好好地保藏起来，留给将来，不要在病中当作白开水冲药吃了。

但愿桂林无恙，桂师不迁。万一不幸而要实行这一步，我恕不奉陪。因为我未学"军旅之事"，不能参加游击队，只有"明日遂行"了。

十一月十九日（星期六）

今日简师作文。为了下星期要出壁报，稿子难得，今天在作文班中出了七八个题目，令诸生任择一题写作。有可观者，即取作壁报材料，省得另外审阅来稿。这也是教师偷懒的一个好法子。

午饭后召集各班宣传股学术干事，会议壁报事。我发见了广西青年的一种强硬相，我主张漫画不另立一栏，而分散在时事、评论、报告、文艺等栏中。因为一切漫画犹文章，不过表现工具不同（文章用语言，漫画用形象），应与文章同样分栏。二者，文画相错杂，报纸形式好看（有变化）。画集中一处，则报之一部分变成画报，且疏密不匀，形式不好看。有二学生再三反对，必欲使文画分居。但所持理由皆不健全。盖常识缺乏而主观强硬之表现也。姑听之。将来他们向我征文时，我即拒绝，原因是为了我的文中有画，不合你们的体例。同他们开个玩笑，使他们自悟头脑的简单。

十一月二十日（星期日）

传闻广州收复，为之一快。即取乐谱为全县国民中学制校歌。该校校长蒋奇芬，前曾来信嘱托。信写给我与现之二人。现之公忙推委，由我独裁。其信并未申述学校情境、教育宗旨等，但云经教务及军训联合会议通过,由校函信我俩代制。此事甚难下手。手头无广西省志可查。查《辞海》,但记沿革名称及地势。即据来信,"教务军训联合会议"一语,为作歌如下:

励勤朴兮贵劳谦,全县国民体魄健。
崇信义兮尚仁爱,全县国民道德全。
健健健,日日健;全全全,日日全。
精神物质本无偏,试看湘漓分流共一源。

乐谱取 Ma Normandia〔《我的诺曼底》〕加以改作,使与歌词配合。取其轻快活泼,可以调剂广西学生之朴野气质也。

十一月二十一日(星期一)

前晚学校中发生了不幸的事:高师一个学生病死了。近来学生患病者甚多。而学校没有校医,听病者自生自死。这不幸可说是应得的。

我今天第一课是高师美术。开讲之前,首先提及这件不幸之事,想表示一点抱歉、惋惜、勉励的意思。刚说了"最近我们很不幸,损失了一位同学"一句话,发见座中有人窃笑的,深以为怪!想要当场指斥他,又觉得太察察,结果恐反不好;但以目示意,严厉地讲了一番"生死事大"的话。预备将来再惩戒。第二课简师图画,我照例先讲这番话。座中又有人窃笑。我不复能耐,正想指斥,门口有人报告"敌机来了"!全堂学生鸟兽散。我也跟他们跑到了野外。我走到离校约数十步的树阴下，与一木匠南京人共座闲谈，即闻东方有轰炸之声，继续三四次。不知何处正在遭殃！？约半小时，轰炸声与机声俱杳，乃返校。上课时间还有十分钟。但教室中空空如也。盖学生正从四野陆续返校，尚未毕至也。但见有一学生先返，正在门口质问事务主任："警报电话线何日装好？"事务主任正在搪塞应付。我想直到敌机来炸毁了校舍，扫杀了学生，警报线还没有装好呢。

十一月二十二日（星期二）

昨天是我家离乡逃难的周年纪念日。曾写信约周丙潮来乡聚会，以慰一年来流离颠沛之情。但汽车拥挤异常（柳州汽车听说已售票至明年二月，赴柳者皆来两江坐船）。他没有来，今天也许会补来，上课时途经车站，见车已到，而无丙潮下车，大约又是买不到票。

到校，知昨日校长已邀一西医来校为学生诊病。学生中还有三人重病，得医当可渐减。校长当夜又赴桂，闻将约广州退出之某红十字团来校常住。亡羊补牢，未为晚也。这消息很好。

又闻昨日桂林受空袭，城区落二弹：一落省政府前马路上，不伤人，但掘一坑；一落北门高等法院附近，毁屋一间，亦不伤人。敌机被我高射炮击落一架。掘一坑，毁一屋，换得一架飞机。这笔生意很好。又是一个好消息。

连日伤风，牙痛。今日饮西洋参，稍愈。

十一月二十三日（星期三）[1]

今天没有课，不上学校去。又因伤风，牙痛未愈，也不读书写作。在家闲坐，检点目前的生活，虽离乡五六千里，风俗多所乖异，然亦有可喜之处：譬如今天下午，日暖风和，闲步到两江圩，遇见一副小圆子担。向他买生的，一毫子三十五个，二毫子得七十个。拿回家中，放在炭炉上一烧就熟。全家八个人分吃（有两人小病，不吃），每人吃八九个，恰到好处。圆子大如栗子，我以为里面是实心的，却有糖馅。粉亦细致，大约是水磨的。糖是柳糖，味甚鲜。到广西后，常嫌食物不合胃口，这圆子颇赶得上家乡滋味。统计起来，赶得上的不止这一种。还有大橘子，甘蔗，都是价廉物美的食物。大橘子形似吾乡之香橼。我初见熟视之若无睹，以为其必酸涩不可口也。有一次姑买一只，价五大镙（约合吾乡铜元六枚），剖而食之，汁多而甜。大类广橘。六铜板吃一广橘，在吾乡不办。即向家人宣传，以后每天必有人去买。然价渐昂，大者需八大镙，较广橘亦不贵也。甘蔗圩上最多，长近二丈，价仅四大镙。我初见时亦不愿买。后闻家中有人赞美，水多而鲜甜，且梢头亦甜。顾恺之倘来吃，可以常得佳境，不必渐入了。

食物之外，器什中可喜的，唯其竹篮、竹匣与竹碗。竹篮如甲图，有盖，体约一尺立方，上有环，价三百文，即三十小镙，即十五大镙，即一毫子三大镙，约合法币大洋六分。虽轻巧，

---

[1] 本篇原载 1962 年 10 月 26 日《广西日报》。

不甚耐久，然体方而有盖，盛物甚宜，装书籍亦无不可。用破一只，只费六分。若出法币六元，可得百只了。

竹匣为见所未见，形似小枕，盖与底用竹丝连系。吾初不知其作何用。后询房东娘，知为"饭包"，乃劳动者出门工作时所携带者。犹日本之"便当"也。便当匣似月饼匣，用后废弃；此则用后保存，下次再用。价每毫两只。吾买七八只，分送诸儿，使藏零物。自用一只，以藏普洱茶。前吴敬生来，我送他一只，他很乐受。价仅值大洋二分半，恐是世间最廉价的礼物了。

竹碗也是一毫两个。利用圆竹之节为底，颇得自然之美。

这乡间的木工，也有一种简朴的巧。这房子虽然茅茨土阶，有两种木工很值得注意。其一，是牛棚和灶间的窗上的花纹：牛棚——就是现在我家新生的小儿的卧室——的窗上，用木条构成"富贵长春"四个字，不是篆文，而是行楷体，布置比近来流行的图案字好看得多。此木工能兼顾文字的形体与力学的条件，即兼顾美术与实用，使文字不失其神气而用时又坚牢，甚多嘉许也。灶间的窗与之相对，其四字为"福禄善庆"，构造亦佳。我叫孩子们抄录下来，贴在这里。

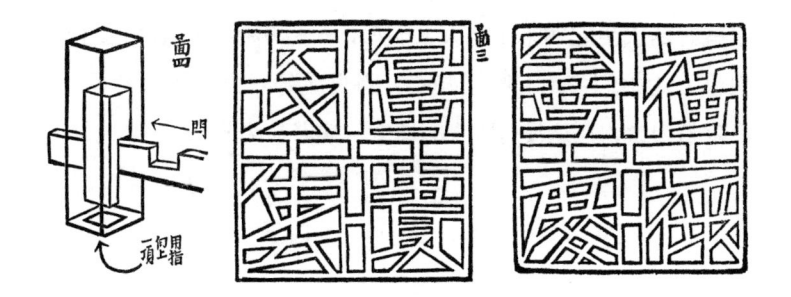

其二是大门上的暗闩，装置甚巧。我第一次竟没奈何它，研究了二三分钟方才开得。原来机关在下端。用指一顶，闩就拔得开了。推想这闩的解剖图，大概如下，也可谓简朴的巧妙。

十一月二十四日（星期四）[1]

从来没有医生的校里到了一位医生，和四位看护。他们是广州红十字会里的人员，失守前逃出来的，可以常住校中。这真是两便的事。初到时听说校中曾开欢迎会。空谷足音，当然要欢迎了。

过去一年的逃难经验告诉我：凡无医药之处不生病；有重任在身时不生病。此定理一年来百试不爽。最近亦然：校中无医生时，我家无病；连产母和婴孩也健康。校中医生一到，我

---

[1] 11月24日至12月1日等八篇日记载1940年2月1日《宇宙风》乙刊第21期，初收崇德书店1944年6月版《教师日记》。

家就有两人生起病来：老太太病泻，一吟病疟。午后我陪了医生来家为她们诊治。吃了些药，当夜就好一点。饥者易为食，渴者易为饮，在这没有医生的地方，病者易为药。

十一月二十五日（星期五）

胡愈之[1]自桂林来信，说已到桂林，鲁彦、云彬[2]踪不明。盖长沙自焚，第三厅也被烧在内，云彬、鲁彦夜半徒步逃出，不知去向。愈之则于自焚前一日请假离长沙，得免于难，他希望我和彬然到桂林去相晤，或者他想到两江来看我们。我和彬然准备明天上桂林去看他。

长沙自焚，实在太早。敌兵尚未犯汨罗，我们先自毁，而且不通知人民，以致惨毙甚众。这真是作孽！今天报载，政府已将长沙警备司令及省公安局长于二十日枪毙。又积极办理善后，以期复兴长沙。报纸的新闻写得很可怜：今日第一临时市场成立，有肉担二副，菜担三副，以后可望渐渐恢复……。闻大火发于午夜，焚死者不计其数！此无数人中，谁无父母，谁不要命？而使之白白地惨死，谁任其咎？当局者直接任其咎，一切自暴自弃的中国人间接任其咎。

---

[1] 胡愈之（1896—1986），出版家、社会活动家，《鲁迅全集》主要编辑者。建国后曾任《光明日报》总编辑、新中国首任国家出版总署署长等职。

[2] 云彬，指宋云彬（1897—1979），文史学者、杂文家、民主人士。三十年代任开明书店编辑，主编过《中学生》杂志。后任浙江省文联主席，省文史馆馆长等职。

十一月二十六日（星期六）

彬然早车赴桂林晤愈之。我不去，因汽车太挤，而我牙病未愈。但告彬然，多带些消息来。

今天简师国文，选读《孟子》。讲义是我自己抄的。因为校中只有老少两书记，而老者在病，少者甚忙。还是自抄，免得索债似的向人要讲义，且有"没得"的危险。简师学生国文程度太坏，作文竟有远不如我家十一岁之元草者。今选《孟子》令学生熟读，试看有无效果。我预定选二章：《见牛》及《许子》。《孟子》中此二章最长，且亦可见《孟子》的一斑。一年毕业的学生，只能读此二章，无暇窥全豹也。今天讲《见牛》章上半，讲到"善推其所为"，"举斯心加之彼"处，很是感动；现代社会一切乱子，都由人不能"推其所为"，不能"举斯心加之彼"而来。治人者不知从内治本，而从外统制，故乱子愈出愈多，而始终不可得。我把此理详为学生讲说。他们默默地听，不知有否感动。

此理可为我的艺术科教授法的佐证。我教艺术科，主张不求直接效果，而注重间接效果。不求学生能作直接有用之画，但求涵养其爱美之心。能用作画一般的心来处理生活，对付人世，则生活美化，人世和平。此为艺术的最大效用。学艺术科也要"举斯心加之彼"，也要"善推其所为"。故虽在非常时期，图画科也不必专重抗战画。今之所为艺术教师，解此旨者，有几人欤？

十一月二十七日（星期日）

昨夜得郑晓沧[1]兄电报，云"浙大欲聘王星贤兄为英文讲师，元旦开学，当为劝驾"。今晨王来，劝驾即成。盖浙大原有此意，最近由我教唆，早已得王同意也。我夏间荐王于桂师，今又教唆浙大聘王，何太好事？实有用意：王久从马湛翁先生游，犹孔门游夏之徒。我荐王于桂师，因湛翁居桂林也；我教唆浙大聘王，因湛翁居浙大也。王实难得之友人，我极盼与之共晨夕。但为更大的意志——使湛翁师生相得益彰——不惜主动地送别他。相别当在一个月之内。此后校中唯彬然一旧友，余皆新相知也。古语云：乐莫乐于新相知。但又云：衣不如新，人不如故。吾于友人实无分新旧，但觉送别总不如相见之高兴。"山中相送罢，日暮掩柴扉。"读读也够岑寂了，何况实行！但吾闻艺术的感人，强于现实。读诗如此岑寂，实行恐亦不过尔尔。

十一月二十八日（星期一）

今日起，为宣传保卫大广西事停课二星期。第一星期筹备宣传，教师须到校指导。我与王星贤担任壁报及漫画指导。下

---

[1] 郑晓沧（1892—1979），作者浙江省立第一师范学校的同学，教育学家，当时在宜山浙江大学任职。曾任中央大学教育学院院长等职。

午二时须到校。上午丙潮同陈瑜清[1]来，陈拟在两江租屋。我陪他去看磨豆腐人家之屋，付了定洋。即同丙潮、瑜清赴校参观，并在校午餐。餐后瑜清返桂林，丙潮返我家，住一宵，将于明日返桂林。

学校会议决定，宣传除派学生分组走近乡外，复以石印印吾抗战画四幅，随队揭贴，又以转送他校。学生亦须自制抗战漫画，由我指导。今天下午将壁报及漫画征稿事向该组学生宣布，限明日下午缴文稿画稿，由王与我分别润饰。要我自作四幅，赶快觅材。返家途中，觅得四题，首曰《欢送》，末曰《凯归》。中间二幅一正一反：正曰《保国》，写男女老幼共捧国旗，反曰《轰炸》，写敌机滥炸平民，炸弹片切去母亲背上乳儿之头。如此，有头有尾，有正有反，成一系统。但石印请人重描，势必走样。欲保存吾笔迹，非办汽水纸来由我自描不可。否则唯有照相落石，桂林恐难办到耳。

十一月二十九日（星期二）

下午赴学校指导抗战漫画。学生缴卷者寥寥。有五六幅，皆不成章。看来只有由我全部改描，令学生依样画葫芦也。文缴的不少，可用者亦多。今日再出文题，并征画稿，限明天再缴。预定后天起开始誊写及描绘。

---

[1] 陈瑜清（1908—1992），浙江桐乡人，翻译家，茅盾的表弟。作者在上海江湾立达学园的学生。

十一月三十日（星期三）

昨夜学校又死一人，乃图书室管理员。医生言，此病者不肯服药，恐是致死之一原因。校长不在校，其尸体由办事人草草收殓，厝柩于校旁山地中。吾到校早已无事，唯彬然偶为谈及，始知有此事耳。开校以来，已死两人。要是在江浙，必群议哗然，至少亦得开追悼会，以示人命之重。但此间上下皆恬不为怪，谈及时亦藐不介意，直有"视死如归"之概。此亦广西作风之一欤？

因念路上罕见和尚，真是广西作风之一。盖广西当局十年前曾辟佛毁庙。今校旁空地中尚有一无头石神像危坐荒草中，想系当时成绩。因此广西丧家少作迷信事。故吾校默默中死二人，在广西人看来不足怪也。广西少有为丧家作迷信事之和尚，此风甚好。盖作迷信事之和尚，非但与佛法无关，抑且鱼目混珠，邪愿乱德，对佛法反多障碍。没有此种和尚，正是社会好现象也。吾到广西将半载，唯在月牙山见和尚数人。但此种和尚以烧素菜豆腐为业，似不会作迷信事，更不望其能传佛法矣。

十二月一日（星期四）

晨间到校，惊悉昨日桂林惨遭轰炸，自上午十时至下午三时，敌机四十架更番来袭，于市区投烧夷弹多枚，省政府全毁，中北路、中南路等处焚屋数百楹，死伤约二百余人。诸熟悉友人所居，闻均未殃及，彬然、星贤正驰出慰问。吾八点钟有讲演，题为《漫画宣传艺术》。吾本有愤懑向学生发泄，今已不可复遏，上台即严责一顿：

"昨日下午吾在简师教室，将自作宣传画幅悬壁上，以示壁报漫画组诸生，忽闻哄堂大笑。时吾与王星贤先生同在教室，皆甚惊奇，一时不知笑之来由。事后王先生告我，彼当日换一新衣，以为诸生睹彼之新衣而笑也。我则回首细检壁报上画幅，以为恐有一幅倒悬，以致惹起此哄堂大笑也。但找求原因，了不可得。我问学生'笑什么？'有人答曰'没得头。'原来四幅中，有一幅描写敌机轰炸之惨状者，画一母亲背负一婴儿逃向防空洞，婴儿头已被弹片切去，飞向天空，而母亲尚未之知，负着无头婴儿向防空洞狂奔。原来引起哄堂大笑者，即此无头之婴儿也。诸生此举远出吾意料之外！此画所写，根据广州事实，乃现在吾同胞间确有之惨状，触目惊心，莫甚于此。诸生不感动则已矣，哪里笑得出？更何来哄堂大笑？我想诸生之心肠必非木石，所以能哄堂大笑者，大约战祸犹未切身，不到眼前不能想象。报志所报告，我所描写，在诸生还以为是《水浒传》，《封神榜》，《火烧红莲寺》所说：白光一道，人头落地，光景新鲜，正好欣赏，所以哄堂大笑，而无同情之感。我们的敌人颇能体谅你们这脾气，为要引起广西全民抗战，昨天已到桂林来将此种惨状演给你们看了：昨天下午，你们那组人正在对着所画的无头婴儿哄堂大笑的时候，七十里外的桂林城中，正在实演这种惨剧，也许比我所画的更惨。四五里宽广的小城市中，挤着十八万住民。向这人烟稠密的城中投下无数炸弹和烧夷弹！城中的惨状请你们去想象！现在你们还能哄堂大笑么？……今天要我来讲漫画宣传技法。但我觉得对你们这种人,画的技法还讲不到,第一先要矫正人的态度。一切宣传,不诚意不能动人。自己对抗战尚无切身之感,如何能使别人感动?……(下略)"

下午五时返家,家人至此始知桂林被祸之消息。正在相与叹息,杨子才率工人挑行李一担,自桂林步行来此。言崇德、开明均幸无恙。但恐敌人复来肆虐,故丙潮将不用之物收拾为一担,差子才雇人挑来乡间,以避免牺牲。闻子才言,彼等时避山洞中,遥望城区有大火五六处,以为崇德亦在其内。幸而无恙。子才于灾后巡行城中,未见尸体,大约死伤不多,略慰。

十二月二日(星期五)[1]

昨日已指定五人依吾所起稿子仿作宣传漫画。共十种,每种同样描四张。五人分任,每人担任八张。今日学生续作此事,不须指导。今日不到校。

上午作画,其一应某军官之嘱(崇德[2]介绍,受润十二元),其二赠别王星贤。正在作画,闻东方炸弹声甚响。出户细听,似在飞机场或李家村(军校所在)。有人自山上观察,言望见烟气弥漫,似乎又是桂林。在户外空地上听炸弹时,邻人某(本村人)手抱一孩立我旁。他问我敌将犯广西否?答曰:"敌在千里外,不敢犯广西。我们只须防他飞机轰炸。但乡下决不会被

---

[1] 本篇原载 1962 年 10 月 26 日《广西日报》。

[2] 崇德,指崇德书店。

轰炸。像这回，桂林城里受难，你们乡下就很好。"那人摇摇头说："要大家好才好！"说过，就抱了孩子回去。我目送他。此是仁者之言，我用尊敬的眼光送他回家。闻此人没有进过小学。于此我忽感教育之无用。今我尸教师之位，惭赧何如？

晚闻人言，今日敌机又一大批，来炸西门一带，县政府被毁。广西抗战首领住宅附近民房皆毁，而住宅无恙。环湖路榕树楼旁落一弹。想开明同人必大受惊，深感同情。忽念邻人言，自惭类似失弓之楚王。岂独开明同人受惊，桂林同人皆受惊，无一不可使人深感同情也。赠王星贤画，写一人手携行杖，经过道旁，回头注视道旁种子萌芽，作欢喜相。上有绿杨拂首。题曰"偶抛佳果种，喜见绿芽生"。款曰："星贤兄赴宜山，临别有感，作画赠别。廿七〔1938〕年冬子恺居桂林师范"。星贤乃马门入室弟子，身体圣贤之教。虽暂为桂师导师，对学生未必全无影响。只要广西学生不是石田，则今日偶抛佳果种，他年当必有喜见绿芽生之一日也。画中人面貌，偶然类似星贤之长子钧亮。此子年未弱冠。意此萌芽之生尚须年月也。画成立刻送去，王不在家，自放书架上而返。

十二月三日（星期六）[1]

下午收集学生漫画，得四十幅，单纯明快，颇可用。将

---

[1] 12月3日至14日等十二篇日记载1940年4月1日《宇宙风》乙刊第23期，其中12月3日至11日等九篇日记初收崇德书店1944年6月版《教师日记》。

四十幅分为四份,交学生明日赴乡间张贴。中午会议,教师分班率领学生下乡。星期一、二赴山口(十余里),三、四赴苏桥(廿余里),五、六即在两江。我与李雨三被派在两江,免得走路,且在星期五、六,明日起当有五天闲暇。

下午四时正欲返家,校中得教育厅长秘函,谓蒋委员长明日来两江谒李宗仁之老太太,道经桂师,或入参观,嘱校方预为整理。并谓秘密勿宣,对学生但言厅长来视察可也。校长因公赴桂林。代理者即集各教师会商,将厨房、厕所、教室、寝室分别整洁。立刻召集学生派任工作,动手扫除。瞬息之间,大广场中砖砾一空,楚楚可观。广西学生喜于服从,能埋头工作,甚是可嘉。

十二月四日(星期日)

上午闻邻人李雨三话声,推想其方从校归,拟去探问消息,而界门闩闭。从门隙中窥之,见李正在廊下劈柴,其夫人正在洗衣,二人相对工作,一面打京片子[1]谈话。此一对夫妇甚可爱,一口道地官话,不似广西南方官话之扭捏,也不似吾江南蓝青官话之柔腻,且二人皆擅长京戏,每晚饭后,引吭高歌,生旦一齐出场。我从隔壁听戏,几疑身在西湖歌舞之场。此家庭夫妇二人外尚有二孩,一家四口,不雇佣仆。自作自食,自得其乐。平日日间,李赴校教课,夫人在家操作。傍晚归家,共办晚饭,

---

[1] 京片子,吴方言,为旧时对北京话的称呼。

饱餐一顿，便专心唱戏。此犹高歌"日出而作，日入而息"之人也。今日我从门隙中窥见此景，更觉可爱，即回室取纸和笔，为之写生。夫妇二人并不知道，照旧工作。此为最好之写生题材。倘令知之，彼等必局促不安，或加以做作，而态度不自然矣。

写生毕，视原稿颇能成幅，即取宣纸为之放大，殷以彩色，题陶诗"衣食当须纪，力耕不吾欺"两句，持往相赠。近索画者甚众，积纸盈筐，每苦无力应嘱，李君并不索吾画，更不送纸来，而吾自动写赠。故画不可索，须作者自赠方佳。

上午萍乡廖声凯〔岂凡〕来托为觅屋，介绍村西豆腐担隔壁之屋使居之。下午陈瑜清亦来觅屋，又介绍吾庐前面谢广益炮作之屋使居之。两家老幼皆十余人，盖为桂林轰炸所驱，不得已而迁乡者。人多未能留饭，买饼及甘蔗赠之。幸彼等草草布置，即能自理食事。皆是流离，同情殊深。

十二月五日（星期一）

陈瑜清返桂林，托其带信与丙潮，言崇德书店不能迁动。只有将丙潮家眷送两江，留丙潮、子才二人守店。若敌机不再来炸，则日后尚可做生意。否则只有听其烧毁，二人来两江，另觅生活之路。所谓"民不聊生"，正今日之时也。后写两片交瑜清托丙潮代去访蔡定远[1]及鲁彦夫人，问彼等若欲迁乡，则我当代为觅屋。自己颇想去桂林一次。但今决不走。一则去车

---

[1] 蔡定远，作者妻徐力民之表姐夫。

虽有而来车甚难得。二则日间友人皆穴居野处，找访不到。夜间月明如昼，又虑夜袭，反正于友人无补，便省了一次奔波。

送瑜清出门，返室闭目想象桂林，忽发奇想：夏间我初到桂林时，警报共只来过三次，其中一次在飞机场投弹，余皆过境耳。但桂林人即避居山洞中，过午方敢返城。又平日禁穿白色衣服，犯者由警察用墨水扫射。此种异常害怕之相，毋乃惨劫之前兆乎？

十二月六日（星期二）

赶集，路遇唐校长[1]，知彼等方从山口宣传归校，明日又须赴苏桥也。于集上买大红枣二斤，每斤五毫。枣大如拇指。食枣，想起古人诗"神与枣兮如瓜"，又想起陶诗"黄花复朱实，食之寿命长"。

午金士雄君来，托觅屋，因开明将在此堆货。即介绍小学校之屋。此屋四面临空，无灾无忧。金当日返桂林。据云开明前面及左右皆落炸弹，幸未被难。且彼等皆不走山洞，避居门前防空壕中，亦皆受虚惊而已。

士雄带来上海总店信，云去年六月前版税可付；以后则尚未计算。又附毁书清单。吾诸书中，《音乐入门》毁四千本，余各书皆有毁损。此清单即用版税账单之纸，吾初启书，犹以为版税清单也。

---

[1] 唐校长，即唐现之，时任桂林师范校长。

下午为邻人王亚农作画，写二人穿广西鞋（有绊带的鞋）对饮，题曰"故国云千叠，青梅酒一杯"，王南京人好饮，日饮青梅一斤云。

十二月七日（星期三）

今日乘闲，发心将抗战以来所作画稿选较可者描绘各一幅，盖"缘缘堂毁后所蓄"印，以供自己保藏。缘缘堂原有自藏画甚多，中有不少大幅已裱好，皆未带走，尽付丙丁。现在重新来过，也许比第一次更进一步。现拟概用册页，不用大幅。一则吾画宜于小幅，不宜大幅；二则流离之中，大幅携带不便，故决用册页也。取四尺玉版笺一开十二（三乘四），大小如洋琴〔钢琴〕谱，作画恰到好处。今日开十大张，共得一百二十纸。用牛皮纸包裹，专供自藏册页之用。今天先选七幅，下午一气描成。

于炭炉上自煮米面，偶以右足踏炭炉门，炉倾侧，锅中米面洒水尽覆脚上。立刻脱袜，脚皮已有二处起泡，涂万金油后，不能步行。诸儿正读《水浒》，笑我形似发配时之林冲。赖有此痛，得坐定半天，完成册页七幅。否则下午恐得彷徨圩头，买小圆子吃，不复有作画工夫矣。

傍晚丙潮夫人同传农[1]自桂林来。因恐桂林再三被炸，为减轻丙潮负担，我前日去信邀来者也。丙娘娘[2]述桂林轰炸经

---

[1] 传农，周丙潮之长子。
[2] 丙娘娘，指丙潮之妻。

过甚详。

十二月八日（星期四）

一吟病，全身肿，颜面可怕。晨赴校请医。足上烫伤未愈，不顾，缓步五里，亦不觉痛。医生于下午三时来诊，说是急性肾炎，然学校无药，只要高枕眠及服淡，四星期后自愈。固请开方，托人赴桂林买药。适王星贤、傅彬然二兄自苏桥宣传返，言明日拟同赴桂林，即托其买药。

柳州陈炽之君（钟敬文之岳丈也）来复信，云柳州赴宜山有搭船，每人七元，平日费六天，冬旱约费十天。又云柳州旅馆甚挤，将来我们经过时可在他家暂宿，然后觅船。此信意极诚恳，良可感谢。吾与此君两三月前在桂林马皇背寓中初见。钟氏与吾对门居，陈君来视其女，因与吾相见也。临别索字画，前写各一幅寄去。彼亦以柳侯祠荔子丹碑相报，今此碑尚悬吾室中。吾室四壁污秽而突厄，赖有此大幅碑代替壁衣掩其一面，眼目稍快。吾每闲坐看碑，即想起此君。因念逃难以后，所遇萍水之交，不可胜计。其中颇有可敬可爱之人。大凡因可敬爱之人而来者，多可敬爱；因不足道之人而来者，多不足道。虽不尽然，可谓十九不爽。古人所谓"不知其人，观其所与"，诚至理也。

吾函询陈君柳宜水道，主为星贤，附为自己。星贤欲赴宜山，若汽车无法办到，只有坐船。吾家人多，拟分为两部，一部托星贤带往宜山，一部留两江。然无勇气决行。四日报载，"南方敌气又起，敌在涠洲岛登陆"，我拟实行此计划。将来万一桂林不可留，家庭人少，走动较易。两江有船可通柳州，柳宜水路情形不知。今得陈君信，甚觉放心。彼乃柳州本地人，所知必确。星贤有路可走。我则尚需犹豫。

十二月九日（星期五）

今明二日，学生在两江宣传抗战，同行教师为我与李雨三。久不穿短衣矣，今穿中山装赴校。足烫伤未愈，但缓行不觉痛。到校，闻须于十一时出发，即与王、傅闲谈。忽萧而化[1]来。言四日敌曾在北海登陆，被我击退。彼所任课南宁国民中学，离北海仅百余里。外来教师皆请假归，彼亦返桂，将在桂另觅工作，或返萍乡。萧君赴校仅三阅月耳，今又被迫归来。敌之扰人，实甚于蚊蝇臭虫。我语萧君："我等生活不安定，在今日实是小事，决不可因此而懊丧或灰心。因懊丧与灰心无救于事，反而损失元气，最下策也。吾等尚不算流离失所。不过辗转迁徙，多些麻烦。今日吾民族正当生死存亡关头，多些麻烦，诚不算苦。吾等要自励不屈不挠精神，以为国民表率。此亦一种教育，此亦一种抗战。"萧在星贤室中便午餐。我欲陪伴宣传队赴圩，即与之相别。

我与雨三及蒋先生率队到圩，正值闹市。学生分班在街道

---

[1] 萧而化（1906—1985），萍乡人，作者在上海江湾立达学园之学生，后成为音乐家。作者逃难途经萍乡时，曾由萧接待，在乡间逗留。

宣传，或贴漫画，或讲演。我即返家。途中见渔人售大鲤鱼，长近二尺。熟视之，鱼已全死，无生命感，即买一尾，出桂钞一元六角。旁有老妪卖竹烟管者，其烟管以木为斗，以细竹为管，形似搔背用之木手。问其价，每支七大镍。出一毫子请找，老妪云："没得镍子。"继又云："一毫子拿两根吧。"我即拿两根。以大鱼挂烟斗上肩负之归。途中设想自己之姿态：蓄长须，穿中山装，肩长烟管，负大鲤鱼，此我可入画。惜自己不能欣赏耳。烟管一支送满娘[1]，一支自用。此物有原始趣味，但不能过瘾，观玩而已。

圩上有戏园，可容数百人。吾今日始见之。因今夜学生借此场表演抗战剧，我与雨三去接洽也。夜无月，我不去看学生抗战剧。但思他日有兴，当去看一次桂戏。

十二月十日（星期六）

今日学生宣传，仍归我与雨三率领。我足病转剧，步行为难。况昨天我奉陪数小时，既不能叫口令，又不能助事务，实无用处，却费我许多时光。现今日不再奉陪，又得一日闲。作藏画数幅。

夜王亚农邀吃酒。来客共八人，大半桂师同事。席上用大

---

[1] 满娘，指作者三姐丰满（1890—1975），也曾皈依弘一法师，法名梦忍。此处系按子女称呼。

盆盛牛肉、猪肉、鸡、鱼。外有素菜两种，乃专为吾设。其一为枸杞子[1]，味甚鲜美。鸡鱼亦佳，其余于吾无份。酒用山花、青梅，气味难当，吾仅以润唇，未尝下咽。座上大半是酒徒，且善拇战，咆哮声可闻数里。肉量尤可惊佩，盘餐除素菜外几乎皆空。想是校中膳食太过清苦，故诸君今晚皆放量饱餐，以补平日之不足。此真乃"为酒食而酒食"。

十二月十一日（星期日）

昨夜林先脸上羊须疮复发，红而肿，痒且痛。早晨赴圩，为买外搽药粉。此药方乃邻家一业医之亲戚所开。其人貌极古朴。其药上次用过，颇有效。故今日再用之。前邻人告我："此医生读过这么多书。"说时以手在桌上表示书之高度，大约一尺。

下午邻人李雨三迁居学校，王星贤、王亚农及我家诸人，一齐送别。此后留居此村者，只我与王星贤、王亚农三家。但此三家村之寿命已有限。旬日之内，王星贤当迁宜山也。

天阴，加之生病，送别，今日空气异常沉闷！下午等傅彬然自桂林返，又等不着。王星贤抱病来坐谈，至上灯始散。幸有此病夫来顾，消磨了这个沉闷的傍晚。不然，暝色使人发愁。

乡村究竟太寂寥，太沉闷。我觉得乡村不可不来游或小住，但不可久居。今不得已也。

---

[1] 枸杞子，此处指枸杞之嫩叶，即枸杞头。

十二月十二日（星期一）

为宣传抗战，停课已两星期，今天再开始上课。我脚病未愈，但久不上课，未便请假。以棉花填套鞋中，缓步当车，到校上课。平日行三十五分钟，今日需四十五分钟。

十二月十三日（星期二）

昨彬然带来消息。吴敬生有车即日开宜山。请星贤即率眷赴桂林搭赴宜山。马先生之意也。星贤正病，强起独自赴桂林，商请缓日开车。如不成，即派章桂来接眷。

十二月十四日（星期三）

星贤返，章桂同到。星贤已与吴约定十六日赴桂林，其车至早十七日开行。星贤昨匆匆行。不成别。今果返，尚有二日叙。下午即为饯行。邀彬然来同饮。现之适来访，遂成四人对酌。是夜聚谈校事至九时散。彬然宿现之家。

上午作画应吕飞雄及蒋增汉二君之嘱。前者画饮酒人与时钟相对，题曰"惟酒无量"。后者画夫妻对酌，题曰"星期六之晚"。观者皆谓吕曰："以后喝酒要看钟！"盖吕往日好饮，迟迟返校。吾画适为其针砭。此非讽刺，乃劝勉之道也。

十二月十五日（星期四）[1]

今日下午，学生发起开会为星贤送别。演词之后，有茶点，诸人轮唱京剧为余兴，一大盛会也。星贤临别赠言，饶有意味。大约谓救国先须救己，彼此行实为从马先生修学，以救自己。诸生倘亦以此自勉，则天涯犹比邻也。予亦拟致词，但学生相邀不甚力。大约因时间不早，恐茶点会与晚餐相遇，故急欲散会。茶点席上，校长强予作补白，乃讲短话一篇："你们用茶点送先生，我前天作画送先生。画一人正在行路，回视路旁土中有果实嫩芽正在萌动,面有喜色。为什么作此画送别王先生？你们有所不知：原来王先生的老先生——马先生——欢喜吃果子，他家里统统是好的果子。王先生常常去吃。有时老先生送他吃，有时王先生偷来吃。他到两江来的时候，带了许多果子来。他曾把其中一个果子的核抛在这公路旁，就是我们这学校里。将来冬尽春来，一切种子普雨悉皆萌，这种子也萌芽起来。于是王先生再经过我们这地方，眼看见它已发芽，心里很是欢喜。我的画所指的正是这状态。你们用茶点送别王先生，我也得吃茶点。我用这画送别王先生，应把画给你们看。但这画已收藏在王先生的行李中，不便拿出来，只好讲给听听。这就算补白了。"

---

[1] 12月15日至26日、28日至31日、1939年1月1日至11日等二十七篇日记载1940年5月1日《宇宙风》乙刊第24期，其中12月15日、21日至26日、29日至31日、1939年2月1日、2日、4日、5日等十四篇日记初收崇德书店1944年6月版《教师日记》。

五时半散会,同事复为王先生饯饮,我不参加。返家已将上灯。

十二月十六日(星期五)

午同彬然从学校到车站,送王上车。章桂同行,一路照料。别后又返校,三时开校务会。五时返家,毕亚翘夫妇来访。林仙[1]病疯气痛。

十二月十七日(星期六)

叫元草送信与傅先生,托代监作文课。上午十时同力民、林仙乘便船赴永福求医。夜宿船中。笔墨不便,日记从简。

十二月十八日(星期日)

上午九时抵永福。住华宁栈。遇曹氏女,身世不幸,力民甚怜之,定后日租西门徐宅,与之同居。宅即居林材之岳家也。湘桂路有医生,林仙病亦得求医。

十二月十九日(星期一)

游永福。其城甚小,不过我乡五河泾,或杭州茅家埠。初

---

[1] 见 1938 年 11 月 2 日日记"林先"。

见此县城，不觉失笑。物价甚廉。食物亦价廉物美。腐乳尤佳。市中三日一集，与两江同期。市日有瑶人来贸易。

十二月二十日（星期二）

晨送力民、林仙入宅，自己坐轿返两江。一路北风细雨，衣衫尽湿。下午五时到家。

十二月二十一日（星期三）

赴校为王星贤代课。彬然言，舒群[1]君昨日来访，与傅同榻，今晨返桂林。失之交臂，甚是可惜。舒群君留函，言"桂林一旦有变，先生家族如何处置？请早为之所。凡我所能，当尽力相助"。美意诚可感谢。拟即日赴桂林与之相晤。

十二月二十二日（星期四）

上海一班无聊小文人，在报上攻击我。起因是我寄表侄一帆[2]信，中有句云："此次流离来桂林，虽道途劳顿，但一路饱览名山大川，可谓因祸得福。"一帆以此信交《文汇报》发表，次日即有某报攻击我与叶圣陶。因叶圣陶有诗句云："全家来

---

[1] 舒群，当时为八路军总部随军记者。
[2] 一帆，作者姑母之孙徐一帆。

看蜀中山",亦曾在此报发表也。此事上月章雪村[1]先生最早来信相告。但言之甚略。今日得《文汇报》高季琳[2]君来信,附辩护文二篇。我读该二文,始知其半。但攻击之文,终未见及,不知说些甚么。据该二文推测,其言一定是咬文嚼字,吹毛求疵,无聊之极,大约另有用意。或者,孤岛人满,生活困难;欲骗稿费,苦无材料,就拿我作本钱。如此则甚可怜。我惠而不费,做个善举也罢。不然,则甚可悲观:吾国有此种无赖青年,如何抗战?

十二月二十三日(星期五)

得马先生宜山浙大来信,云郑晓沧兄托其转言,浙大拟聘我为艺术指导,办法尚未商定,嘱我对桂师下学期聘,勿加肯定,预留余地,以便随时离去。又云,近在城外觅得地一亩,茅屋三间,空地上尚可建屋二所,足供与王星贤及我三家结邻。信中并附《艺术至论》及《水调歌头》。美意殊深感谢。"水调歌"中有句云:"著我三间茅屋,送老白云边。"使我想起桐庐汤庄。不知该茅屋四周亦有竹否?若无,他日我去结邻时,当为先生种竹。

秋间郑晓沧兄过桂林,来我马皇背寓中相访时,亦曾表示浙大欲相聘之意。当时我初受桂师聘,而未任事。唐校长意甚

---

[1] 章雪村,即章锡琛(1889—1969),上海开明书店负责人。

[2] 高季琳(1909—2000),即柯灵。原籍浙江绍兴,生于广州。电影理论家、剧作家、评论家。

拳拳。即使郑正式相邀，亦未便失信于朋友而去此就彼。后浙大聘王星贤，马先生与王星贤信，附笔云，"晓沧又欲聘子恺云"。当时我告星贤，君可去，我代为辞职。我则非有大故不便遽离桂师。今得马先生信，料浙大相聘之事将成事实，对桂师忽感留恋。不知吾与此百数十质朴广西学生，尚有几许相聚之缘也。复马先生，促其购地，并允随时辞桂师应浙大。

十二月二十四日（星期六）

今日上午走五里到校，上国文课二小时，下午代王星贤国文二小时，连讲四小时，再走五里返家，颇感吃力。今后本拟住校，因前周校务会议，议决教职员皆须到纪念周，又教职员皆须值日。值日任务甚多：凡招待来宾，升旗降旗，早晚点呼，管理工人，检查清洁，巡视全校，司发警报，慰问疾病，皆须亲任。故非住校不可。但住校亦有种种困难，被头用具，均需两套；诸儿夜课必须减少；且吾家居之习惯甚久，十年来未尝因职务而宿公共机关。今虽在流离之中，亦不欲轻易拂逆此趣。故决定不住校。今后当效陶侃运甓之精神，朝行五里到校，暮行五里返家，借以习劳。桂师百余学生，大都质朴过分，难能感动，颇有类于陶侃所运之百甓也。

十二月二十五日（星期日）

今日桂师行成立典礼。下午一时开会，省主席、教育厅长皆到。校长预嘱我必须演说。即上台略说短话，提出校长暑假中告我之"艺术办学"、"礼乐治校"之誓愿，使当局知此校宗旨之高远，使教师学生知此校使命之重大。会场上须穿制服，天奇冷，吾坐二小时，全身发抖。礼毕与邱昌渭[1]略谈，即披棉袍返家。

一八八师军队借住吾村，吾左右邻有空屋，皆住兵。吾家人多屋少，无法供给住处，但以柴火茶水什用器什供给，以表慰劳之意。彼等皆本省人，从安徽、湖北步行回来。其辛苦深可同情。纪律甚佳，借物必还。吾家天井中素不打扫，今日一兵士为我打扫一净。

十二月二十六日（星期一）

昨在成立典礼中受寒，今晨头晕，咳嗽，已患伤风。派女工到校请假一天。

吾以寓屋离校远，赶不上纪念周，除第一次外，未尝出席。前校务会议议决，凡教职员必须出席纪念周。今晨是奉命后第一次。但因头晕，仍不能到。早餐后身体渐复，上午之课本可去上。但因纪念周请假，则课亦只得请假。要我出席纪念周，反教我缺席教课。情势所迫，非恶意也。十年不做教师，教师

---

[1] 邱昌渭（1898—1956），湖南芷江人。美国留学后归国，历任东北大学、北京大学、清华大学、中山大学等校教授，1931—1949年任国民政府及广西省政府公职。1949年去台湾。著有《议会制度》《民权初步新编》等。

实在做不惯。

十二月二十八日（星期三）

昨派车站卖花生之子赴永福，送去围巾衣物及信，今下午到车站取回信。知阿仙病已渐好，今又复发，故一时未能返两江，甚为心焦。忘怀一切，重作《漫画阿Q正传》。

十二月二十九日（星期四）

伤风，牙火升，请杨大夫诊治，吃药。伤风起于学校成立纪念会上，已六天矣。

近每晨弄襁褓，为之喂乳，换尿布，唱歌，已成习惯。十五年前之"子烦恼"生活，今日重温，并不生疏。非不生疏，一种亲子之爱助它一温即熟也。

下午丙潮自桂林步行来此，云昨日桂林被空袭，崇德书店被毁，幸章桂、杨子才等勇敢抢救，损失尚不大。但三人生活自今即成问题。此店于九月一日创设，我为垫本，设计，开明诸友亦帮不少忙。至今四个月,营业数为二千数百元,并不算坏，至少，四人生活可以维持。我原为救济四人而作，可算能达目的。但今后又成问题。商量结果，决计结束。闻章桂、杨子才考别机关已被录取，则丙潮夫妇容再设法，人的问题可以解决。余款二百余元，除还客账外当归同人，彼等每人按月十元之薪均未支足也。我之垫本，即作为资助，不求收回矣。

十二月三十日（星期五）

上午到校与傅彬然谈崇德被炸事。丙潮亦至。丙潮在校午餐后即返桂办结束。

下午返家，途中便急，入马路里面田角中大便。将帽子、围巾、书籍及白报纸一大卷（学生画稿）置田边草坡上，即就其旁登坑。事将半，遥见远处有二男子手持竿棒，向我奔来，分明是来袭之势。我想起前日两江圩上一胖子晨间被盗刀伤劫财事，大惧，急起立，向马路奔逃。回头一看，二人都已立停不追，且作笑语。我亦停步，互相注视。旋闻其一遥语我曰："看错了！难为你了！"

至此我始放心，上前探问："君等为何攻我大便？"二人掩口葫芦，久之始曰："我等远望，疑是一男一女，在此为桑间濮上之事，故追攻耳！"语毕，皆大笑而散。盖草坡上之物件，远望形似另一人也。我仓皇起立奔逃时，香烟嘴落地上，后竟忘记拾取。日后当去探寻之。

十二月三十一日（星期六）

除日，细雨濛濛，意兴甚为阑珊。夜隔壁连长太太来约二女去看戏，谢绝之。因日间此女曾与满娘言，欲为二女作伐，嫁与其同军某连长。满娘谢绝，彼心不死，故相邀看戏也。吾并不反对以连长为婿。然二女一心向学，正以入大学为己任，谈不到婚事。则吾又安可以父母之命强迫之乎。故谢绝之。然此亦喜事。年终逢喜，乃来岁之好兆。明年抗战必胜，吾家可返江南故乡矣。

一九三九年

一月一日（星期日）

校中开联欢会，同乐会。我均未参加。因天落雨，人伤风，又患脚疾，需家居休息也。隔壁连长太太今晨正式来访，为其同事某连长求婚。照旧决然谢绝之。此是今年第一件事。

此事发生后，二女不安于乡，欲送往永福依其母。下午我与华瞻赴江边觅船，不得。明日当再求之。浙大倘来聘，吾家势必船行赴柳州，道经永福，可以同去，亦便路也。

一月二日（星期一）

今日起校中纪念周改定在上午第四时。我素不到，因其排在第一时，路远不及到也。今日自然可到。

下午陪彬然到两江圩做大衣。王星贤来信，述宜山生活甚详。马先生地已买就，一亩连茅屋三间，法币二百元。

新枚牛奶仅有六日之量。今下午于圩上买得一种新牌者（野鹅地球牌），尚可用。小听三毫子，甚廉。

一月三日（星期二）

上午赴江边觅船，又不得。决定明天坐轿赴永福。至车站雇轿，有一人自言有轿。言定每乘大洋五元，明日一早放到我家，上轿启行。下午另一人来至我家，自言明晨抬轿者即彼，今来请付定洋。吾怀疑，拟不给。但察其人，一贫苦劳工，况是广西人，决不有拐冒之事，即付以桂钞二元。傍晚，又有一人来领取定洋，真乃上午与我立约之轿夫。我告以已有人领取，其人谓我已上当，彼人冒领定洋。且言彼已知冒领之人为某某。此人素来不端，上午吾与彼约定雇轿时，此人在旁听见，下午即来冒领定洋。但此洋彼不能负责。此因我之疏忽，当然不要彼负责。但言汝既知其人，可否为我追究？轿夫点头而去。不久，偕一人来，即冒领者也。轿夫指其额而痛骂之，土语不甚分明，但知大意是责其败群。被骂者始终默默无言。吾为之感动，不责其偿还，但言他日当为吾作工，以偿此款。实则永无此事也。于是两人散去。

一月四日（星期三）

上午十一时，同陈宝、宁馨坐轿赴永福。下午五时始到。路五十五里，轿每乘大洋五元。

此行为邻居之兵所驱。今晨，有兵士以信投入窗中，上写"丰女士启"，启而读之，则幼稚之情书也。然措辞不失礼，足见广西军纪之好。但二女不能安居，故即整装就道。新枚同去。

晨天雨，昼间幸半晴。得干身抵永福。阿先病如旧。力民见新枚，喜出望外。我预定请假四天。

一月五日（星期四）

今天在永福新生馆吃面。其主人刘君告予："我在湘桂路，月薪法币八十元。开此饭馆乃玩耍耳。非特此生活也。"予赞美之。但觉菜价太贵。

一月六日（星期五）

楼上居先生病吐血，以空言慰之，恨无能相助。

一月七日（星期六）

下午为新枚摄影。四寸二张，法币一元五角。天晴，六人到江边散步，日色甚丽，而余怀渺渺，不知所思。晚病牙脱落，知为好兆。

一月八日（星期日）

十二时赴东门搭汽车，至一时始开车。途中修桥三次，乘客共扛陷车一次，四时半始抵两江。

得郑晓沧兄电，云下学期浙大师院拟聘我为讲师兼训导。

此电在途十三天。明日章桂赴桂林，拟即托其复电应聘。半由自愿，半由马先生之吸力。计在此间尚有一月可留。依依之情一起，环境忽增美丽，处处可美。

章桂、丙潮均在我家。云前日陆联棠、张梓生送货来，我未及相见为憾。开明已在柳州、宜山设分店。宜山之屋即马先生旧寓。章桂已受开明雇请，将在柳州服务，丙潮未定。

一月九日（星期一）

身在两江，心在纪念永福。不知阿仙病何时复健。夜作书报居先生，离永福时，居先生托我探问两江医生及房屋，今日问过，皆不及永福。故作书阻止之，明晨当派邻家谢某走永福。

一月十日（星期二）

夜邻家谢某走永福归来。带到新枚第七十五日照相并陈宝信。信中言其眼中翳已于昨晨退尽。又云阿仙病已痊愈。我甚放心，反不成寐，晨五时即起身。

一月十一日（星期三）

陆联棠来觅船。我托学生义宁人李锡范、苏元章写介绍信，嘱陆派章桂持信赴义宁雇船。盖两江以下，船皆被封，惟义宁可托熟人物色也。我决计船行赴宜山，章桂去找船时，当嘱为定一大船，预定二月初起程。下午五时向唐校长辞职，唐不在家，留书数行，令先知之。明再面辞。

下午二时与联棠在两江车站共饭。饭后联棠搭车赴桂林。

今日天大晴。上午十一时桂林方面轰炸声甚巨。

一月十二日（星期四）[1]

出门，邻家之兵忽对我说："原来你就是丰子恺先生，……"下面说了许多恭维的话。话中含有道歉之意。我认得此兵即是投幼稚情书之兵之友。二人初到时曾同我闲谈一黄昏。我并不以姓名相告。今此兵不知从何处得知。写幼稚情书之兵几日来不知何处去了，久不见矣。今见我，低头急去。彬然欲集唐人诗为我送别，其中有一句曰"天下何人不识君"。我戏谓彬然，此"人"字应改为"兵"字。

将到校，与唐校长遇诸途。询知彼昨夜宿校，未返家，则我所留辞职书尚未见及。即在路上向之宣布。唐素抱"海内存知己，天涯若比邻"之观，并无留难。但要求尽此学期，于二月底离去，目前决勿以此消息告学生。此要求我应该接受。星贤已中途辞去，我又如此，学生及外人将疑此校长必有不可共事之处，使我二人皆不能善终也。唐在路上与我谈话甚多：彼

---

[1] 1月12日至23日等十二篇日记载1940年6月1日《宇宙风》乙刊第25期，其中1月12日、13日、15日、17日至20日、22日、23日等九篇日记初收崇德书店1944年6月版《教师日记》。

盛誉王星贤，云是"学贯中西"。称颂傅彬然，引为与彼志同道合，且俱热心肠，乃真可与共事者。我忝居介绍，闻此言甚是高兴。彼言将来或可使桂师为浙大之临时附属师范，彼此攀亲。此意甚好。他日见晓沧时当为谈及之。可惜相隔太远，恐难成事实。唐又要我以书面提出对校之批评，我逊谢；但言"来学期添招二班，李先生体操增多，势难再兼音乐，故音乐最好专聘一人。此艺术有关群众精神及民气，比美术更为重要，非专请一富有艺术修养之人掌教不可"。唐深然之。校长能如此集众广益，桂师有厚望焉。因此又谈到今日中国艺术教育问题。唐谓抗战建国之后，一切皆有改弦更张之望，艺术教育亦非改革不可。余亦深然之。予谓最近中国之艺术家，有许多已变成西洋人。他们学得西洋艺术之皮毛，欲硬把此皮毛种植于中土，而浑忘其为中国人，诚可笑也。艺术如此生吞活剥，艺术教育遂游离人生，而成为一种具文。普通中学校之图画，见者皆说"我们外行看不懂"。普通中学之音乐，闻此皆说"我们外行听不懂"。此是何等不合理、不调和状态！实非改革不可。我前日与彬然谈最近拟草一文，题曰《改良中国艺术师范教育刍议》，亦是为此。乘此抗战建国之期，我欲使中国艺术教育开辟一新纪元：扫除从前一切幼稚，生硬，空虚，孤立等流弊，务使与中国人生活密切关联，而在中国全般教育中为一有机体。此希望何时实现虽未可知，但共鸣者至少已有傅彬然、唐现之二人矣。

到校以路上谈话告彬然。彬然劝我教家眷先随开明货船赴宜，日后独自乘车西行。我未决定。

一月十三日（星期五）

三时即醒，四时即起，写长信寄宜山，与王星贤闲谈。

近来晨间常早醒，一醒不能再睡。其原因在于床。我不惯硬床而喜欢软床。抗战前常用棕垫床。逃难后常用帆布床。前日所用帆布床坍损，不得已而用竹榻，遂影响于睡眠。用软床时，半夜一醒，即再睡；用硬床则一醒不能再睡，近来异常早起，即为此故。

自知此身不受压迫。夏间在桂林时，曾出大洋六角买汗背心一件，服之就睡，以防伤风。不意夜夜惊梦，不能安枕。不久即以背心赠人，永不再穿。而惊梦亦止。今用竹榻，梦寐亦常不安。盖竹榻亦有压迫，从下而上，其力足抵半件汗背心也。汗衫，卫生衣，硬床，皆压迫人，我所不喜者也。

派老李赴永福，晚七时持回音至。知阿先等皆健好，甚慰。

一月十四日（星期六）

今日下午作文二小时，出题托傅先生[1]代为揭示，自己不到校去，全日无事。同丙潮到圩上修帆布床。遇一永州木匠，甚和善，一小时即为修好。今夜可得安眠，归途甚喜。

---

[1] 傅先生，指傅彬然。

一月十五日（星期日）

午唐校长请驻两江之李团长吃饭，全体教师奉陪。我亦到场。席上肉甚多，但有鸡一碗又一盆。我勉强吃鸡而已。李团长乃本地人，甚质朴，可敬爱。席二桌，我与校长陪团长居上席，一班酒徒共居下桌。下桌拇战痛饮，声闻数里，使吾等不能对话。此态稍失体统。但原因恐系平日教师与学生共饭，膳食太过清苦之故。盖久不得酒肉，一旦得之，本能使之兴奋，不暇顾及体统也。我十年前亦曾迷于酒，故对此等酒徒甚深同情。但今日喧宾夺主，失体统亦一憾事。客饭毕，众主酣战，方兴未艾。校长与我陪客离席，赴办公室饮茶。

夕唐校长来，谈三件事。其一，前邻兵向我家投情书。彼已将此事告广西当局。我请勿再提，并坚不以投信人姓名相告。盖此事并不犯法，况不知者更不足罪也。其二，唐请我荐人自代。我愿荐吴梦非[1]，但不知肯来否，否则暑假中等艺术教师训练班中，有高材学员数名，可以托教育厅代拉。因检出夏间记录告之。其三，唐欲请丙潮为缮写，三四日后到任，月薪法币十八元。我代允之。丙潮随予逃难至此，过去历任开明职员，崇德老板，皆不合本人趣味，今得入学界，诚为好事。盖此人有书

---

[1] 吴梦非（1893—1979），作者在浙江省立第一师范的同学，曾从李叔同学习音乐、绘画。"五四"时期发起和主持"中华美育会"，翌年与丰子恺、刘质平（1894—1978，浙江省立第一师范学校李叔同的得意门生，音乐教育家）三人共同筹办上海专科师范学校。著有《西画概要》等美术教科书。

呆气，不宜营商，而性近文墨也。但丙潮自己不甚愿意。彼意欲随我赴宜山，一则其妻二月后将生产，欲得帮助。二则彼恐桂林时局紧张，逃难无人可跟，而自己不能独行也。我诚心告彼，第一事不成问题，此间亦有稳婆及熟人。（陈瑜清之岳母之母，拟与丙潮同居，彼此相助。）第二事则十分之九不会做到。万一做到，你率眷（共大小四人）来宜山投奔我，我无不欢迎。至于道路行李之事，你应该练习，勿可专求依随别人，而磨灭自己独立之本领也。若常随我，反而害他。故此次我决不许其相随，俾得此机会练习独立。君子不以姑息爱人。丙潮今日或许怨我，但日后必感谢我也。

一月十六日（星期一）

上午有课，下午无事。与三儿到圩买冬笋煮之，复加以蛋，甚美。饮三花酒二杯，吃饭三碗。

一月十七日（星期二）

近教高师班国文，颇有兴趣。因此班高材生多，比别班能理解我话。最近选白居易诗十二首，复选授词二十首，使知中国文学之一斑。后生真可怜，名为高中程度，而读过唐诗者甚少。知道"词"这个名词者亦寥若晨星。十年不教课矣，不知此是广西学生特有之状态，抑全国所有高中学生皆如此？若然，学生程度真是一代不如一代！中国文化遗产若山陵，而中国青年不能承受。可惜可痛,莫甚于此。中国教育当局应加注意。

章桂自义宁返,雇船事失望。当地只有小船三四只,且因除历过年在即,都不肯开。只得另向永福设法。

一月十八日(星期三)

授高师学生徐君宝妻所作《满庭芳》:"汉上繁华,江南人物,尚遗宣政风流。绿窗朱户,十里烂银钩。一旦刀兵齐举,旌旗拥百万貔貅。长驱入歌楼舞榭,风卷落花愁。清平三百载,典章人物,扫地都休。幸此身未北,犹客南州。破鉴徐郎何在?空惆怅相见无由。从今后,断魂千里,夜夜岳阳楼。"讲授时颇感动,此词似为今日中国描写,使人读之有切身之感。学生中亦有动容者。

连日和暖如春,今下午忽发大风。广西天气甚异于吾江南。

一月十九日(星期四)

今日与一同事谈国事,甚乐观。因闻汪精卫放逐后,其党羽在安南被杀,又本人亦有被刺之消息。逐汪而国内毫无异议反动,且竞诛其党羽,足见朝野一致拥护中央,万众决心抗战到底。敌闻此消息,必为落胆。敌自近卫退而滨沼上台后,已月余,至今无特别表示,只是盘踞失地中,不死不活。可见其进退维谷,骑虎难下。最近英国对敌态度强硬,法美附英,将使敌更陷于困境。此一战如何下场尚不可知,然我国自此上下团结自力更生，诚为因祸得福。抗战以前，我国百事颓唐，自伐太甚，有以招致此祸。今后一切必须彻底改革，以图复兴。我等侧身文化教育界者，正宜及时努力，驱除过去一切弊端，必使一切事业本乎天理，合乎人情。凡本天理，未有不合人情者；凡合人情亦未有不成功者。苏联之能新兴，要之，亦不外乎根据天理人情以施政教耳。我们不必模仿苏联，但师天理人情，则无往而不成功。过去之教育，不合天理人情之处甚多。就艺术教育而言，过去之绘画音乐教育，生吞活剥，刻划模仿，游离人生。教育者徒以死工作相授受，而不知反本。此直可称之为"画八股"，"乐八股"。今后非痛改不可。国内艺术界翩翩诸公，对此各无异言。不亦异乎！

章桂在两江觅船不得，定明日随我赴永福物色。雇轿索大洋六元。我欲省此六元，决定步行赴永福。闻邻近兵士明晨开拔。则永福得船后，当接眷返两江，小住二三星期后一同西行，免得两地呼应不灵。

一月二十日（星期五）

天小雨。与章桂冒雨赴永福。途遇学生张铭瑾，及其亲戚，四人同行。自上午十时发脚，至下午五时始到。步行七小时，亦不觉甚疲。盖脚力已由锻炼而进步。但不及张铭瑾等远甚。在途中时，彼等不要求休息，每次皆我提议。彼等休息时不坐，但屹立道旁而已。问之，则曰："走路休息不宜下坐。下坐则走时愈感吃力。"此诚经验之谈。山乡人抵抗自然之毅力，实可敬佩！吾等生长江南平原之地，三里一村，五里一市，十里一镇，廿里一县，车舟四通八达，初未梦见山乡人之坚苦生活也。

永福已比前次繁盛。新生饭店之面颇可口。又另有饭店新开，亦下江人主办，有家乡风味。林先病已愈而复发。但此次系正式之疟疾，且今日已大愈。我等决定二三日内即返两江。

一月二十一日（星期六）

永福寓中情形如旧：租客嘈杂，房间黑暗，炊事不便，……唯独楼上居先生已迁两江。天又雨，吾家六人蜷伏一室，客中作客，殊感烦闷。

章桂邀同张铭瑾觅船，不得。

一月二十二日（星期日）

天又雨，章桂觅船又不得。决定明天离此返两江。雇轿二乘，令力民新枚坐其一，阿先坐其一。吾与宝、软同章桂步行。张铭瑾代为雇定，每乘法币五元，挑工一人，法币二元半。

整装毕，冒雨赴市，见卖板鸭者，其鸭已成扁平块，而未腊制。出法币一元买一只归。与病人食之。有章桂帮忙，食尽一鸭。永福离两江仅五十五里，而物产大异。两江少鱼，鳜鱼则绝无。永福多鱼，而鳜鱼常有。两江少鸭，永福则板鸭甚多。永福尚有一种小小植物油灯，为他处所未见。前软软于圩日买得一只，价八个大镖，形似小杯，燃茶油可以达旦，光亦不减于火油灯。可谓单纯明快。盖全器仅土制之一小罐，罐底突出一中空之小圆柱，以纱带插圆柱中，注以茶油，即可光明达旦。此乃可奖励之一种工艺美术品。今后抗战持久，外来货物缺乏，此灯尤可提倡。盖植物油随地皆有，不忧缺乏。而灯形小巧，装置简单，携带便利，在抗战时期更相宜也。明日逢圩，可惜即欲离去。倘来得及，拟买一打，分送好友。

一月二十三日（星期一）

雨甚。邻人皆曰走不得。我等抱无抵抗主义，毅然上轿就道。向北行，风雨当面相袭。以伞作盾，埋头而行。未数里，吾与宝、软三人衣服尽湿。十时发脚，至下午，腹甚饥。半途有一饭店。（地名石门村，但村在远处，公路旁仅见一店。所谓店，实一摊耳。）吾等拟购白饭捏作团，且行且食。因菜蔬仅有肉煮豆腐干一锅，为我等所不能食也。问之，店老板言只余饭半碗，不够三人分吃。遂买花生三毫子，各储衣袋中，以一手张伞，一手剥花生，且走且食。复走十余里，又遇一饭店。此店比前更小，其屋大类一毛厕。中有中年妇人卖粽及炒米汤。我等入店，饮炒米汤各一碗，食粽各三四只。再走，不觉疲倦，如生力军。

天黑始到泮塘岭，二轿早到亦不过半小时，盖轿夫在途中休息甚久也。换衣履，发炭一大盆，吃饭一顿，饮茶一壶，快适异常。今日视此泮塘岭四十号的陋屋为唯一之归宿处，无上之安息所，胜于石门湾缘缘堂多矣。

一月二十四日（星期二）[1]

到校，丙潮已在办公室办事。吴梦非来回电："谢聘函详。"此电来回共六天，可谓异常快速。宜山、桂林来回电报需十三天也。梦非不能来代我，我无可再荐。唐校长拟在暑期中等艺术教师训练班中觅高材者以继吾任。今检暑中成绩记录，得数人，写告唐，以供选择可也。彬然欲为我留行，却之。

一月二十五日（星期三）

莫一庸君辞职，明日赴教育厅任第二科长。下午学生开欢送会，一如送王星贤时。我照例参加。但会中空气与送王时全然不同。王自言从马学道而去，故其送别会有诗意。莫自言前为服从命令来任教，今复为服从命令而去做官，故其送别会严肃，凛乎其不可留也。五时闭会，微雨中全体师生合摄影而散。

吾参与此会后，颇有所感。吾今得见广西教育精神之一面。

---

[1] 1月24日至2月2日等十篇日记载1940年7月1日《宇宙风》乙刊第26期，其中1月25日、26日、28日至31日、2月2日等七篇日记初收崇德书店1944年6月版《教师日记》。

莫先生乃桂林中学之前校长，嫡派之广西教育者也。今听其言，观其行，始知广西教育之进步，全赖此种精神。广西教育之异于吾浙江，亦全在此种精神上。此种教育宜于训练民众。广西之所以名为"模范省"，即由于此？

一月二十六日（星期四）

陆联棠兄自桂林来，同章桂到圩雇船运货。中午在学校午餐，晚宿吾家。宋云彬兄来信，盼我赴桂林，因第三厅欲托为作画。吾廿六〔1937〕年冬去家逃难时，随身携带抗战后在家中所作《日本侵华画史》。草稿已成者约数十幅。后船经塘栖，闻邻舟言，矮鬼子已在湫院。到拱宸桥，又闻邻舟言，桐乡正在屠杀。而杭州赴桐庐之船甚难觅得。深恐为敌所追及，搜出该稿，祸及同舟，遂于是夜将稿投河流中。后到汉口，颇思重作。雪舟[1]向武昌旧书摊买得原书（蒋坚忍著《日本帝国主义侵华史》），我在汉口亦烦忙，迄未续作。宋云彬知其事。今张志让[2]任第三厅第六处长，云彬与之共事，大约由云彬提出，故来函相嘱。此画有人愿刊印者，我随时愿续作。唯今身任校课，且不久又将迁地另任校事，深恐无长日月可供作画。盖全部甚长，约有二三百幅也。定明日与联棠一同赴桂林，商谈此事。

---

[1] 雪舟，指章雪舟，当时开明书店汉口分店负责人。

[2] 张志让（1893—1978），江苏武进人，法学家、法学教育家。

一月二十七日（星期五）

午桂林开明来电话，说装货汽车即将开两江，嘱联棠暂勿返桂，在两江候货。彬然、我与力民新枚拟搭装货便车赴桂。

新枚右足有疾。原约郑医生满月后去诊，屡为车阻，今已将百日矣，此疾恐无法医治。盖新枚难产，提早三星期由郑医生用手术下产。产时右足先出，医生用力拉右足，以致骨胳变相，比左足膨大。然动作自由，非重症。不过右足比左足短一二分，恐将来为跛人，故今决定搭车赴桂一诊。

六人在两江站候车至晚，不至。失望而返。大约桂林汽车发生问题，是以不果来也。联棠请在车站旁小饭店吃夜饭。此饭店乃站中小工合开，其人全然不知烹调，诸菜味同嚼蜡。联棠、章桂攘臂而赴，自赴灶上烧蛋。完全家乡作风。吾因得加饭一碗。是晚联棠仍宿吾家，定明日一同乘车赴桂。

一月二十八日（星期六）

十时半同彬然、联棠、力民、新枚上车，十二时半抵桂林。彬然、联棠赴开明，吾与妻、子坐人力车二乘，径赴省立医院。南门内一带，沿途但见颓垣断壁，荒凉满目。月余不来桂林矣，今日重到，不堪回首。此月余内，桂林被狂炸三四次。所投皆烧夷弹，城中毁屋约有三分之一。南门内乃遭劫最大之区也。

医生须三时到院。吾等即赴附近"京苏大餐店"中上餐。店主为一无锡女人，善谈。据云开店已一月余，生意尚好。屋后有山洞，避难极便。其所作甚佳，完全江南风味。价亦不小，吾二人共食大洋二元四角。

三时赴医院，即请郑医生诊治。检查后，医师言两足相差仅一分，长大后想可复原。即请骨科专医用 X 光照验，亦无恙，不需施手术。四时即出院。

访蔡定远毕，五时半到乐群社，开 103 号房间，每日大洋二元四不贵。但床上无沙发垫，甚硬。摩登椅上坐垫亦皆拿去，大类农家打稻之木床，其状益形唐突。夜访张梓生，见巴金[1]。访王鲁彦。宋云彬不在家，未得见。定远夫妇来谈，五时去。吾与力民赴中南路某粤菜馆吃夜饭。

一月二十九日（星期日）

原约彬然八时来乐群社，共赴北门吴敬生家避空袭。天小雨，略放心。彬然因此至九时始到。小雨不绝，天甚低，层云掩护桂林全城甚周密，料敌机无法来袭。遂与彬然在市上闲步，力民、新枚同去。

中北路瓦砾场中，有断垣矗立，上绘一图，甚触目：其画上写大炸弹一枚，正从天空下降。下写民房数间承受之。民房之大不及炸弹十分之一，弹落其上，势必粉碎。此画触目惊心，功效极大。可见对民众之宣传画，不可拘泥于写实。有时加以

---

[1] 巴金（1904—2005），原名李尧棠，四川成都人，祖籍浙江嘉兴。作家、翻译家、社会活动家。

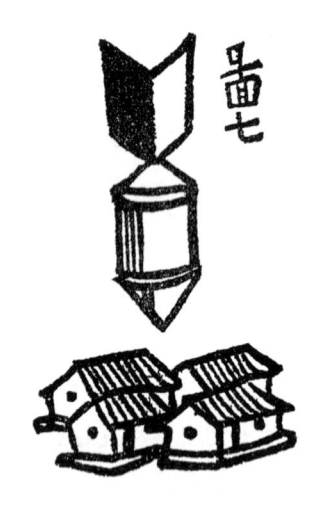

夸张,更能动人。此画即其一好例。彬然代张志让、宋云彬来邀,今晚请吾在味腴聚餐,请教画事。席上当以此事告之,以供参考。

午在水东街一宁波人所开菜馆午餐,彬然请客,辞曰钱别。席上有鸡丁,鱼块,开洋白菜。复有一操上海白之宁波摩登女堂倌侍酒,似江南所常见。但房屋殊陋,背景甚不调和也。

下午力民抱新枚返乐群社。吾与彬然访吴敬生。不值。其夫人出马先生最近信相示。得知马先生已到重庆。又云将走水路赴乐山,卜居峨嵋山下。敬生屋乃农民银行新建职员住宅,负鹦鹉山,避空袭甚便。屋亦精致可爱。小坐辞去。路上与彬然谈马先生入川之事,咸以为必有其他动力。因马先生月前来信,尚言已在宜山郊外购得地皮及茅屋,许与王星贤及吾为三家村,盼吾早赴宜山。今遽入川,必有其他更大之动力无疑。且必有信寄我,尚在途中也。(近来桂林宜山间快信半个月,平信一个月,电报亦十三天。)吾心甚喜:倘得马先生为国师,国家民族,前途幸甚。一薛居州[1],或可使长幼尊卑皆为薛居州。

访舒群,以画赠之。画中写一人除草,题曰"除蔓草,得大道"。此青年深沉而力强,吾所敬爱。故预作此画携赠,表示

---

[1] 薛居州,见《孟子·滕文公下》第六章。

勉励之意。舒群住南门内火烧场中。其屋半毁，仅其室尚可蔽风雨，但玻璃窗亦已震破。其室四周皆断垣颓壁及瓦砾场，荒凉满目。倘深夜来此，必疑舒群为鬼物。舒群自言，上月大轰炸时非常狼狈，九死一生，逃得此身，抢得此被褥。今每晨出门，将被褥放后门外地洞中。夜归取出用之。防敌机再来炸毁也。桂林冬季多雨，近日连绵十余日不晴，地洞中被褥必受潮，得不令人生病？吾以此相询，舒群摇首曰："顾不得了！"呜呼，悠悠苍天，彼何人哉！人生到此，天道宁论矣！

傍晚返乐群社，新枚发热，大哭不止。拟送省立医院，又止。七时匆匆赴味腴应张志让约。此菜馆异常嘈杂，不可一刻留。菜亦多肉，能下咽者极少。催云彬速谈画事，允在赴宜山前为作画若干幅。复略贡献关于抗战宣传画之意见。八时告辞，返乐群社视新枚，幸已服鹧鸪菜而愈，已酣睡矣。与力民整行装，定明晨七时离此，赴车站搭车赴两江。十一时，腹甚饥。在味腴未尝吃饭也。冒小雨出门窥探，见斜对面有饮食店未停业。力民因新枚病，亦未进晚餐。遂抱新枚，以大围巾蒙其头，同到此店吃宵夜。馄饨，水饺，酱鸭，蛋炒饭。复饮山花六两。归就寝已十二时半矣。

久不用抽水马桶，且常在野外大便。今在乐群社用抽水马桶二天，反觉不及野外之舒畅。

一月三十日（星期一）

晨七时即赴车站。所谓车站，实则一瓦砾场也。彬然、联棠已先到，舒群继至。买票不得。联棠、舒群费九牛二虎之力，买得一票，送力民抱新枚先走。吾与彬然只得延至二班车再走。幸此车开后，二班车即卖票，联棠努力买得二纸。彬然急取藏诸怀中，如获至宝。下午一时当来搭车。

天欲晴，虑有空袭，与彬然散步骟马山附近，以消此上午。途中有小新坟，前有石桌及二石凳。吾二人坐憩焉。墓碑上铸"爱女吴顺宝之墓"。考其时日，乃半年前所新筑，死者仅四岁耳。料想墓中人必为从杭州流亡而来之小难民，客死于此，其父母痛不能已，故辟此黄土，筑此青冢，聊以慰情者也。吾久居杭州，亦为流亡缘，不禁生吊慰之心，为之脱帽。复为之默祝曰："禽兽逼人，黄帝子孙无不震怒而奋勉者。墓中之小女娃若不夭殇，将来亦将效木兰之精神，捍卫祖国。今不幸短命，不得尽其神圣之天责，不得亲见最后之胜利，而客死他乡，葬身异地，是诚千古之遗恨也！然今日全国万众一心，后方之民不懈于内，前线之士忘身于外。长此以往，抗战不忧不胜，建国不愁不成。青天白日之下，到处为乡。小女娃且安心于青冢之下，不久当有凯歌迎尔归葬于西湖之旁也。"

离小女娃墓，尚上午十时，距开车足有三小时。遂偕彬然信步上山，对坐山顶石上，信口漫谈。谈及现世科学之发展，与战争之惨烈，吾仰天而叹曰："造物者作此世界，不知究竟用意何在？是直恶作剧耳。吾每念及此，乃轻视世间一切政治之纷争，主义之扰攘，而倾心于宗教。唯宗教中有人生最后之归宿，与世间无上之真理也。"彬然正色而告曰："非也！彼困于冻馁者，日唯衣食为忧，奚暇治宗教哉？"予愕然。心念此彬然之所以为彬然也。吾二人人生观之相异，恐即在于此。谈至十二时，缓步入城。二时始搭车，返两江已傍晚矣。桂林之行已毕，心头放下一事。

一月三十一日（星期二）

得鲍慧和[1]自上海来信，言嘉兴失陷后其家族在失地中辗转迁徙，不胜其苦。曾在沪禾间贩货，图衣食，反耗百余金。曾与黄涵秋[2]共应某广告画社招请，几被骗。该社乃骗子所设也。末言"今将重返嘉兴失地中，赋闲，每日'看太阳出，看太阳没而已'"。最后一语幽默而沉痛。

二月一日（星期三）

上周学生文题，曰《我所知道的瑶民生活》，今批阅文卷，闻所未闻。盖广西瑶民甚多，学生类能道其生活。所言或同或异，他日可采集使成一长篇。

二月二日（星期四）

下午请圩上新开之联华照相馆来家摄合家欢。流亡时一行

---

[1] 鲍慧和，作者抗战之前窝居嘉兴时所收的学画弟子。
[2] 黄涵秋，作者在日本时结识的好友，后成为口琴家。

十人。在敌机肆虐下飘泊十四月，而老者益健，壮者益康，幼者益长，且添一可爱之婴儿，成十一人。此亦今世不易多得之事，不可不有以纪录之。故摄此影，分寄故乡亲友，以慰相思亦以明炮火之无可如何于吾家也。

联华原在汉口，后退桂林，近迁来此圩上。其主人告我曰："吾等在汉口时即闻先生大名，不意今日在此为先生摄影。"马先生赠诗曰"到处儿童识姓名"，非虚语也。

圩上近新开一店，卖香烟酱萝卜，主人对客甚殷勤。予问其来由，知为九江人，原在九江设大商店，子入高中，女入初中，小康之家也。九江失守后狼狈逃出，辗转至桂林，以余资开杂货店，最近又为敌机所毁。于是来此圩上，设此残局，以维持一家数口之生活。主人言下不胜戚戚。吾观其家人，虽风尘仆仆，然皆有健康之色：其父老而矍铄，其妻一面攘臂洗衣，一面向予诉述，悲愤慷慨，不屈不挠之精神溢于言词。其子方自桂林批货归，释肩上重负，即与其父谈桂林商事，精明强干，为一家之健将。其女正在洗锅发灶，独任炊事。询之即前之高中生及初中生也。吾观此情景，益信中国之因祸得福，益喜中国前途有望。盖暴敌之蹂躏吾民族，除死者正待复仇外，生者皆因奋斗磨练而增益其所不能。逃难虽曰损失，所损失者财物耳，因奋斗磨练而增益者，超过所损失者甚远。虽曰流离，迁地而已；因迁地而增广见闻，加多阅历，其所得尽足以偿流离之苦。设使九江不陷，其人亦不过尔尔；其子弟或且习于骄奢，陷于淫逸，不得为国民健全之分子，亦未可知也。孟子所谓"生于忧患而死于安乐"，诚千古不易之论。故吾谓此次抗战，中国人皆因祸得福，中国亦因祸得福。

二月三日（星期五）[1]

今日改作文，甚有兴味。因学生中有十余人描写瑶民生活者。我前赴永福，曾于圩上见瑶民，头戴方冠，肩披珠串，衣上绣花。其貌则与汉人无异。与之交谈，亦能作桂林语。但未悉其生活如何。今见学生所述，摘集之如下，但不知是否符实耳。

瑶民为盘古氏之后裔。……与汉人不通婚姻。有汉人求婚，则提出条件曰：须能用砻糠作绳长三丈；须觅得一竹，长三丈而无节。皆拒绝之词也。其祖先渡南海入广西时，遭飓风，舟几覆。许愿盘王，始得脱险。故今日瑶民区域内，处处皆有盘王神像，香火不绝。其人居深山之巅，编木为屋，室中设一榻，男女老幼共卧。山中无米，所食小米、芋薯、芭蕉根、猪、蚜虫，及蛇。有上客至，则出所腌制蚯蚓请客。巨富之家，则家有藏米少许，乃向汉人买得者，亦以供上客。其视米与蚯蚓，犹吾侪之视山珍海味也。其女子以多嫁为荣。每嫁一夫，耳上佩一大环。吾在永福见女子佩数环者，即表明其已嫁数夫也。妻年大都长于丈夫，取其能操作也。婚嫁筵席甚盛。富者每次须供酒六七百桌，酒千余斤。往往有子女太多，因婚嫁而破产负债者。其俗喜抢亲。有美貌者将嫁，人预探其期，于半途行劫。

---

[1] 2月3日至11日、17日至25日等十八篇日记载1940年8月1日《宇宙风》乙刊第27期，其中2月3日、5日至7日、9日、10日、17日至25日等十五篇日记初收崇德书店1944年6月版《教师日记》。

劫时大肆械斗，往往死数人。女被劫去，其父母听之，不复追究。妇女之发终年以暖烫封。每年梳一次，于炉上行之。梳时不令男子亲见。若有男子见妇梳发，则大不祥，非即赴神前祈祷不可。人死，则以布缠尸，陈室中数日，然后弃之山谷。瑶人入汉人市，喜被呼为"老同"。商人若以此称呼，则瑶人甚喜，乐与交易。瑶人每年沐浴一次。见汉人每天洗足，甚以为奇。蹵然问曰："得不伤肤乎？"

二月四日（星期六）

天大晴，虑有空袭。下午自学校返家，途中果闻桂林方面轰然一声，大地震动，但不再响。心知非飞机轰炸。盖其声与炸弹声异，且炸弹必不止一响也。事后闻人言，火药库爆发，死人百余，焚火药地雷若干，甚是可惜！司理人疏忽所致乎？抑汉奸放火所致乎？不得而知。

明日立春，适值星期日，今日预请彬然、丙潮于明日来共饮春酒。立春为阴历十二月十七日。

二月五日（星期日）

天大晴。上午阳光入吾室。以手拍衣，灰尘飞扬满室中，如大雾弥漫。村居灰尘甚多。吾等已同化于其中，久不感觉灰尘之可恶。今于阳光中见其详，不胜惊骇。四个月来，吾人时时呼吸于此种灰尘中，肺得不为垃圾箱乎？此灰尘平日无时不有。无阳光照映，目不能见，心即安然。世事类此者甚多。此事发吾深省。

午彬然、丙潮联袂而来，章桂为厨司，办菜尚丰。吾多饮而醉，日暮客去犹未醒。唱"日暮影斜春社散，家家扶得醉人归"之句，恍如身值太平盛世，浑不知战事之为何物也。傍晚金士雄、陆剑秋、张阿康来，即日将偕章桂乘船押货赴柳州宜山。金等在吾家晚餐，晚宿开明货栈中。

二月六日（星期一）

天晴。上午步行到校，风和日暖，绝不觉道路之远。唯有一事，甚不自然：校中近设门警，每日立大门口，专向进出之教职员行敬礼。然教职员仅十数人，且半住校内，难得进出。进出者仅数人耳。故此校警之职甚闲。吾每到校，离校半里之遥，即见校警徜徉门口，百无聊赖之状。见吾将至，即预先准备，如临大敌。吾行将近校门，则校警早已肃立门内，跃跃欲试。迨吾入内，则彼用尽平生之力，向吾行举手礼。一若其半日之职务，尽在此一举者。吾自遥见校警，至此始透一口大气。猜想彼亦如此。在此一片大自然中，吾与校警共演此剧，甚是可笑。因此吾每到校，常以此事之不自然为苦。因此入校之后，非万不得已不敢进出。前彬然曾提议废除此举，校长以为不可。

二月七日（星期二）

章桂、陆剑秋、张阿康三君今午开船押货赴鹿寨。吾托带网篮、竹凳去。

军事委员会后方勤务部军邮视察员二人来校，云有军邮五十万件待发，欲借学生数十人赴桂林代为整理。因向校务主任蒋先生商谈。

其一人姓张，嘉兴人，经蒋先生介绍与吾相见，即称"久仰"，出纪念册索题。吾即用教务处笔为题大树诗一首。张君为吾言嘉兴、平湖、乍浦、松江、安吉一带奸淫之惨。彼自言每与敌人相距数十里始他迁，且曾入失地，故知之甚详。据云平湖妇女二三百人，被迫作裸体体操。又某地妇女，被监禁一室中，有被而无衣，随时听召唤。又云松江女中于失守前若干日迁天马山，后忽然失守，学生二百余人不及迁避，匿天主堂中，自以为托庇，不料尽被敌军牵去。吾十年前曾任此校教师，闻之愤慨特甚。

二月八日（星期三）

天忽雨，竟日。上午有高师国文一小时。令女仆送信到校，请于星期五补授。于是在家休息一天。午饮酒，醉。下午同林仙到圩上买生米粉，归家自制小圆子，和柳糖汤食之，酒立醒。

二月九日（星期四）

《扫荡报》载二月五日宜山被炸详情，谓是日宜山四门均受弹，城外浙江大学校舍，受弹八十余枚，几乎全毁。幸为星期日，学生皆出外，仅一学生受伤。同时接王星贤二月一日所发书，谓马先生尚未离宜，浙大正在挽留。又云郑[1]言吾课三月中开始，故迟到不妨。又希望我作马先生所购茅屋之主人，以其离城远，离彼寓仅一里也。

吾本定三月初动身。今浙大校舍既全毁，恐将迁地，亦未可知。且待彼方来信再定。

闻某人言："今后学校、商店等一切机关，宜取动物式，不宜取植物式。"意谓不可在城市中固定地点，如植物之生根于地；宜取摆摊式，随时移动，如动物之来去自由也。此言极有理，亟宜宣传。盖敌计穷力尽！今后唯有向我后方城市滥施轰炸，以泄其淫威。故我非用彻底安全之防空法不可。开明书店正在宜山、柳州租屋开张，不是办法。亟宜改设"开明书摊"。

二月十日（星期五）

通信兵百余人，来吾村投宿。雨夜敲门，嘱为代办米、菜、柴，以供明日晨炊。彼等明日即开行也。吾家今日新买米七八十斤，即以转让。复托房东及邻妇代办菜及柴，照市价售之。兵多湖

---

[1] 郑，指郑晓沧。

南人，浙人亦不少，皆甚客气。浙人见吾尤相亲。可见今日之中国，军民合作，万众一心，真好现象也。安得不谓之"因祸得福"？

二月十一日（星期六）

今日作文课可不到校。有两日可在家坐。

晨通信兵来告别，以火钳一把、铁环一个赠予，另以火钳一把赠邻妇，火油灯一盏赠房东。吾等推却，彼言此物多余，路上难带，故以留赠。好意可感。彼等将步行赴贵阳云。

二月十七日（星期五）

过去一星期，患眼疾，不能写日记。即使能写，终日枯坐，亦无事可记也。今日霍然，略为补记：此眼病为红眼。由陈宝传染而来。初右目红肿，每晨封眼。后左目继之，晨起两目全盲。凡三四日。此三四日中，镇日枯坐，沉闷万状，始知眼之功德无量。昔在缘缘堂，患眼疾时，有风琴，有蓄音机〔唱机〕，可由耳吸收精神的食粮。今在流离之中，百事草草，连口琴亦无之。唯有邻妇南蛮☒舌之音时来聒耳耳。此数日中唯一之慰乐，为吃瓜子。广西瓜子形小而腴，诱惑力极大。不吃则已，一吃则黏缠到底，欲罢不能。昔年我曾为文[1]，斥瓜子为盗时之贼，论

---

[1] 指作者1934年4月20日所作《吃瓜子》一文。

瓜子之可以亡国（曾载《论语》），近日则视此为唯一的慰藉者。盖病中时间过剩，唯恐其不来盗也。今日病愈，见之立刻心生嫌恶，只觉此物有颓废之气，不可向迩。拟再作广西瓜子论以斥之。姑念数日来相慰之情，作罢。

二月十八日（星期六）

今日为古历除夕。校中筹备同乐会，停课一天。吾居家，天雨，未去参加。为房东娘娘写门联。曰"天下兴亡，匹夫有责。抗战必胜，妇孺皆知"。此房东仅有母子二人也。

去年今日，流亡才两月，居萍乡彭家桥萧祠中，环境荒寂，行物萧条，零丁孤苦，莫甚于此时。今日则大不然：打年糕，吃年夜饭，席上更添一初岁娇儿，笑语满座。融怡之乐，且过于缘缘堂中，念此可浮一大白！但推想铁蹄蹂躏之下，必有家破人亡之同胞，饮恨吞声而度此除夕者，则又感慨系之。

二月十九日（星期日）

今日为廿八〔1939〕年古历元旦。上午作画八幅，题皆用古人句：严霜烈日皆经过，次第春风到草庐。而各幅形式不同。自留一幅，悬对座，余者以赠桂师同事之索画者。同事中多颠沛流离而来者，得此画可资振作。

二月二十日（星期一）

读萧石君译 Marshall〔马歇尔〕《美学原理》。温故虽未能知新，亦可以忆旧。译笔用文言，尚达意。续读其他数册白话直译者，甚吃力，半途而废。其译者尚未了解原文，逐句硬译耳。

得王星贤信，知湛师[1]已于二月七日入川。得郑晓沧自桂林来信，云因公赴浙，将在浙办分校，西来否似未定。王信则谓其悉室以行，恐不再来广西。郑函并云浙大曾有人提议将校迁回浙江者，家人闻此消息，皆馨香祷祝。吾念及绍兴酒，亦殊憧憬。王信则未言及此。吾愿此议不通过。寇未退，海边究不可安居。绍兴酒宜留待将来痛饮。

二月二十一日（星期二）

上午到校，见贾祖璋[2]兄及彬然之子又信已在房中。盖昨日抵桂，当日即来两江也。他乡遇故知，乐不可言。祖兄曾久居失地中，为述屡次避敌之经过，令人咋舌，继以发指。且喜无恙，今日得在五千里外再见也。祖璋下学期继予国文课，今即与彬然同居一室。我自今日起渐居客位。虽尚有一星期之教课，

---

[1] 湛师，指马一浮（湛翁）。
[2] 贾祖璋（1901—1988），作者在浙江省立第一师范学校的同学，昔年上海开明书店的老同事。曾任商务印书馆、开明书店编辑，建国后任中国青年出版社副总编等职。

而根已渐渐松动矣。

力民同陈宝来校，请杨大夫为陈宝医眼疾。下午一同返家。

二月二十二日（星期三）

正月初四夜，此间飞萤满庭，冬行夏令。

吾乡今夜，家家接财神，全市放夜，为新年中最欢喜之一夜。桂林则无此风俗，家家早睡，黄昏庭院寂寂，但见飞萤来去而已。

二月二十三日（星期四）

午丙潮家邀吃年酒。彬然、祖璋同席。五千里外之荒村中，有此一桌浙江菜与浙江人，殊属难得。

夏丏尊先生来信，言弘一法师[1]已闭关，信由彼转。又言李荣祥[2]居士有出尘之思，前日忽失踪。又言彼一月起已辞开明职，并函圣陶早为其女满子完姻，以了大事，行将赋归去来。上海陶亢德[3]寄来《众生月刊》数册，代为拉稿。翻阅之，见

---

[1] 弘一法师（1880—1942），原名李叔同，法名演音，号弘一，晚号晚晴老人。精通绘画、音乐、戏剧、书法、篆刻和诗词，丰子恺在浙江省立第一师范求学时的老师，出家后又收丰子恺为弟子，对丰子恺一生影响深广。

[2] 李荣祥（1894—1950），即李圆净，作者之友。对《护生画集》的编辑、出版多有贡献。

[3] 陶亢德（1908—1983），作者之友，作家，当时系《宇宙风》杂志编辑者之一。

中有夏先生[1]作《怀晚晴老人》一文,述抗战后老人言行之镇静。满子虽未完姻,已随夫入川,受舅姑保护,无异嫁了。今复以此为念,足见夏先生处世审慎,步骤稳健,故若是其多虑也。吾有子女七人,均未成立。但以一双空手,糊口四方。而漠然泰然,自得其乐。在夏先生视之,真铤而走险者也。设使夏先生与吾易地,则夏先生必积忧成疾,而将羽化登仙矣。

二月二十四日（星期五）

月珠内姐自上海来信,殷勤为问,并寄其新生之孙之照片。信末有云:"昨天看见无锡报载子恺兄在乱山丛林之中步行万里,到达长沙。一掬长须,剃个干净。不知确实否?"阅信,全家大笑。抗战以来,江浙报纸屡载我之行止,而大都荒唐可笑。前浙江某报,曾标题曰"丰子恺割须抗战"。又有一报,云记者亲在开化见我"长须已去"。（实则我并未到过开化。）上海某小报则曰"一根不留"。今无锡报又言"剃个干净"。当此国家危急存亡之秋,我之胡须承蒙国人如此关念,实出意料之外。近日新枚在吾怀中,常以小手弄须,时或拔去数根。今后当勿许再弄。此乃报纸之题材,国人所瞩目,小儿岂可乱弄乱拔？日内拟请联华摄一影,以白巾衬须,使之特别显明。多印几张,寄与各地索稿之报志,请其制版刊布,以明前此各报之传讹,并以答其关念之诚。

---

[1] 夏先生,指夏丏尊。

二月二十五日（星期六）

金士雄君昨日来取货，宿吾室中。今日即提货返桂林。午邀祖璋、彬然及彬然之子又信来家吃年酒。彬然近得唐校长电，托其为吾留行，故殷诚劝阻，亦半出于老友惜别之情。然吾主意已决。唯婉谢耳。今晨同士雄赴新圩雇舟。代雇者黎君，乃学生张铭瑾之戚，为言近日春水大涨，船行至鹿寨仅一日，至柳州亦不过三五天。并约一星期左右代为物色一大船。前章桂来信，言途中山水甚奇。吾今已得舟，正喜不自胜。对彬然之劝，感激而不能从也。抗战以前，吾尝深居简出，好静恶动。今则反动甚烈，每思遍游天下，到处为家。彬然见吾率眷老幼十一人行数千里，赞曰"伟大的旅行"。吾将使成为"更伟大的旅行"。但有旅行，决不吝惜。与其积钞票于箧，不如积阅历于身。

夜授诸儿 Bacon: Essay of Studies[1] 一篇。十七世纪之英国小品文，简劲可喜。限诸儿三天后背诵。

今日正月初七，人日[2]也。照故乡例须称人。四嫂有大秤，遂借用之。吾得九十九斤，比抗战前轻一斤，乃南方冬暖，衣服少穿之故。若论净重，超过抗战前当不止五斤也。

---

[1] 培根《论说文集》中《论学问》一文。
[2] 按照作者故乡一带习俗，农历正月初一至初十的十天，其气候之好坏象征着十件事物之盛衰，如下：一龙二虎三猫四鼠五猪六羊七人八谷九蚕十麦。故初七为人日，按习惯，这一天要称一称各人的体重。

二月二十六日（星期日）[1]

到圩上买瓜子，一毫子二两，七毫子一斤[2]。为贪便宜，我买一斤。实则反而吃亏。

何以言之？此物本吾所恶。抗战前曾写一篇瓜子亡国论登《论语》。今所以买一斤者，盖因陈宝患眼疾，将借此消遣。健康人常吃瓜子可以亡国，病人常吃瓜子可以解闷。凡事固不可无权变也。谁知买一斤回家，家人因其便宜而多也，群起而吃之，不终日即尽一斤。此所以要便宜反吃亏也。盖尝论之：世之要便宜者，皆有类于是，但不若是之显著耳。譬如买物，论斤论两，锱铢计较，费口舌，费往返，费时间，所失决不能抵偿所得。所得者只是"我便宜了"之一点安慰而已。故世所谓便宜，皆非"实利"，但"心利"耳。人皆知金钱之难得，故每逢出手，必拼命撙节。独不知撙节所耗之无形之金钱，往往远过于撙节所得之有形之金钱。此所谓"贪小失大"，"逐末忘本"。世间多庸人，此亦其一因也。

---

[1] 2月26日至28日、3月1日至8日等十一篇日记载1940年9月1日《宇宙风》乙刊第28期，其中2月26日至28日、3月3日至7日等八篇日记初收崇德书店1944年6月版《教师日记》。

[2] 七毫子一斤，当时为十六两制。

二月二十七日（星期一）

明日学期告终，今日高师简师美术为最后一课。吾上课时向学生正式宣布下学期离校之消息，并嘱诸生在此一小时内以关于美术上之问题相问，以为结束。诸生有惜别之情，吾以"天涯若比邻"慰之。所发问题，大都关于画法及教法者，吾一一作答后，复作郑重之声明曰："吾教美术一学期，所授多理论而少实技。此乃吾不胜任于实技之故，非正当教法。吾之所以辞退者即为此。今后继吾者，吾希望其重实技而轻理论，以便调剂。诸生皆当明此理，切勿因后来之先生不授理论而非难之。"因闻今之图画先生大都重实技而不重理论，或不能授理论，故特先为清道，以免阻碍其进行。但私心希望继吾任者，能授理论，至少略懂艺术教育，而不为纯粹之技术家或画匠。

二月二十八日（星期二）

今日为吾在桂林师范任课之最后一天。上午赴校，先入松林中对吾之野外厕所作最后之会晤。此野外厕所在离校约二三百步公路旁。松树矮而密，身入其中，如入帷幕。林之深处，有一最矮之小松，干上多折枝，如衣钩，树旁有一小洼，内生丰草丛棘。此即吾之厕所。吾发见此厕所已久。每晨赴校，行至此处，必一造访。先将围巾帽子挂衣钩上，然后如厕。粪落丰草丛棘中，但闻其声，不见其形，有似抽水马桶然。今日最后一次造访，不忍遽去。

下午高中国文最后一课，特编讲义，题曰"国文解话"，述诗词趣事。吾为此讲，有两种意义：一则高尚之古代诗词趣话，足以引起研究兴味，对于艰苦质朴之广西青年尤有调剂感情之效。二则自 Daudet〔都德〕作《最后一课》后，最后一课便带不祥之气。今吾国正在积极抗战，最后胜利可操左券。故吾之最后一课必多欢笑，方可解除不祥也。

下午三时学校为吾开欢送会，继以茶点会，继以宴会。此乃老套。王星贤开其始，莫一庸继其后，我今为第三次。会中又请我训辞一次。照前二人例，此辞体裁先述去因，次述训话。吾亦照例；但措辞甚苦。盖王星贤为追随马先生而去，莫一庸为"服从命令"而去，我则既不为追随何人，亦非为服从命令，实无堂皇之理由可言。王星贤以"救国先救己"为训话，莫一庸以"小处着手"为训话，均简明易晓，而切对时下青年之症结；我则再三思维，终不得简明而对症之训话可以遗赠此一群广西青年。不得已，姑妄谈之。其辞略谓："吾之去有三因：一者吾拟利用此流离，以从事游历。在我多历地方，可以增长见闻，在诸君多得师傅，亦可以集众广益。此利己利人之事也。二者吾乡失陷，吾浙已非完土，吾心常有隐痛。浙江大学乃吾之乡学，对吾有诸君不能想象之诱惑力，此乃吾去此就彼之主观方面之原因。三者，吾在此虽蒙学校当局优遇，学生诸君爱戴，然吾于美术不能教实技，贻误诸君前程。不早告辞，罪将愈重，故不可不去也。至于训话，平日课内所言皆是，今日实难特标一语。欲勉为临别赠言，亦只得概括平日课内所述，作一结论。总之，艺术不是孤独的，必须与人生相关联。美不是形式的，必须与真善相鼎立。至于求学之法，吾以为须眼明手快，方可有广大真实之成就。眼明者，用明净之眼光，从人生根本着眼之谓也。手快者，用敏捷之手腕，对各学科作切实之钻研之谓也。故眼明乃革命精神之母，手快乃真才实学之源。诸君若能以此法求学，则吾此去，于心甚慰。吾十年不教课矣。抗战后，始在此再执教鞭。西人有言曰：'Life begins at forty〔人生始于四十〕。'我正值四十之初，在此执教，可说是吾之真正生活之开始。故此校犹如吾之母校。今后远游他方，念及此校，当有老家之感。甚望诸君及时努力，将来各有广大真实之成就也。记得吾与诸君初相见时，久雨方晴，青天白日，特别丰富。今吾与诸君相别，又值天雨方晴，阳光满堂。此足证诸君前途之光明，祈各勉励。"

宴毕已六时。唐校长送我返家，校工文嵩携灯引路。此情此景，今后永不能忘。

三月一日（星期三）

今日为脱离桂师之第一日。无职一身轻，感觉颇为特殊。全天在家休息，无事可记。

三月二日（星期四）

到圩上黎君处催船。据说目下只有小船而无大船。我不要小船，托其再觅，约三天回音。

得谢颂羔[1]兄信，言上海《申报》常刊漫画，署名"次恺"，其画与字皆酷似我，甚于慧和。不知此人是否吾徒。得信甚喜。摹我画者，以前不乏其人，惟吾徒鲍慧和最得吾心，今此君似吾甚于慧和，则吾画派中又得一有力分子，殊可喜也。惜慧和陷失地（嘉兴）中，少通音信，不知今后何日可得相见。念此怅然久之。

得浙大师院主任孟宪成君信，相邀早行，并言嘱任艺术教育、艺术欣赏及儿童文学三种课，但可由我选其二种。我今日拟电报去复，云愿任前二种，共五小时，并云即日启程。

三月三日（星期五）

此次离桂林，同事教师及桂林友人嘱画者二十二人，桂师学生嘱画者五十三人。雪泥鸿爪，翰墨因缘，本是风雅之事。况情属同事与师生，岂可推却。但事实上无法应付。即使每天作画十张，亦须七八天可了。但行色匆匆，岂有每天作画十幅之可能？踌躇者再。决计先作二十二幅，暂缓五十三幅。到宜山后，特制有教育意味之画，付诸石印，题学生名款，寄桂师应学生之嘱。亦有规模之留纪念也。

今日开始作画。题材取人物及杨柳燕子，题字用"春光先到野人家"。日得十余幅，题字同而画材异。乃取巧之法。

---

[1] 谢颂羔（1895—1974），毕业于苏州东吴大学，次年赴美国修读神学，虔诚的基督教徒。为丰子恺之友。

三月四日（星期六）

晨丙潮来言，下午开明有车来两江载书，傅、贾[1]二先生嘱我同搭便车赴桂林，因明日开明请教厅莫科长吃饭，要我们奉陪。下午三时到车站，四时车至，而货多不能载人，只载莫科长一人及其行李去。吾等索然返家，约明日乘客车到桂林。

得上海《文汇报》高柯灵[2]信。赠《边鼓集》一册，索稿，并言上海《申报》时有署名"次恺"者投画稿，字画均酷肖吾笔。特剪一幅见寄。吾初见画，亦疑为自己所作。难得此君如此恪摹，复以谦怀署名"次"恺。不知是何许人。他日有缘，当图一见。

三月五日（星期日）

与彬然、祖璋约，九时到站乘车同赴桂林。途中于邮局得

---

[1] 傅、贾，指傅彬然、贾祖璋。
[2] 柯灵（1909—2000），原名高季琳，电影理论家、剧作家、评论家。

二信。其一鲍慧和所寄,内容言前日自申来桂,住三十一集团军办事处,盼望相晤。其二上海夏先生[1]寄来,内附弘一法师信,言已在漳州闭关,有信由夏先生转,因与寺僧约,只收夏先生信,他信一概退回也。又附李圆净与夏先生信,云即日出家修行,弘一法师提议重写《护生画集》,彼未能担任刊印之事,并将弘一法师提议重写《护生画集》之书寄夏先生,夏先生复以转寄与我。

途中读信甚欣。曹聚仁[2]在汉口扬言欲烧毁之《护生画集》,其原稿——弘一法师所书我所绘——已在上海佛教居士林中被倭寇所烧毁。弘一法师闭关之后,犹发心重写,是诚众生之福音。吾拟即复书,请其即日着手重写,写成后由吾依文字重制绘画,设法付刊。李居士虽不在申,刊印之事吾自当负全责成就之。鲍慧和月前来信,云"将返失地老家,每日看太阳出,看太阳没。"今何以不待太阳之没,即来桂林,是亦喜出望外之事。今日到桂林,当可图晤。

同乘车者有桂师诸同事,及许君夫妇。许昨日到校,曾在车站相见。今在车站重见,即索画,许之。此君多须,老而弥健。闻抗战后从浙步行到赣,举办难民救济之事,甚是热心。夫妇皆健谈。吾等在车站候车久不至,蒋同事即邀赴隔壁饭店吃饭,向火。直至下午二时半,始得上车。

---

[1] 夏先生,指夏丏尊。
[2] 曹聚仁(1900—1972),浙江浦江人,毕业于浙江第一师范。记者、编辑、作家。著有《现代中国通鉴》等。

到桂林已将五时。当晚邀莫一庸，唐现之，莫宝坚，蒋增汉等在秀峰宴会。夜宿林半觉金石家处。林昨日到两江，以自镌石章三方相赠，今下午同车到桂，留吾去宿，许再镌"缘缘堂"印相赠。吾十时至其宿处，彼止镌印，歉然请正。遂于边款刊"子恺先生督刻"字样。余三方一曰"石门丰氏"，一曰"丰"，一曰"子恺"。当夜吾即在其寓作画数幅相报。

三月六日（星期一）

破晓即起，访鲍慧和，得见其戚三十一集团军办事处副处长钱缙（可人）君。小坐，即伴慧和出门，至东江路约傅、贾共游七星岩。途中鲍为谈别后陷失地情况，娓娓不尽。

据云，自嘉兴紧张后，彼即奉母携妻子逃往乌镇乡下，举目无亲，幸得一屋。居数日，寇警迫近，又迁他乡，如是者数四。直至杭嘉湖尽失，各地维持会成立，始返嘉兴乡下。入城探看，北门大街一带尽成瓦砾场。寇入城后数天，奸杀特甚。沿杭善公路一带，逢人便杀，一无幸免者。维持会成，虐稍止，然苛敛殊甚。居民归家，寇与汉奸常来搜索，见有女人，则逡巡不去。居民不归家，则迫令出房屋保管费，倍于租金。鲍之屋则被寇军占住，后退出，屋中门窗尽毁。收租一石，寇抽捐七元。鲍有田百亩，只收一石，余皆被放弃。然寇之活动范围，只限于城内，一二人不敢出城门一步。且常放谣言，谓吾国求和，彼等将得返国。足见其骑虎之苦。

今日重游七星岩，走大洞，所见殊胜。所闻亦殊胜：持炬火导游之土人，逐步说明洞中胜迹，昔日所言皆荒诞恶俗，不可入耳。今则已由五路军总部改编训练，修改其荒诞，去其恶俗，而加以抗战宣传之标语。忠诚热烈之誓文，出之于导游之土人之口，足见吾国誓死抗敌之决心，已遍彻全民族。悲壮之美，动人极深。午约慧和、傅、贾在江东某常州人开之小店中吃饭。下午买物访友。夜慧和在大中南请吃饭。张梓生、宋云彬皆到。钱可人及其同僚汪毓灵亦至。钱约明晚仍在此处为吾设宴。宋约明午在皇城饭店聚餐。苦辞不得。夜仍宿林半觉处。

三月七日（星期二）

昨夜在林寓，闻蒋增汉言，桂林有邮局车可搭赴宜山。但须率眷来桂林候车。晨慧和同汪毓灵来开明相访，即托其问三十一集团军借一汽车，明晨送吾返两江，后来载吾眷属来桂林，小住等车。议及住处，汪君谓三十一集团军曾于七星岩筑山洞，并在山洞旁园背村租屋，皆不果用，可以相让。若住山洞中，彼可派同志二人来保护。若住村屋中，则派一勤务兵来助吾工作。其厚意诚可感谢。上午即随汪、鲍到七星岩看洞及屋。洞中有水，决定用村屋。汪君为交涉并计划，招待之诚，笔不能述。午约汪、鲍同至皇城饭店赴云彬、王鲁彦约。下午与傅、贾开大中华106号房间休息。夜赴大中南钱可人约。钱设宴甚盛。并言车已备，明晨由鲍押车到开明迎我。

是夜闻邮局张君言，邮车日期不定，且多人恐难搭乘。彼虽言当为我尽力设法，但吾闻此言，即变计划，决仍从两江坐船赴宜山。恐此车不可靠，吾移眷桂林，徒劳跋涉。又恐即有机会，亦是嗟来之车，吾不愿也。祖璋亦云然。是夜宿大中华。林半觉十时来邀，吾已就睡。其至诚可感谢。

三月八日（星期三）

晨九时半，慧和押车至开明，舒群及桂师同事七八人皆来搭车。车殊老，路又泥泞，至十二时始到两江。在车站午饭后，彬然伴刘司机到校招待。我伴舒群、慧和赴家。张梓生之幼子毛毛随舒群，亦来吾家。晚饮酒甚多，作画赠钱可人、汪毓灵、鲍慧和及舒群。并作长夜之谈。就睡已两点钟矣。

三月九日（星期四）[1]

上午同鲍慧和、舒群、毛毛到桂师。午彬然请吃饭，下午一时鲍等上车返桂林。鲍、舒二君允为吾另觅专车。张梓生君曾允为吾代买汽油。若有车，则前晚放来两江，次晨全眷登车赴宜山。否则吾决计坐船。赴新圩黎君处问船，据云昨日有一大船，因吾不来，已被他人雇去。但彼当另行物色，约三天后

---

[1] 3月9日至19日等十一篇日记载1940年9月16日《宇宙风》乙刊第29期，其中3月11日至16日、18日、19日等八篇日记初收崇德书店1944年6月版《教师日记》。

回音。王星贤兄来信,云浙大将筹备造屋。开课须在三月底。则我迟到,并无不可。前日已在桂林发快信与孟宪成,言舟车难得,到校日期未能预言。舒、鲍约三日后来电话报告车之有否,黎君约三日后回音舟之有否。预虑无益,且优游三日,再听运命发落可也。

三月十日（星期五）

见鲍慧和,乃我流离后快事之一。此人疏财仗义,而又厚道可风。其画之似吾笔,乃出于自然,非普通模仿皮毛之可比也。前吾辞桂师,唐校长嘱荐人自代,吾曾念及此人。但闻其在失地中,无法请到。即申请吴梦非。梦非谢聘,吾就不管。今唐已另聘某君教图画矣。前日在桂林,广西日报社主笔莫宝坚君代梧州初中托吾聘一美术教师,校址在藤县山中,任画课二十余时,月薪法币八十五元。慧和无意赴藤县,决在桂暂住,再随三十一集团军赴重庆。吾遂谢莫宝坚。慧和未能拉来,诚为憾事。

今日在家喝酒二顿,皆酩酊。南国春早,正月中草木均已萌动。酒后小步门外,暖风吹面,身心畅适,浑如逍遥于六桥三竺之间。

……

三月十一日（星期六）

淫雨连绵两月有余,近日稍稍放晴,闲步门外,但见群山青翠，佳木葱茏。虽无鹅黄杨柳，亦自成春色。村舍墙上抗战标语鲜明触目。在昔和平之时，吾曾诅咒墙上广告大字，如"仁丹"、"骨痛精"、"金鼠牌香烟"等，为其色彩夺目，打破自然之美，大煞风景，乃商业资本主义蹂躏美感之行为。今墙上之抗战标语，形式亦犹仁丹、骨痛精、金鼠牌香烟也，然吾赞叹，为其出于爱国热情，表示吾民族好仁恶暴之精神，不但无妨于自然美，且喜春景增色，大地增光。美固不限于形式，精神之美更增于形式之美也。然现行抗战标语，吾见其有修改之必要。第一缺点，为内容失之空泛。譬如吾家前面墙上之横书大字，文曰"大家武装起来保卫我们的家乡"。前吾家小儿见之，率然问曰："外婆（七十二岁）也要武装起来么？新枚（半岁）也要武装起来么？"吾一时难于置答。此虽小儿之见，然标语本身太泛而不切实，自是缺点。盖太泛往往成为空文，仅作装饰，难收实效。况民众之中，见识类小儿者实多。故标语内容，务求切切实实，使妇孺皆能信受奉行。又如车站一带墙上所见："爱护伤兵就是爱护自己"。此种含有文学趣味之语句，亦不宜作标语。因"爱护伤兵"与"爱护自己"之间，不能直接加等号，必须用三段论法，或推求因果，方才相等。故民众一见，势必心生疑问，要求解释。但谁能终日立墙下，执途人而一一为之讲解三段论法与因果律哉？故吾谓标语内容，务求切实。如"拥护领袖，抗战到底"，"有钱出钱，有力出力"，斯可矣。第二缺点，文句失之太长。长句内容必然复杂。复杂则民众难于理解。譬如车站背后墙上所书："要求中央政府立即宣布废除中日间一切屈辱协定。"此句共二十一字，内有三动词。转折太多，难于理解。第三缺点,文句常有语病。例如两江至永福间某处路旁,墙上大书"拿出良心为国家服务"。此文句中,一个"来"字千万省不得,省了将变反宣传,至可笑也。

总之,标语内容忌空泛,形式忌长句及语病。必须以切实、简明、通畅为三要素。想今日各宣传部队,必有注意及此,而与吾共鸣者。

三月十二日(星期日)

吾家将徙宜山,此消息已遍传全村。盖自二月底起即准备启行,但舟车难得,迁延再三,行色已见半月有余,故村中远近皆知也。昨日某邻人不知因何误会,到学校放一谣言,曰吾家明日离去。彬然父子及祖璋以为真,午后特来送别。实则桂林三十一集团军为吾谋车尚无回音,此间雇船亦暂从缓,何日可走,尚不得而知也。坐谈片时,送三人到圩,正值市日,见有卖铁树者,每株一角。吾即买一株。将手植于租屋之空地中,以留纪念。他日抗战胜利,吾率眷返杭州,道经桂林,必来此一访旧居,此树当欣然待我之来访也。路遇数相识者,皆不解此意,讶我正欲远徙而反买树。我之所为,彼所谓"无益之事"也。古人云:"不为无益之事,何以遣有涯之生。"

三月十三日(星期一)

得三十一集团军电话,汽车办不到。决计船行。上午赴新圩托黎君向苏桥拉船，约十六日回音。尚有三天可以徜徉。

选宋人诗教诸儿。内有一诗云："青山不识我姓氏，我亦不识青山名。飞来白鸟似相识，对我对山三两声。"此诗用以教人艺术的观照，最有效用。能于理智与实利的世界以外另辟一眼界，则世间万物常新，处处皆美的世界。近世美学虽有新学说及新艺术论，然艺术意味之深长，无过于有情化者也。

三月十四日（星期二）

上午赴圩请黄医生为华瞻牙疾开方。此医生乃由药店主兼任。此药店只此一人。诊目、开方、配药、算账、收钱，皆一人任之。店前悬一招牌，上书"新病旧疾，来店求诊，只取药资，不收诊金"。吾初见其店陈设，在全圩为最整洁，故去请教。所售药，价甚廉，每服不过二三毫，而服之屡有良验。因此一再求诊，今日乃第三次。牙痛药二服，连敷药一包，价只七毫。因念今后恐无第四次请教之机会，得药后特赴菜场买肉一方，持赠以表感谢。黄医生坚辞不受，强而后可。凡此皆足见其业虽简陋，其人医德甚高。君子曰：何陋之有。

三月十五日（星期三）

今上午赴新圩黎君处问船，大失所望。缘前日开到航空会修理厂大批飞机零件，需大船一百五十只，装运柳州。附近苏桥等处所有船只，均被拉雇，民间万难得一。吾到桥边找修理厂当局，向之商借，其人皆广东产，言语不通。最后一湖南人告我，厂长已赴柳州，限彼等赶速装运机件，故船只未便分借。语甚诚恳。吾遂绝望。老杜云："天下尚未宁，健儿胜腐儒。"今日飞机自比讲师重要，理应让彼等优先权，吾无憾矣。惟行期愈限愈迟，心焦殊甚耳。即赴学校，托学生苏元章、李锡范二员代为向江边搜求义宁同乡船。若不得，托其专走义宁向乡亲借船。义宁地近江源，兵士拉船所不到处，必有希望。大船只要一只，小船则需两只。愈早愈好，价格不论。

三月十六日（星期四）

欲行不行，今日已不知是第几次。半月以来，天天准备走，而天天不走。初则懊恼，继以忍耐，今则成为习惯，无所动心。似觉走也好，不走也好；家不异船，船不异家；两江犹宜山也，宜山犹两江也。不但吾个人为然，儿女亦皆如此。友人谓吾等皆有修养功夫。戏答之曰："吾曾读数行佛经，诸儿近读一篇养生主，故克有此功夫。在广西，非有此修养不可。"

三月十七日（星期五）

苏、李二生来，言江边舟不得，拟今日动身步行赴义宁为吾雇舟，约后天回音，意在必得，劝吾宽心。师生之情，诚为笃厚。虽迟迟吾行，意亦差慰。独念浙大月底开课，设吾迟到，劳其盼待，旷其课业，罪不容辞。拟暂留家眷在此，独自先往，则他日来接，又费往返,仍须缺课。况他日觅舟车,未必易于今日。左右思维,非携眷同行不可。万一赶不上开课,只得以电告假。遂决计遣苏、李二生远征。

今日整装,于外婆[1]床边墙下发现绿树一株,长已三尺,南国地方,卧室中亦草木畅茂。

三月十八日（星期六）

闲行圩上,见店中有折灯,每只连蜡烛一毫子。买两只归。制法甚简单,形式颇不恶。若加以精工,可抵日本纸灯,胜如北京宫灯。持灯归家,心忽生疑,不敢出以示人。缘昨日一吟从林中采一种枝条归,被房东娘娘所阻止,迫令投出门外。一吟舍不得,遂哭。吾等诘房东娘娘何故迫令抛弃,始知此种枝条乃专作哭丧棒用,入门不祥。况昨日起村上打平安醮,故此物更触忌讳也。今吾手中之灯,形式简陋,颜色朴素,毋乃亦属不祥之物,而又触

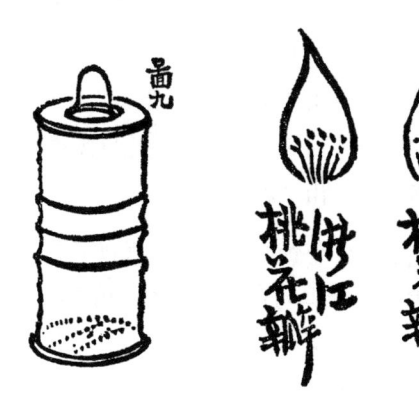

---

[1] 外婆,指作者之岳母,此处系按子女称呼。

房东娘娘之忌讳？于是暂藏灯于室，先问房东娘娘折灯之用，知非不祥，始出而用之。灯周用黄油纸，颇光明。将来船中可以悬挂。

元草等采桃花归，阿仙以空墨水瓶养之，供诸窗缘之上。吾对此暂入昼梦，梦见江南清明景色。又想起缘缘堂楼上窗口所悬自书小条幅。幅中书皇甫松小词云："楼上寝，残月下帘栊。梦见秣陵惆怅事，桃花柳絮满江城。双髻坐吹笙。"此幅久已成为炮火下之灰烬，而形容犹历历在吾目前也。

广西桃花异于江南：花瓣之轮廓线率直简单，而见优美。花色亦近于深红，而不鲜丽。

三月十九日（星期日）

苏、李二生自义宁返。舟已雇定二艘，舟主兄弟二人，名石大天及石禾禾。价桂钞一百三十元，送到鹿寨。约二十一日开到两江。浙大廿七开课。倘舟如期来到，廿二启行，到鹿寨即乘车，则开课前或可赶到。然此权操诸石大天兄弟二人之手，吾惟有听"天"由"石"而已。

作广西小品八幅。最有特色者为十岁儿童背婴孩放爆竹图，及全家围绕火炉上圆桌面吃饭图。前者婴孩之头向后倾挂，似将脱落者。后者桌低于膝，菜仅一锅，肉，菜，蒜，辣，杂置其中。二图皆有原始生活相。

三月二十日（星期一）[1]

天雨，恐船不能如期开到，沉闷之极，饮酒至醉。丙潮来。桂师本学期以星期一为休息日。苏、李二生来报告船只详情，以慰盼待，并买饼及酒送行，好意可感。

夜授诸儿英译论语"冠者五六人"一章。译者可谓已尽能事。但给中国人看而已，西洋人读之未必能懂。即使能懂，所懂得者必远不如吾人读莎士比亚所懂得者之多。

三月二十一日（星期二）

天又雨，船不至。焦灼之极，反变安定。前日因候舟不至，为免焦急，即利用时间，重作《漫画阿Q正传》，已成三分之一。今日焦急之极，又变安定，遂续作该画。驾轻就熟，一朝而获十幅。此画共计五十四幅。若船迟迟不至，则画或可在此完成，然后启程。

此画今日已是第三次重作。第一次作于廿六〔1937〕年春，时闲居杭州田家园，茶余酒后，取《阿Q正传》逐一描现，悬之床头，以为友朋谈笑之助。时张生逸心[2]同居杭州，出资自

---

[1] 3月20日至27日等八篇日记载1940年10月1日《宇宙风》乙刊第30期，其中3月20日至24日、27日等六篇日记初收崇德书店1944年6月版《教师日记》。

[2] 张逸心，后改名张心逸。是作者在石门湾缘缘堂时期私授（日文等）弟子。

印吾所作西湖十二景将成，即要求再印《漫画阿Q正传》。许之，夏间锌版五十四块已成，付上海南市城隍庙附近某印刷厂印行。正在印刷中，"八一三"事起，南市成为火海，此阿Q漫画之锌版及原稿皆成灰烬。不久我即离乡逃难，辗转流离。途中常念及此稿，自念此身若再得安居，誓必重作此画，以竟吾志。廿七〔1938〕年春抵汉口，钱君匋[1]预知此事，从广州来信，为《文丛》索此稿。吾许为重作，在《文丛》连载。即先寄二幅。续寄六幅。二幅后果刊出，六幅寄出后，正值广州大轰炸，君匋逃避九龙，旋即返沪，邮件遂杳无着落。不久吾离汉，赴桂林，任桂林师范课。而《文丛》复刊，李采臣[2]来函请续作；钱君匋则在沪办《文艺新潮》，屡以航快及电报索此稿。吾对两方皆不允，因一则第三次重画，少有勇气，二则身任师范教师，无复有描写阿Q之余暇与余兴；三则两志并要此稿，使吾左右为难，索性两皆不允，并非奇货可居，实为避免纠纷。君匋函电纷繁，并在志上预告，复将《文丛》曾载之二幅再制锌版，刊于《文艺新潮》之上。吾知其不得已也，但吾之不应嘱，亦非得已。遂另作他画二幅寄赠之，并许以后再寄他画。至于阿Q漫画则决不刊载任何杂志。此亦可以对君匋矣。今者，桂师已辞，浙大未就，无职身轻，画兴又作。一朝而获十，则预计五六天即可完成。倘舟车再迟五六天不至，则吾可在此完成此业，径

---

[1] 钱君匋（1906—1998），作者在上海专科师范时的学生，后为金石书画家。曾任西泠印社副社长、上海文艺出版社编审等职。

[2] 李采臣，巴金之弟。

寄上海开明印单行本，然后动身赴宜山。此亦意外之收获也。

下午唐现之君来，赠羊毛笔一支，桃源石一方。石印请其转请林半觉君镌"缘缘堂主"四字，有便送宜山。半觉有金刚钻，能刻桃源石，并许为再刻，故托之。唐君以谦怀求教校事，吾愧无以贡献。但劝其留意物色音乐教师，多买风琴，造成注重音乐之校风，则其所抱"艺术办学，礼乐治校"之宗旨，庶几可以达到。盖化民成俗，莫善于音乐。不必求证于古，即吾所亲历，亦有二著例：一者，幼时求学于浙江第一师范，李叔同先生教音乐甚严。全校置备大洋琴〔钢琴〕二，小风琴数十。吾辈午饭后十二时一刻，或夜饭后六时一刻，常为教习弹琴之时间。吾至今吃饭快速，不消十分钟，盖于此时养成习惯。浙一师后虽迁，然曾受李先生教化之毕业生中，不乏志士仁人或社会之有力分子。吾确信其为音乐艺术之效果。二者，去岁马一浮先生居开化，第八路军暂时驻其村，与马先生为邻，闻马先生言，八路军纪律更好于五路军。五路军驻在时，军官曾来叮嘱，请将火腿等食物收藏内室，以免不良兵士见可欲而行非礼。八路军到则不须军官镇压，天然秋毫无犯。唯勤于唱歌。每日除操练外，尽是唱歌时间。盖唱歌可以统御感情，调剂生活力之过剩。兵士之心身皆得适度之发泄而调和圆满，自无作恶为非之余暇矣。然此犹音乐之小用耳。吾以此二例告唐君，劝其注重音乐。此外则愧无善言可以奉赠。唐君虚怀乐受，必不河海斯言。吾将拭目以待桂林师范之礼乐化也。

三月二十二日（星期三）

上午又作《阿Q正传》漫画十幅。下午一时义宁船二艘开到。苏元章君陪我同华瞻到江边看船，约三点钟放过浮桥，先将一部行李装船。吾谢苏君，偕华瞻急急返家，以为将尽半日之长以治行装也。途遇元草呼号而至。问其所以，则曰："傅、贾二先生来我家，说舒群在桂林打电话来，谓浙大有电报来，云日内派校车来迎。故请勿雇船。"吾闻讯，不敢遽信。吾煞费辛苦，始得此舟。得舟才数十分钟，又将舍去。天公太恶作剧。世间似无此事。故未敢遽信也。及返家，见傅、贾二兄，始知其详。不久唐现之君派人持纸条来，亦言接舒群电如此。吾不悉此电浙大何人所发？何以由舒群打电话？不敢确信，即托傅、贾转嘱苏元章君吩咐舟人，说我有事明日不能成行，行李暂缓装船。且待车至，然后谢舟，津贴定钱若干可也。

欲行不行。感情蓦地紧张，蓦地宽弛，略觉异常。吾闻听善养生者，心意泰然，不为外物所动。君子祸至不惧，福至不喜。而况区区舟车之事，岂足以动吾心哉？是夜续作《阿Q正传》漫画如故。

三月二十三日（星期四）

诸儿皆好动，每次欲行，必上圩买食物——如麦饼、花生、榨菜等——预储行囊，以为粮粮。每次欲行不行，则出而食之。如此者再三矣。今闻有车可乘，复上圩买物，以为车日内即至也，据诸儿谈，自到广西后，买物付钱，商人往往多找。无论在桂林，在两江，所遇均不止数次。因商人多不善算。若买物种类稍多，或稍零碎，即不易算出售价。仰天良久，始得总数。然其总数往往错误，非多算，即少算。儿童皆善算，故多算必加辨正，决不让其便宜。少算则视商人而对付：若为贫苦小贩，则纠正之，使之感谢。若为大商店则听其错出，乐得傥来之物。归家相告，以为笑乐。吾夏间在桂林时亦曾逢到一次：某菜馆算账，吾以五元票请找，所找甚少。吾讶其太贵，检点账单，原来多算一元。请其重算，彼即自认算错，即添补找头。吾见其添补，以为此次必无误矣。即将账单和找头并作一卷，塞入衣袋中。归家检点，原来多找大洋六角。天暑路远，吾懒惰无心学老成，恕不奉还。是日归途买汗背心一件，出洋六角，此汗背心即等于傥来之物。据儿辈说，在杭州上海时，绝少此种傥来之物。留心勿被商人错去之不暇，岂敢妄想错商人之钱？足见广西一般商人不长于数学。其错进全属无心，应加原谅。其错出由于疏忽，甚是可怜。因遍诫诸儿，以后务须代为算账，公正交易。

三月二十四日（星期五）

上午派两男儿到校探询有否关于汽车之电话。午间归，车子毫无续闻，却带来居林才君逝世消息。此君与吾同事才数月，即患吐血，归永福养病。去冬吾到永福，曾蒙其代为觅屋。后病重迁两江校旁村中，到今才一二月。前日吾在江边觅船，遇其夫人，犹言病须久养，并谢吾所赠药。不意今即逝世。夭寿同归于尽，不足深惜；但身后有孤儿寡妇，来日当大难耳。吾即赴校，偕彬然往吊。其夫人穿白裳，见吾等即宛转悲啼。吾等无言可以相慰。默坐久之，又觉不成体统。吾勉作空套语相劝，即出预藏唁仪十元，以代香楮。即匆匆辞归。居君所用卧床，乃我所赠一竹榻。此竹榻去年夏间初到桂林时所置。后决定迁宜山，器具难带，故自用校具而以此榻奉赠。不料此即为其死所也。

三月二十五日（星期六）

今晨派老李赴桂林，向张梓翁问究竟。老李夜半归来，带到浙大电报，文云："顷呐校车奉迓余函详弟王焕镳[1]。"发电日期为廿一日三点钟。至此始知确有车来。"呐"字想是"嘱"字之误。继思既有此电，车必可靠，舟可放心回报。决定明晨回报船户，静候校车。

三月二十六日（星期日）

陆联棠君来电话，说胡愈之[2]兄在桂，要我到桂面谈要事。

---

[1] 王焕镳（1900—1982），又名王驾吾，史学家、目录学家，当时在浙江大学任教。
[2] 胡愈之（1896—1986），浙江绍兴人，社会活动家。一生集记者、编辑、作家、翻译家、出版家于一身。建国后任《光明日报》总编辑、首任国家出版总署署长等职。

又吴敬生来电，说农行有便车赴宜山，吾若未行，可以搭乘。为此，我今日必须赴桂，恐校车一至，即须离去，不得与胡面晤也。幸而《漫画阿Q正传》昨晚已完成，今日正好拿去请教张梓生、章雪山[1]两绍兴人，即在桂林付邮。

上午到车站，见船户石大天、石禾禾，正欲到吾家探问启行消息，吾即在车站与之交涉，直告其吾已有车，不复需船。吾拟告彼等：既托苏君向义宁雇请君等，当贴还费用，听君等自由营业。不意吾未申说，二人先已开口："不用无妨，不过吾等已支定洋二十五元，昨又借伙食费五元，无法偿还此款耳。"吾答曰："此不足齿。但劳汝等徒然往返，心殊抱歉耳。"于是石大天、石禾禾二人表示感激，郑重送别。实则此桂币二十五元，昨日本可收回：缘昨日石大天来言，有兵士欲拉其船，要我自去面说。吾至江边，见拉船者亦姓石，杭州人，乃某后方医院执事，因急需船赴鹿寨，故拉吾船。吾告以此船吾自有用，不克奉让，并出石大天所订合同单示之。石君见合同单上吾之姓名，即称"久仰"，并道歉忱。吾因谓之曰："吾正觅车，今晚得确实消息。若有车，不妨以舟奉让，但请照吾原约付赁。如无车，则爱莫能助。"石君首肯，约今晨在车站相晤。今晨吾抵车站，不见石君。询之船户，则曰，此人昨日傍晚曾托其转告吾：彼等因急急欲行，已另设法，不复借用吾船。若吾昨日早知浙大电报实情，则当时将船奉让，可以收回定洋二十五元。今则惟有牺牲此款。然广西船户心地之公平，实足令人敬佩。设在江、浙，

---

[1] 章雪山，系开明书店桂林办事处负责人。

既订一百三十元之合同,且从四十五里外雇来,当非二十五元所可解约。

车十一时开,至下午五时半始抵桂林,缘中途被阻一次,修轮二次,每次费一小时以上也。当在丹桥被阻时,吾坐小店中吃粽子,有脚夫突来问我：昨日派老李赴桂林,给予几元?吾直告之曰,车费五元四毫,工资二元六毫,合计八元。其人仰天呼冤者再,若不胜其苦者。诘之,始知老李并非亲去,乃托此人代去。且并不乘车,来去一百四十里皆步行,只给工资一元五毫。老李从中赚得六元五毫也。小店中旁听者代为呼冤,并劝予以后勿再信任老李。予初闻其言,亦甚火冒,恨不得老李而痛骂之。既而慰脚夫曰："老李黑心,则吾既得闻命矣。然汝太老实,致受其愚,何不自高其价,或先来问吾?故汝昨日虽为吾而吃亏,但吾恕不负责,今后吾不再请托老李,汝亦勿再上当可也。"其人唯唯,临别复谓予曰："见老李,请莫讲!"足见其人忠厚。回思吾自己,肯出八元派人走桂林,在彼等视之,乃一"阔老",或"资本家",真是冤枉。

到桂林已上灯。访愈之不遇。在开明见章雪山君,为道上海开明事甚详。见张梓生君,知南昌危在旦夕。若浙赣路断,物价又将提高。是夜又买热水瓶一把,出大洋二元四角。(前日所买出价三元,今已较廉。然较之昔日,已贵五六倍矣。)茶叶一斤,出大洋三元。香烟大美丽牌一条,五元五角；百雀牌一条,二元三角。夜宿舒群君处。始知前日浙大王君电报到开明时,张君打电话不通,商之舒群君。舒代为向他处借电话,始得打通。吾在两江时只知舒群来电话,而不悉其所以然,以致大起疑窦,又是冤枉。

三月二十七日（星期一）

昨夜陆联棠君言友人今晨赴柳州，吾托其从柳拍一电报到宜山浙大催车。

上午同张梓生访胡愈之。遇之于生活书店栈房中。愈之所欲与吾谈者，乃一大计划：彼拟广约朋友，编制抗战宣传文画一大套，令全国五百家以上乡村各置一份，名曰："抗战建国室"。此种文画之读者为民众。故必须极端大众化，且多用图画。图画方面，彼意约我相助。我甚佩其计划，允为襄助。吾意大众阅读之图画，以"肖似"为原则。构图宜"明快"，用笔宜"工整"。君必欲吾相助者，吾当改革画风，或借用他人之手，以表自己之心。愈之以为然。其第一步须接洽主办机关。此全国之事，非有雄厚基金不办。则私人团体恐难胜任，宜请政府担任。若果实行，此事业比教书更有意义，虽执鞭之士，吾亦为之。愈之赠吾福建茶二罐。忆昔缘缘堂初成时，有闽僧赠我此茶。今复得此，使我回忆往昔。

午访吴敬生，谢其汽车。即在其家午饭。席上有蚕豆，吾今年第一次吃。两江未见，桂林闻已上市半月矣。下午同吴访詹允明君。取詹允明回星贤兄所抄湛翁诗文十册。此抄本詹极保重，未尝须臾离身。曾欲择一可继续三四天之雨天，挂号付邮还星贤兄，而终未择得。（雨继续三四天，则自付邮至送到，可免轰炸。）今得吾便，喜不自胜。然吾今后多一担负。幸携有布袋。纳之袋中,挂手腕上,须臾不离。

于愈之处见一月份牌,乃上海所流行,设计颇佳。该月份牌中画麻雀一桌。王宠惠,张伯伦,板垣,及达拉第四人共叉。王背后站蒋介石、林森二人。张背后站罗斯福。板垣背后站墨梭里尼〔墨索里尼〕、希特勒。达拉第背后有史太林〔斯大林〕。窗外复有多人张望,吾不知其名。桌上麻雀,王宠惠已和倒,清筒子,九听教。板垣南风一对与张伯伦对杀;白板一对,与达拉第对杀。各人视线集中于王宠惠之清筒子。此画借中国社会中坚分子所萦心醉魄之麻雀而说明国际形势,设想可谓巧妙。上海租界中只知麻雀而不知世事之女太太们,亦得因此而知国际形势。此画之宣传力可谓广矣。

下午电两江傅彬然,请其明晨来桂林,共商《中学生》复刊事。盖此次若不复兴,后恐不再有机会,直须到太平后复刊。昔曾子居师宾之位,尚有人讥其寇至先去,寇退则返。况《中学生》一册杂志,岂可于患难中逃之杳杳,而乱平后再来做生意哉?

三月二十八日(星期二)[1]

晨蔡定远来访,共吃早点。上午买零星物件。午彬然至。

---

[1] 3月28日、30日、31日,4月3日至9日、15日、16日、19日、21日至25日、28日,5月1日至3日、5日、6日、8日至10日、13日、14日、20日、26日、27日、29日,6月2日、5日、7日至11日、13日、14日、16日、17日、19日、20日、22日至24日等四十九篇日记初收崇德书店1944年6月版《教师日记》。

愈之约赴"大华"吃西菜，张志让君同座。

晚章雪山兄宴客于美丽川菜馆。彬然被推戴为《中学生》主编。列圣陶为社长，联棠为发行人。吾亦列名为编辑委员。固辞不得。一年半以来，青年学生以此相询者甚多，吾每答以"不久终当复刊"，故今日竭力玉成之，使吾对询者可以践言耳。编辑之事，只能挂名，稿则自当随时写投也。

晚开明开来宾旅馆，馆彬然与吾二人。窗临西湖，奇峰罗列窗前，形似犬齿。所谓桂林山水甲天下者，其此之谓欤。

此旅馆乃新开张者，其茶房广西本地人，且似是新执此业者。其人忠实可笑，上午吾入室，见门口悬二牌，上书"傅彬然"及"丰子恺"。吾指第一牌，谓茶房，应加"先生"二字，不应直书姓名。茶房唯之，即去改写。晚归室，见其一已改为"傅先生"，其二仍是"丰子恺"。此人不能"举一反二"，只能"话一是幺"。忠实至于此极，真意想不到。

将就睡，有客叩户。迎而视之，面貌依稀仿佛，而不能忆其姓名。及其自言，始知为沈平波。二十年前吾任教春晖中学，每半月赴宁波七塔寺育德小学教课一次，沈君即育德之音乐教师。当日曾与吾共晨夕。一翩翩少年也。今其面貌特点如故，而苍老深黑。犹似瓶花陈设太久，虽仍是此花，而枯缩憔悴，旧貌不可复识矣。彼之视我，当更甚于我之视彼。吾抗战前两鬓已霜，今则霜将成雪。鬓亦渐回黄转白。昨夜在开明，看细字信甚吃力，怪油灯之太黯。雪山以老花眼镜相借。吾取而戴之，顿觉字划清晰。始知非关油灯，实乃视力已衰。今晨已买一百五十度之老花眼镜矣。韩文公年未四十,而发苍苍,而视茫茫。吾今四十有二,视始茫茫。较之韩文公,尚不算早衰也。

三月三十日(星期四)

校车杳无消息,沉闷之至。在桂林闻联棠言,浙大将迁校云南建水,教师中多有不赞同者,校车不至,恐因此故。遂打叠烦恼,准备在两江闲居一学期,以完成吾之逃难六记。不复作赴浙大之想矣。

《阿Q正传》漫画早已完成。前携赴桂林,请教于张梓生、章雪山两绍兴人。承彼等指示,改正数处。雪山兄善画,亲写一乌篷船相示,远近法颇正确。因忆其子章士钊昔在立达求学,长于图画,盖有家学渊源也。今日再出《阿Q正传》漫画全部校改一遍,写一序冠其首,于是全稿完成矣。

三月三十一日(星期五)

本想将《漫画阿Q正传》航寄上海开明,托为刊印。前在桂林,闻上海近有日本人搜查书店,并拉捉人。深恐再遭损失,令阿仙用薄纸及铅笔,将逐幅印摹一套,保留副稿。万一此稿有损失,可在铅笔副稿涂墨,再画出版。无论如何,此画册必须刊出。非为画册,乃欲坚持百折不挠之精神,以明炮火之不足畏。

四月三日（星期一）

天晴。随诸儿至野外放纸鸢。儿时欢乐，今日犹可体感，自知童心未尽失也。

四月四日（星期二）

去年此日，吾家居长沙。吾正率宝、仙二女乘车赴汉口求学。匆匆一年，战事演变，一至于此。言念往事，叹息弥襟。

四月五日（星期三）

上午十时，吾正作书与马湛翁先生及章雪村兄，而联棠来，入门高呼"校车来了"。校役同来，以总务长函呈阅，始知上次校车于廿四开到，误闻人言吾已动身，遂即开回宜山。得电报，始再放来。以故迟至今日。真是冤哉枉也。约校役停车四小时，下午二时启行。此四小时内，收拾行物，手忙脚乱。幸有舒群同来相助，唐校长亦亲来帮忙。铺盖四个，皆舒、唐二君代为结束。他日乱平，回忆此事，正是一段佳话。彬然，祖璋，又信，丙潮皆来送行，张新虞君亦到车旁相送。舒群有友人一男一女，皆朝鲜人，欲搭吾车赴修仁参观瑶民生活。故同来两江。联棠复有书九十包，已装车中。吾家行李及十一人一齐上车，而车已挤满。二时开车，遂与两江告别。家具均不得带走。此等家具共值不过大洋五十元，乃去夏初到桂林时所置。当时准备抛弃，故极度简陋。今日果然。计竹榻三个,竹桌四个,竹凳七八个。一部分送房东,另一部分托彬然分送友人。吾与彼等相处半年矣。今日临别,不胜依依。非为区区之财,实为彼等本身。情与无情,元共一体也。

下午五时抵阳朔。浙大办事处陈君出来招待,并为看定旅馆。久仰"阳朔山水甲桂林"。今于夕阳中相见,果然玲珑。县城四周,犬齿山环列,山间有树,有屋有亭,参差罗列。提神于太虚而府瞩之,宛如上海城隍庙所售假山盆景。所谓"甲天下"者,其在是乎?散步城内,见丧家甚多。门前各悬白布,上书"当大事"三字。此亦一特点。途遇梁寒松君,此人暑中曾在桂林艺术训练班听吾讲,近执教于该地国民中学者。承其指示介绍,得一饭馆,全家于此晚饭。力民入汽车检点行李,发见有三箱二包一篮未曾上车。乃挑妇误走别路,找不到汽车;而吾等人众物多,匆匆未及检点之故。然挑妇皆四嫂(房东)之本家,决不吃没[1]。即走饭店隔壁长途电话局,打一电话与联棠,托其转电彬然,代为查询,择便送宜山。此次旅行,准备欠有规律,以致遗落行李。下次行李必须编号,上下舟车,必须检点。

四月六日(星期四)

上午八时开车离阳朔。九时许到修江,舒群及二朝鲜人下车。十时许车忽抛锚。司机修理约半小时,宣告绝望。准备下

---

[1] 吃没,江南一带方言,意即吞没。

午搭车赴柳,明日另开校车来拖。于是只得下车。幸公路旁有小村,名曰三江街,有小客栈,遂借宿其楼上。伙食须自备。其厨房甚宽广。于是买米买菜,自炊自食。附近有蚕豆,甚新鲜。栈主有酒,味亦可。其人亦和蔼。与之闲谈。因知此街地近瑶民区,瑶民来贸易者甚多。明日为市,可以一看。查箧中日历,知今日是阴历二月十七日,正清明也。回忆承平之年,此日此时,正当插柳栽花,踏青扫墓。不意今日流离,至于此极!真可谓"路上行人欲断魂"也。

夜有兵一队,来宿吾房门外地上。纪律尚好。黄昏闻兵士中有细语声。从板缝中窥之,见群兵围一洋烛,正在赌纸牌。语声甚细,动作甚谨,似偷儿然。吾不觉失笑。即此亦可见广西纪律尚佳。

四月七日(星期五)

上午赴市,见瑶民甚多,皆戴尖顶帽,衣绣花衣。言语颇可听。面貌人情亦与常人无别。不知缘何规定此种人为瑶民,而屏绝之于化外。吾深致同情焉。然"化外"生活或比"化内"自由幸福,亦未可知。今日所谓"化"者,果何物耶?市中有火刀、火石及石绒,专售与瑶民者。吾髫年时曾见故乡老农用此物。吾家则早用红头火柴。吾长后即用安全火柴,后改用打火灯。抗战前又用美国最新发明之吸火器。(形似香水管。纸烟塞入管中,一吸即着。)今日重见此物,殊觉新鲜。即买一具。卖者谓"此物瑶民所用,你用不着",坚不肯卖。其意甚佳。吾婉为说明，始卖一个。价四毫子。吾取而用之，费力甚多，而火不易得。较之吸火器，巧拙之差，不啻天壤，物质文明，诚可宝贵。然火刀时代，杀人工具亦拙，人祸远不如今日之烈。吸火器虽巧，然与轰炸机、毒瓦斯俱来，杀人工具比取火工具更巧。功不补患，得不偿失。物质文明片面发达，实人世之大祸也。陶诗云："荣华诚足贵，亦复可怜伤。"

下午三时另一校车自柳州来，吾等即改乘此车，拖病车而行。至榴江，放下病车，独放柳州。抵柳已晚九时。浙大办事处在乐群社，其执事陆君出迎，即托其在乐群社开三房间，携老幼入憩。以电话通知柳州开明。十时曾宗岱偕章桂来。共赴市中晚餐。宗岱客气，为付钞四元余。吾带来开明货八包，即交其带去。

黄昏遥望柳州城市，想见其相当繁盛。明日颇思逗留一天以资游览，但携老幼十人，生怕警报，不如早发。韩文公柳侯庙碑首两句曰："荔子丹兮蕉黄，杂肴以进侯之堂。"想见南国风光，必有可观者。今吾于深夜默默经过，曾不一瞻柳侯之庙貌，诚憾事也。

四月八日（星期六）

晨八时开车，宗岱、桂荣来送别。一时半抵宜山，甫抵西门口，警察拦阻，云有紧急警报。司机急回车，开出三四公里而后止。吾等下车，于公路旁草地上坐憩。遥望宜山，城虽小而屋宇稠密，正卧山脚下，静待敌机之来袭，仿佛赤子仰卧地上，静待虎狼之来食者。人间何世，有此景象？念之怒发冲冠。

草地之旁有小流水。妻女乘此机会为新枚洗尿布。待警报解除，而尿布十余块已全干。皆大欢喜，收拾登车。车抵西门口，偕华瞻先入城，约开明金君来助理进屋事。入西门，见一饭店，楼上可坐。吾嘱华瞻折回，要家人来吃饭。吾独赴开明访金君，来此聚会。吾独行将及十字街，忽见群众蜂拥而来，知是警报又作。即随众出北门，渡浮桥，至对河岩石间坐憩。时已五点半，晨在柳吃面一小碗，至此饥肠辘辘。乃连吸纸烟，用以代饭。旁江浙口音之长衫人物，正谈迁校建水之事，定是浙大之人。据云建水地方极好，四时皆春，迁校时取道安南，由镇南关坐火车可以直达。而由此至镇南关之路，校方已有汽车可借，每人路费不消五十元也。吾未见学校当局，而先在此岩石间闻知校讯，亦奇遇也。

六时半解除警报。急赴开明，约金君同到西门外，知星贤兄父子已导引老太太及新枚等入龙岗园租屋中。乃打发挑妇，将行李押送龙岗园，然后偕满哥[1]及诸儿入城求食。不意是日自上午十时至此，警报连发三次。市民皆枵腹，饭店挤拥，绝无坐位。于是入开明，托店员代烦。九时始得一饱。店员越钊同王公子钧亮另送饭两客至龙岗园，与老太太及力民。食事始毕。十时返龙岗园。见三室各仅方丈，有二床。十一人居之，殊无办法。幸开明有货堆存，即与诸儿共抬货包，平铺地上，作一大床，十一人始各得其所。开明二楼上三楼，有明窗静室，乃吾所租定。内有大床二，亦吾所购置。但为警报，旷安室而勿居，而十一人拥挤

---

[1] 满哥，指作者三姐丰满。

于三方丈中。但不视为屋而视如船，则艨艟巨舰，何窄之有？

四月九日（星期日）

晨起，见此间屋虽小，墙壁甚洁白。室外有假山亭台，又有山径高下曲折，岩石峥嵘突兀。可以游目骋怀，亦以避炸弹。屋租桂钞三十五元，以屋而论，太贵；以环境而论，并不贵也。

王星贤夫妇送粥来，复购小菜及米相赠。令人深感。颠沛流离之中，幸有好友，赐以精神的慰安及物质的帮助。不然，茫茫人海，吾区区一家毫无存在之意义矣。因星贤兄知前日以电报告吾放车来接之王驾吾兄之夫人，于昨晨病逝。星贤兄与彼同居燕山村马湛师之茅屋中，昨日上午忙于帮办丧事，下午复忙于招待吾家。真是送往迎来，忙不可当。今晨复来送粥，吾心甚歉。驾吾夫人之病发于泰和，抱病迁宜山，终于昨日长逝。吾于驾吾，心仪已久，不意于其悼亡中初相见也。遂托钧亮入市购香烛，随星贤兄赴吊。"着我三椽茅屋，送老白云边"者，今日始得见之。原来如此。

下午整理三方丈，复入城访昌群兄。又见王季梁，梅迪生，竺可桢，胡刚复诸君[1]。始知迁校正在开会，大半可成事实。吾

---

[1] 昌群，指贺昌群（1903—1973），历史学家。王季梁（1888—1966），化学家。梅迪生（1890—1946），外国语言文学系主任。竺可桢（1890—1974），地理学家、气象学家、教育家。胡刚复（1892—1966），物理学家。诸君皆在浙江大学任教。

初至即闻欲行，殊不愿意。心中自忖，吾决不随校"五月万里云南行"。既至宜山，就作宜山人可也。

四月十五日（星期六）

上午续讲艺术教育，听者骤增，共约百余人，后排无坐位，均站立，如看戏然。吾犹演独脚戏，颇感周章。下课后闻学生言，其中有许多人逃他课而来听吾讲。此大可不必。但亦无法阻止。不知彼等何为而来？为好奇乎？为艺术乎？为教育乎？抑另有所为乎？

夜与四儿请其先生周君[1]在江南餐室吃西菜。菜殊简陋，聊表敬师之意耳。

四月十六日（星期日）

上午驾吾夫人出殡，吾往送之。见竺可桢校长亦来送殡，其黄色制服之裤，臀部有两破洞，大如手掌。吾几失笑。于此可知竺校长之节俭。俭以养廉。廉以励节。廉俭与节，今日中国之对症良药也。竺校长有此药，可以博施济众矣。

晚教育系学生来要吾参加其学会，谢之，又派二女生来。固辞不获，遂令华瞻照电筒，赴文庙参加。会员三四十人，皆同系。会上并无教育讨论，但讨论慰问某教授太夫人之丧。甲

---

[1] 周君，指浙江大学土木系学生周家骥，当时为作者子女的数学课家庭教师。

曰以电报，乙曰以快信，丁又曰以航空信。纷纷提议。举手表决，费时甚久。讨论毕，即继以余兴。要吾参加，谢之，但以数言相赠，盼其以后多多准备关于教育之问题，共相讨论，然后继以余兴可也。

四月十九日（星期三）

下午到文庙上艺术欣赏课，教室仅容二三十人，而听者有百余人，皆溢出门外，嗷嗷待坐。急赴注册课，托为设法。因暂用饭厅为讲堂。饭厅者，一大茅棚也。吾入门时，众已历乱就坐，而桌凳东坍西倒，横陈地上，状似初迁家者。幸有黑板，可以将就开讲。因念如此讲艺术欣赏，恐为古今所未有。他日乱平返杭州，回忆今日之情形，乃真可欣赏也。

欣赏二字，似有未妥。名不正则言不顺。故先正名。所谓欣赏，实即对艺术品之看与听之事也。总称此事之语有二：即欣赏与鉴赏。前者有欢乐之意，不宜于悲剧、哀诗。后者注重鉴别，含有批判之意，适于古画、古玩等，而不宜于一般艺术品。今吾所以默认"艺术欣赏"之名目而从事开讲者，即因想不出更妥之第三名，而权用"欣赏"。古人用欣赏二字者，如陶诗"奇文共欣赏"。然欣字不限欢欣之意，亦可当作"满意"、"称心"之意，如"悦"字然。滕文公从孟子学丧礼，定三年之丧，齐疏之服，而五月居庐，未有命戒，恪尽先王之制。故"及至葬，四方来观之，颜色之戚，哭泣之哀，吊者大悦"。此"悦"字若训为欢乐之意，则不近人情。应是"悦服"，即"心悦诚服"之意。即"满意"、"称心"之意也。今"欣"字亦可训为"欣愿"。故不妨用于一切艺术观照。观悲剧者，出钱买泪也。流泪有快美之感，乃人所欣愿。故悲剧、哀诗，亦可用"欣赏"二字。

四月二十一日（星期五）

弘一法师从漳州寄来书法六件。赐吾一小联，文曰"真观清净观，广大智慧观"，"梵音海潮音，胜彼世间音"。乃缘缘堂西室琴上所悬者，已为炮火所毁，前吾去函请再赐书，今日如愿矣。余小立幅五件，一代星贤求，一代彬然求，一代现之求，一代彬然友人纠笞求，一代居林才求，而居已逝世。吾得代为保存，待其子成人后倘有要求，然后归之。并拟作书焚化，将此意告林才之灵。

赐彬然立幅，文句甚宜于勉今日之人。文曰："华严经云：应发能堪耐心，救恶众生。"今世恶众生多如狗毛。非发能堪耐心，不屑救渡。遁世之士，高则高矣，但乏能堪耐心，故非广大慈悲之行。彬然忠于利人，得此训当更加策励。吾愿与彬然共勉之。

四月二十二日（星期六）

天晴。上午上课，十时半返寓。查日历，知今日乃阴历上巳。"三月三日天气晴，长安水边多丽人。"今日烽烟满神州，不知何处是长安。

昌兄自途中寄信与星兄及吾。附口占一绝："山城晓角动轻寒，欲去回头顿辔看。万里烟云归梦短，几行清泪落花残。"星兄欲和，嫌末句不详，拟用"未应残"以破之。吾拟于其诗中觅画材，作画相报。

午三学生来访，胡庆钧，王树椒，江西人。侯俊吉，江湾人。皆雅好文学，以 Essay〔小品文〕体制相询。吾以前虽常写小品文，然初不自知此体为"小品文"，与吾之作画而不自知其为"漫画"相同。（十余年前吾初作画，揭于壁。郑振铎[1]兄见而持去制版，刊之于《文学周报》，人称之曰"漫画"，吾则人云亦云耳。）故对于文体，看得很轻。凡出于自然者，虽前无其例，亦又自成一体也。故对于三生之问，愧未能详答。又有一史地系学生，刘操南，无锡人，问吾佛经应读何书。询其经验，云曾读《金刚经》，《弥陀经》等。吾告以可先读《大乘起信论》。此地难买。吾有此书，下星期当从乡下取来相借。今人竞尚科学工业，固国家之急需。然置艺术宗教于高阁，实文明堕落之由。此生能在此环境中发心学佛，实为难得。陶诗云："人之所宝，尚或未珍。不有同好，云何以亲。"吾当竭绵力为此生之助。

下午返龙岗园，取所有诗本。拟选护生诗寄弘一法师，请其复选，书写。然后寄来，由吾按诗补画，交开明刊印。《护生画集》原稿已在上海居士林被毁。吾誓当使之复活。弘师许为

---

[1] 郑振铎（1898—1958），作家、文学评论家、文学史家、翻译家和艺术史家，爱国主义者和社会活动家，也是收藏家。建国后曾担任文物局局长、考古研究所所长、文学研究所所长、中国科学院学部委员、文化部副部长等职。

重写，则复活必比原状更有光辉。五天不见新枚矣。今日返家，见其默坐竹坐车中。见吾入门，则瞠目而视，久不转睛。古人诗云："初岁娇儿不识爷"，正是此种情景。

晚与雪山、星贤二兄共酌。宜山有金橘酒，比三花缓和。虽比不上绍兴，但不若三花之有臭气。三人尽一斤，吾已酩酊。枕上忆昌群赠诗，率和一绝："瘴乡三月乍温寒，千里诗来画节看。却羡知章归计早，到家应未见春残。"又得画题曰《移兰图》拟绘松下两小儿将盆中兰花移植于大地中。

四月二十三日（星期日）

晨送雪山兄上车返柳州。归寓为昌兄作《移兰图》。复为军校章振中君作《凯旋图》。章君之兄振声在汉口与吾及二女邻居。振声绍兴人本色！亲切可爱。其弟酷如兄。且多能。今晚林仙、元草来此同住。振中为吾等制烧豆腐，味极佳，为之加餐。

下午随星贤兄散步于江北第二公园。所谓公园，仅有一马枥，三五老马奄仰其中，似有千里之计者。途遇诗人汪君[1]，已穿军装，骤见不可识。谛视其胸章上姓氏，始认识之。吾与此君今日第三次会见。第一次在十余年前，见之于上海五路电车中，由钱君匋介绍。彼时此君风度潇洒，翩翩然一青年诗人也。第二次在去春，见之于汉口师竹友梅馆曹胜之处，风尘满面，已现苍老之相。然衣冠楚楚，尚有昔年面影。今日第三次相见，已是一

---

[1] 汪君，指汪静之（1902—1996），诗人。

半老军人,全无昔日潇洒之风矣。昔拜伦为哀希腊,亲自参加希腊独立战争。吾疑此君亦似伏枥之老马,胸中有千里之志也。

四月二十四日（星期一）

上午陈宝、宁馨、华瞻来上数学课。华瞻年十六,穿吾之广西装,不须改小,已能称身。吾审其姿,惊年华之易逝,叹无常之迅速。吾旧作漫画集中,有一幅题曰《穿了爸爸的衣服》者即以华瞻为模特儿。彼时此子年方三岁,穿吾之洋装背心,其长过膝。扶床学步,其状可笑。吾即取之入画。匆匆十三年后,今日再穿爸爸的衣服,已成平常之事,毫无可笑味;更无入画之资格矣。古人诗云:"去日儿童皆长大,昔年亲友半凋零。"今日诵之,似是吾自己所作。

夜士雄请客。振中及新生书店陈君二人自为厨司,作素菜荤菜均可口。吾饮金橘酒至醉。

下午陈宝、宁馨抱新枚种痘。王星贤夫人抱其幼子同来。彼等在西门外觅省立医院不得,故入城。幸浙大办事处有痘苗,即偕赴办事处种痘。王家小弟弟不哭,新枚则大哭。种后抱到开明门口,哭犹不止。

四月二十五日（星期二）

得陶亢德信,附寄稿费十三元。又剪《中美日报》"次恺自白"一节见示。始知次恺君乃一青年,受《护生画集》感化而学吾画者。

午饭时与星贤兄谈护生,彼谓儒家不素食原因有二:一则儒家重祭祠,必备牺牲;二则儒家重孝,七十非肉不饱。故不尚素食。吾谓但避残忍,保恻隐之心,则事可不必拘泥。今之反对食三净肉者,或谓自己食肉而以杀罪贻人,或谓多一人消费,即多一份供给,故买已死动物,乃间接杀生。此皆拘泥于事而忘其理,不事内省而务外求者。能素食最佳。不能素食,则食三净肉,亦属无伤。

四月二十八日（星期五）

天比昨天更晴。又逢市日,城中甚闹。恐有空袭,出城拥挤,准备再花半天,九时半即返乡。下午三时入城,城中又安然如故。此半天将来一并向侵略者算账。

下午四时到标营上艺术欣赏课。在休息室坐憩,闻窗外学生趋集教室,皆呼"欣赏艺术去"！不禁失笑。此课名曰"艺术欣赏",似有未妥,且近滑稽。既无实技,又无设备,但凭吾三寸不烂之舌,在芦菲棚[1]中黑板前信口开河,说食不饱,而名曰"艺术欣赏",诚属可笑。吾在此担任此可笑之课,不亦异乎？

上午托庆远中学梁兆洵君,代聘家庭教师,晚梁君偕一邱女士来,谓邱能代觅友人担任；拜托而别。

得章锡琛先生来信,谓丏师[2]已于宁波封锁前返沪,甚慰。

---

[1] 芦菲棚,作者家乡一带方言,即芦席棚。
[2] 丏师,指夏丏尊,当时在上海开明书店。

又言弘一法师今年六十，广结书缘，彼已求得不少。吾闻此讯，将续求之。吾离两江时航空寄发之《漫画阿Q正传》，已安抵上海开明。调孚[1]兄附信，谓五月中可以出版。此稿二次为炮火所毁，今竟能出世，诚快事也。调孚兄又附关于次恺之剪报。友人关念，千里剪寄，至可感谢。

五月一日（星期一）

戴葆鎏夫人顾娱春女士从上海寄来洋书两册，How to Draw Caricatures and Cartoons〔《怎样画漫画》〕及 Students' Book of Life Drawing〔《生活素描学生手册》〕，装潢极佳，在物质精神贫乏之广西宜山视之，更觉精美绝伦。与最近在桂林印刷之《泰和会语》比较，精粗之差不啻天壤。而翻阅其内容，则贫乏亦绝伦；与《泰和会语》比较，高下之差且不止天壤。

世间之反比例，未有强于此者。吾去年暑假中因广西中学艺术教师训练班学员之要求，拟编《漫画描法》一册，曾托戴君代为向欧美购求新刊之此类书籍。今日寄到者，皆最近版。开卷诚有快感：装订精确，封面美观。封面内有衬纸二重，坚白而细致，厚如呢布。每章前有空白纸，亦复如是。每卷前有frontispiece〔卷首插图〕，用纸更厚。而所印者，乃谄媚资本

---

[1] 调孚，指徐调孚（1901—1981），当时开明书店留在"孤岛"上海的编辑部主要人员。曾任《文学周报》编辑，后转《小说月报》社，为主编郑振铎得力助手。

主义之浅薄可笑之广告画。盖以此为现代cartoon〔漫画〕之杰作而示例也。每页文字，左右留空甚多，天地头亦甚广。各页形如一高贵之艺术品。计其字数，实甚寥寥。行数既少，每行之字数更少。一二寸长之洋字，两三个即占据一行。吾以此洋字所说，必为名言至理也。取而读之，则寻常谈话耳。既无确切之画法示人，更无真实之画理导人。吾购此书，无异仅购厚纸及装潢也。早知如此，吾不愿于万里外托友购寄。吾自问所能编之《漫画描法》，内容之充实，指导之诚恳，至少当远胜于此类洋书。由此可知一般文化之低落，不特中国如此，天下皆然。欧美之students〔学生〕只配读此种书籍，其程度亦甚可怜。且如此浅薄之书，作如此之精装而行世，实甚滑稽。显然是精神文明衰落而物质文明畸形发达之怪现象。洋鬼子不怕难为情。

虽然，对于葆鎏、娱春二君之盛意，吾甚感谢。彼等常以书物见赠。此次托买之书，深恐其亦不肯受金。上海寄至此间，邮费亦需一元七角余。吾当托上海开明代为璧还书价及邮费。若不肯受，必以他法报偿之。

五月二日（星期二）

浙大师院王院长送来教育部令：附初高中课程时间拟订表，及六年一贯制中学课程时间拟订表，嘱就艺术科审阅，并发表意见。今日整日从事于此。对后者表示一意见：音乐一小时宜改为二小时，始终不减。理由云："音乐亲和力最大，最善于统制群众感情，团结民族精神。抗战建国之时，尤不可忽。故宜增为始终二小时，且在事实上，较长较深之乐曲，一小时不能教完。若半途停止，过一星期再教，则学生都已忘却，重温颇为费力。一星期二次则易于教成。盖此课与体育相似，必须团体练习，不宜个别自修，故宜照体育例始终二小时也。"对于前者，除音乐宜改始终二小时外，对于廿五〔1936〕年所颁课程标准，指摘应修正之处共十五点。此课程标准不知教育部当日如何拟定，如何颁布？内容失当姑且不讲，文字上亦多不妥，甚至不通。例如初中女子劳作科教学目标第一项说"使学生对于家庭之组织与功用，获有正确之认识及良好之习惯"之类，不知所云。其他内容失当之处，不胜枚举。吾昔日早已发见。因无言责，遂不顾问。今既来征求意见，不得不竭诚指示，故就必不可免者指摘十五点，交王院长转复。尽吾忠告而已。

五月三日（星期三）

晚赴合升楼，同席皆数理学者，吾所识者，仅一人，其余皆初面。但数理者之态度，大都爽直痛快，故不觉生疏。彼此交情虽浅，只要理之所在，不妨直说或争论。此是此种人之好处。文艺方面之人，往往言语曲折，态度拘谨，或神经过敏，探求言外之言，观察行外之行。若是初处，甚难畅叙。与之同桌吃饭，其苦不可名状。今日晚餐席上之各位数理家所谈，直谅可喜，为浮大白。饭后谈及孔子，有人论孔子不如老农老圃，其常识并不丰富。有人论孔子不知太阳日中近人，抑朝晚近人，其物理知识太浅。皆可贿酒。

酒后与友人漫谈：今之科学者乃"摩登梓匠轮舆"。非轻视科学者，事实如此。梓匠轮舆是物质文明之使徒，为仁义者是精神文明之使徒。物质文明与精神文明必须提携并进，方能为人类造福。故梓匠轮舆应与为仁义者并重，方为合理。彭更尊梓匠轮舆而轻为仁义者，孟子非之。今世尊摩登梓匠轮舆而轻为仁义者多，且更甚于彭更。惜乎孟子甚少，且更不好辩。

五月五日（星期五）

下午上艺术欣赏课，讲远近法。此周讲题为中国画与西洋画之区别。远近法之有无，实为西画与国画之主要异点。故言之较详。学生如有造形之先天才能，听此讲当可顿悟。不然，亦只知其一，不知其二也。有数职员亦在听讲。归途与其中某君同行，续论此事。其人曰："先生云西洋画皆用远近法。但吾观西洋之山水似无远近法者。"答曰："西洋画无不有之。特山水非直线形，其法不显耳。"听其言，知其非富有造形先天之人，只能见显相，而不能见隐相，故发此问。途中复竭诚为之讲释，无异又上半小时课。

夜驾吾兄宴合升楼。同席者有二医生，二女生，及星贤兄等友，共八九人。驾吾悼亡，丧葬已毕。今日之宴，似为谢宾。念此，酒兴顿减。"子食于有丧者之侧，未尝饱也。"念此，荤菜难于下咽。合升楼乃宜山最高级之酒馆，然房屋之陋，不及吾杭州小巷口之饭店。吾等宴坐之小楼，即在炉灶之上。天热，火烈，室如蒸笼。再蒸数小时，人皆将成烤猪，而可为席上珍矣。

五月六日（星期六）（立夏）

上午十时下课后，即有连续三天之空闲。归途入某书铺，见有石印《白香词谱笺》，索价法币一元二角，终以一元购得之。忆承平时，诸儿买此书课外阅读，但费五六角耳。归寓翻阅，如见故人。错字虽多，然因熟习，见鲁豕知其为鲁亥，亦无妨也。今日在此，读黄庭坚词，感慨特甚。山谷晚年以史事谪宜州，即此地也。笺中述《老学庵笔记》所载："范寥言鲁直至宜州，州无亭驿，又无民居可僦。止一僧舍可寓，而适为崇宁万寿寺，法所不许。乃居一城楼上，亦极湫狭。秋暑方炽，几不可过。一日忽小雨。鲁直饮薄醉，坐胡床，自兰楯间伸足出外以受雨。顾为寥曰：信中，吾平生无此快也。未几而卒。"此城楼恐是吾寓邻近之南门城楼。因该城楼特别宽大，壁上有"宜山修志局"字迹。想见其可居人也。其兄黄元明送别青玉案词云："千峰百嶂宜州路……。"鲁直和云："烟中一线来时路，极目送归鸿去。第四阳关云不度，山胡新唤，子规言语，正在人愁处。忧能损性休朝暮，忆我当筵醉时句。渡水穿云心已许，晚年光景，小轩南浦，同卷西山雨。"曰"千峰百嶂"，曰"渡水穿云"，又曰"烟中一线来时路"，此路自非今日之公路，想见当日行旅之苦。然鲁直天性旷达，逆来顺受，处险若夷，故曰"忧能损性休朝暮，忆我当筵醉时句"。醉时句者，"我自只如常日醉，满川风雨替人愁"二句是也。不为无病呻吟，不作儿女态，诚是大丈夫相！今日因流离而消沉颓唐之人，读此可以兴起。鲁直知命，不忧不嗔,故其渔父词有句曰:"人间欲避风波险,一日风波十二时。"东坡笑其"欲平地起风波",吾却羡其"视风波为平地"。

晚文书课孙君来访,以浙大教师学生一览相赠,并附本年二月五日敌机在标营(即浙大校舍)所投炸弹之详图一纸。图乃炸后测量统计而绘制者,计共投弹一百十八个,皆二百磅之爆炸弹或烧夷弹,落弹范围不出一方里。可见敌机是日投弹,乃以浙大为目标。然仅毁一草屋,轻伤二人(乃炸后救火而烫伤),可谓大幸。是日为星期日,但大部学生并不离校,皆倒卧在沟壑中。弹落身旁,而竟不伤人。且有一学生患神经病,卧调养室中,为炸弹声所吓,其病霍然而愈。墨索里尼言"大炮响于一切",实未必然。吾谓"炸弹胜于校医",则已有实证。

五月八日(星期一)

昨夜醉后同林仙、元草散步市中,买宜兴窑水盂一只而归。今日晨起见之,忘其来历。久之,始依稀记得。因痛悔昨夜之饮。渊明"且进杯中物",诗中语耳,非记实也。吾昨夜奉陪友人,而照诗实行,以茅台酒、金橘酒倾杯中,而大进特进,以致醉而忘其所为,愚戆之极!渊明倘有知,必在地下窃笑。

下午同星贤兄陪女先生到燕山村安排课目,准备明天开课。此女先生姓邱,宜山本地人,经梁兆洵君介绍而来。举止端详,似可为燕山村茅屋中群儿之导师。到茅屋安排毕,顺路返家。新枚骤见不相识,抱之则哭。是日天热,吾穿白衬衣,且不戴眼镜,故婴儿不相识也。戴眼镜抱之,即不哭。开明派工人三十余,来将寄存之书三十余包尽行挑去,丈室忽然宽敞。

夜觉民来谈。知明日五九,学生参加市民大会,上午停课,但教职员亦须参加大会。吾有一课,可得免上。大会拟去参加。

五月九日（星期二）

得《国命旬刊》一册,内载竺可桢校长宜山开学式讲稿一篇,读之,见其中有良话,摘录于此:"我们今日虽认大学生自有其更大的任务,但亦不阻止智识分子之从戎杀敌。至于力学尽瘁,甚至舍身为国的精神,更是国家所迫切期望于大学生的。须知在这样危急的时代求学,除出准备贡献国家为将来抗敌兴国之一个大目标外,更有何理由可说?有人统计,世界上战争之年,远过于和平。就是一百年中没有国与国的战争之年(内战不计),只有十五年。今后国际组织不能即有根本改变,至少在我辈身上,看不到世界大同。只有富有实力准备,足以御侮之国家,才能免于被侵略,才有资格享受和平。对日抗战,实在是极艰巨的工作;不但最后胜利有待于更大的努力,并且日本始终还是一个大敌,我们殊不能武断,以为这次抗战结束,就可一劳永逸。诸君此时正在努力培植自己的学问和技术,尤其要打定主意将这种学问技术,出而对国家作最大的贡献。大学教育的目标,决不仅是造就多少专家如工程师、医生之类,而尤在乎养成公忠坚毅,能担当大任,主持风会,转移国运的人才。……"

今日五九,天又晴,逆料必有敌机过境。与星贤兄赌东道。而警报竟不来。晚间遂买酒肴请客。畅饮尽欢。近来不愿无端饮酒，必有理由。名正言顺，始能畅饮。醉翁之意不在酒。吾等赌东道，则意即在酒。

林仙请医补牙齿，今日起，每日下午必去点药，一星期完成，工料法币四元。

五月十日（星期三）

宜山合作金库开幕，其主任王正夫君邀客。吾与星贤兄拟送对联一副助喜。昨夜走遍宜山城市，竟无对联可买。拟改买镜框，亦不可得。宜州贫乏，一至于此；不得已，作画一幅，写农民生活之状，由星贤题"若时雨降"四字，托钧亮持赠，并说明其菲薄之故。语云"秀才人情纸半张"，吾等二秀才，人情纸一张。

五月十三日（星期六）

上午下课，即有继续三天之空闲。小立窗前，看路上行人，忽起时代错误之感。往来于宜山城中之浙大教师家族，姿态服饰皆秀丽，一望而知为江南人物。而其背景则为唐突之岩石，陈旧之建物，以及面目粗俗、衣裳朴陋之本地人民，且其中有不少大头颈，更显示野蛮相，使人想象原始时代之初民社会。此等二十世纪之江南人物，何为乎来哉？吾在窗口眺望此景，觉得很不调和。但此正是使国家调和统一，使民族均等发展之机会。原来江浙人与广西人隔远，偏文偏质，各自成习。抗战以后，因流离而杂处，正好互相影响，互相调剂。此亦"因祸得福"之一例也。

夜思饮。赴街买酒菜。见邻近有店，门前陈列皮蛋一筐。久未食此物，即前去问价。店主母摇手答曰："此物做得不好，请勿买。过几天有好的做成，再来买。"又见柜上玻璃瓶中有胡桃，问价，主母又摇头答曰："此物甚贵，每个要毫半（合法币七分半），犯不着吃。"吾唯唯而退。此主母不为自己生意，全为顾客打算，而出此忠告，其用心诚善！但如此之商人，在浙江恐绝无其例。

五月十四日（星期日）

上午访诸葛麒[1]兄，及陈大慈[2]君。诸葛之九龄女患大头颈。吾视之。颈中有物大如鸡蛋。此乃宜山人之通病。据调查，于女人尤易传染。全宜山女人中，有百分之二十为大头颈。浙大人员中已有五人染此，诸葛姑娘即其一，余四人为女生。原因，据说是饮未开之水之故。治法宜食含碘之物，例如紫菜，海苔，鲞，及盐之类。或直接服稀薄之碘液亦可。又有人云，离开宜山，其病即愈。诸葛姑娘正在服碘，效力如何，尚不可知。诸葛十年前与吾在松江女中为同事。当时彼正结婚，吾曾送画贺喜，后即相别，至今始又共事。而其夫人已生子女六人，腹又便便，

---

[1] 诸葛麒，擅长诗词书画，时任浙江大学教授、秘书长。
[2] 陈大慈（1904—1939），民国时期文学家、编辑，时任浙江大学教授。

不久将得七人矣。可谓"昔别君初婚，儿女忽成行"也。

得校长函知，六月廿六日开始大考。但未教完之课，得于考后续授至七月廿四止。吾所授艺术教育与欣赏，本无前例，亦无课程标准，一切新创，则长短不计，无所谓结束与否。再讲六个星期，于六月廿四结束可也。

五月二十日（星期六）

今日病大减，起坐步行，皆自然。读托尔斯泰《艺术论》，颇有感兴。此翁大胆，欲彻头彻尾改革艺术。其言虽难于实行，其心诚善：处处为全人类平等幸福着想，大有"一夫不获，若己推而纳诸沟中"之概。世所谓高深之艺术，在托翁视之，皆pervert〔反常者，入邪途者〕。世之所谓大艺术家，乃彼所谓"被催眠者"。此又有庄子"塞师旷之耳，而天下人含其聪矣，胶离朱之目，而天下人含其明矣"之思想。但庄子之理想，欲改革人类文化之全部；托翁之理想，单言改革艺术，较之庄子，为不彻底。此其所以难于实行也。

五月二十六日（星期五）

晨，发现半尺长大蜈蚣一条，从星贤兄室中来，直访吾室。途中被钧亮用扁担打死。

与星贤兄饭后漫谈，彼谓"富贵不能淫，贫贱不能移，威武不能屈"之中，最后一项最难。诚然。吾幼时读张中丞传：

"南八，男儿死耳，不可为不义屈。云答曰：欲将以有为也，公有言，云敢不死？"视为小说中说。今日始感此语之轻重，而确信实有此事。抗战正未有艾，吾辈如何死法，不得而知。死实难事，非准备不可。吾倘作非命死，拟效谢枋得[1]绝食之法。因此法较为缓和而自然。下午扶病赴文庙上课。归而足疾稍愈，大腿上核亦稍退。若请假，病或将转重。

五月二十七日（星期六）

天雨。上午赴标营上课，讲护生，未尽所欲言。

病痊愈。晚与周家骥君饮酒。醉后三学生来访。内有湖南倪君，以人生苦为问。乘醉竭力慰勉之。十余年前，吾亦患此苦，故深感同情。然醉后放言，恐欠诚挚，未能宣效耳。

遗落于桂林之箱子三只，搁置阳朔一个半月，今日由校车运到。林仙为吾买美丽牌香烟一匣，闭置箱中。今日出以孝敬。吸之烟味尽走矣。

五月二十九日（星期一）

上午赴标营大礼堂讲演。天大热，茅屋下站立数百人。纪念周毕，吾讲演约二十分钟，题曰《中国文化之优越》。一开讲，后排学生就开始潜逃，终于逃走约三分之一。前面三分之

---

[1] 谢枋得，南宋诗人。曾率兵抗元。后元朝迫其出仕，不从，乃绝食而死。

二，因在校长教师监视之下，故不敢逃。不然，恐已全部逃走。我见此颇感不快，悔不拒绝讲演。然事已如此，我只有恪恭将事，尽我责任，听与不听，在所不计。惟因此而使浙大学生表演此丑剧，甚觉抱歉耳。下午将讲演稿亲自校勘，免得印出时错误百出。

六月二日（星期五）

为《中学生》写文一篇，题曰《读爱国诗选》。汪静之君前日送我此书，吾读之，颇有所感。因摘录其中爱国女英雄之故事及诗词，以告青年，鼓励其节气。并以反衬汪精卫之无耻。闻某作家最近于讲演中骂汪，开头就说："汪精卫是什么精？狐狸精！卖国精！"气诚激昂，语太粗鄙！欲从名字上骂汪精卫，甚是容易。此名字早已暗示此人之将卖国。"精卫者，海边小鸟也。衔西山之石以填海。"彼欲填平东海，使中日连成一片，故其卖国乃必然之事。狐狸精岂能卖国？

六月五日（星期一）

闻人言，昨夜敌机四十余架袭南宁，损失如何未悉。拟退租返乡，商诸星贤兄，彼意尚拟流连，吾亦不动。离城返乡，我二人各有不便：在彼，因家居燕山村，离城五六里，每日上课，路途太远。在我则龙岗园仅三方丈，十一人居之，且当夏日，实属难堪。此外，尚有一事使吾等逡巡不忍分离。即吾等同居城中，每晚饭后必漫谈。海阔天空，无所不语。虽是闲话，而交换思想，互述见闻，在我胜读十年书。故虽有夜袭，未肯分手返乡也。谁知傍午警报又作。吾匆匆随众出南门，行数十步，始知并无警报，又随众返城。事后调查，始知出于误传。盖是日为市日，十字街口有某摊，因事收拾，其邻摊误以为警报将至（宜山警报，每次先通知，后击钟，故未闻钟声，已先知之），亦起而收拾，而动作急遽。诸摊见之，群起而收拾，路人即误为警报，纷纷逃走。吾亦随之而逃。实则三人成虎，甚为可笑。风声鹤唳，草木皆兵。

六月七日（星期三）

傍晚收拾行李，离城返乡。乡中三方丈，非有巧妙之布置不可。为此，今下午课及明晨课请假。周家骥君送来，与之饮酒于竹林下。饮毕，诸儿已于三方丈中布置周妥，十一人皆得鹪鹩巢林之技矣。周君允来此为诸儿授课。幸有竹林，其下可设教桌。天雨则停课。

六月八日（星期四）

久住城市，初返乡，自有新鲜之感。吾卧一帆布床，书桌设床前，晨起即以帆布床为椅而写作。客来即坐对面之板床上。忆元稹旅眠诗云："内外都无隔，帷帐不复张。夜眠兼客坐，同在火炉床。"吾今有类于此。

六月九日（星期五）

下午上课，讲漫画。国人皆以为漫画在中国由吾倡始。实则陈师曾[1]在《太平洋报》所载毛笔略画，题意潇洒，用笔简劲，实为中国漫画之始，弟当时无其名，至吾画发表于《文学周报》，始有"漫画"之名也。忆陈作有《落日放船好》《独树老夫家》等，皆佳妙。今为学生详说之。

六月十日（星期六）

梅迪生君嘱画扇。扇之一面已有马湛翁先生书法。所书为其旧作五律一首。诗云：

自古言皆寄，从心法始生。清凉成月义，普遍与天名。飞动群分命，山川亦有情。林园随处好，裘葛顺时更。

诗意深远，即译为白话，亦恐少有人理解。吾即取"山川亦有情"一句为作画。扇面已上骨，不便揭下，用笔拮据。未能配湛翁诗，甚愧。

六月十一日（星期日）

入城逢市日，见瓷器担上有嘴茶碗，形似抗战前缘缘堂

---

[1] 陈师曾（1876—1923），江西人。善诗文、书法，尤长于绘画、篆刻，人物画以意笔勾描，注重神韵。

中所备者，但形式拙劣。姑买一具，以慰怀旧之情。持归细玩之，见其形与线，皆率直，不优美，远不如旧藏者之玲珑。新旧相较，正如宜山与杭州之比。傍晚访星贤兄，得赠诗一首。诗云：

分手田间去，清言信可珍。感兹朝夕别，怀子性情真。斗室天伦乐，疏篱灯火亲。何当重结伴，南岭倚松筠。

六月十三日（星期二）

行经宜山之小学校，见无数广西儿童，或奔走，或朗读，遂忆某古人诗，深有感。诗曰：

踉跄趋讲席，诵读斗高声。我亦曾如此，而今白发生。

六月十四日（星期三）

今下午授艺术欣赏，讲葛饰北斋[1]漫画。此人因常作小画，人讥其小，即用一百数十纸相接，作一大达磨[2]，各部寸法比例无不中节。复于白米一粒上，画二麻雀，以显微镜窥之，生动欲飞。因念吾怀中有小牙章一，上镌心经一篇，亦须用显微镜方可睹。遂出以示学生，令观赏云。同是雕虫小技，吾牙章胜于北斋之麻雀多矣。下午张三小姐自桂林来，同往防疫大队，见杨队长，

---

[1] 葛饰北斋（1760—1849），日本江户末期浮世绘画家。

[2] 达磨，即菩提达摩，中国佛教禅宗的创始者。

乌镇人也。

六月十六日（星期五）

大热，城中九十四度，乡间八十八度。

钱君匋寄来香港英商不列颠公司出版《战地漫画》，下署"丰子恺著"。内刊画数十幅，皆吾抗战后发表于各志报者。此人擅自收集出版，吾全不得知。倘编选适当，则掠夺吾版税而已，犹或可原。但此书编选，十分恶劣：一者，名为战地漫画，其实吾之画皆后方现象，名不符实。二者，且内载之画，有许多幅与战事毫无关系。最是昔年赠钱君匋之一幅，写书斋中情景者，亦被收集在内。可知偷编者不管画意，凡见吾画，一概剪取，编入，而统名之为《战地漫画》，欲利用抗战以发财。三者，卷首居然有一序文，乃吾在桂林时所作艺术讲话，曾刊登《宇宙风》，今被取去，下注"代序"二字。不伦不类，尤属可笑。如此，故凡知我者，皆能一望而知其假冒。受其愚者，恐只小孩及香港之外国人耳。本应追究，但在此时期，吾实无闲心情对付此种宵小，则姑置之。此宵小料吾不会追究，故乘机偷窃，所谓趁火打劫者是也。即以此意复君匋，请其将信公布于杂志，以明真相。但不知君匋敢公布否？

六月十七日（星期六）

夜请王星贤兄及其子钧亮来便酌，目的在补分手后漫谈废止之憾。星兄于六时来，共坐竹林下吃茶漫谈，继之以饮酒漫谈。直至九时始散。今日之漫谈，题材意外奇特：初谈贼，次谈小便，终于谈鬼。所以谈贼者，缘前日吾访王寓，见其壁上揭《每日课儿诗》五绝一首：

凿破青苔地，偷他一片天。白云生镜里，明月落阶前。

乃杜牧所作，绝妙，堪画，今晨为画一图，面呈星兄，携归补壁，为其诸儿助诗兴。因谈及此"偷天"贼，高于偷花，偷酒，偷书，偷画，又胜于偷闲，可谓贼中之最高尚者。所以谈小便者，因星兄言此诗乃彼髫龄时在私塾中所诵者。为言私塾先生课学之严，因忆某日先生不准学生小便，彼竟遗溺于棉裤中。吾遂忆李笠翁[1]《一家言》中，书房内设竹管通小便之法，于是小便亦成漫谈题材。所以谈鬼者，因星贤兄将长衫脱下，挂树枝上，遥望形极难看。话题遂转向于鬼。一直谈到灯昏月落，毛发悚然，然后散归。门口送别时，吾观钧亮执灯伴父夜归之状，忽忆日本人所书"汉诗"二句：

月暗小西湖畔路，夜花深处一灯归。

临歧亦为诵之。此句甚佳，不知是中国古诗，抑日本之"汉诗"？

---

[1] 李笠翁，即李渔（1611—约1679），清戏曲理论家、作家。

唯此二句所写之归人，倘是女人，则尤相称。

六月十九日（星期一）

读《乐记》。至"大乐必简，不礼必易"，忆托尔斯泰及尼采。此二人皆反对"曲高和寡"而主张"曲好和众"者。今世音乐，技术已成畸形发达，循流而忘源矣。此事明日当为浙大学生述之。

六月二十日（星期二）

校刊出版，登载前周吾之讲演稿，剪贴于下：

中国文化之优越
——丰子恺先生演讲辞

文化范围甚广，我今所欲讲者为其艺术方面，然各种文化犹似同根之树叶，则举一亦可以反三。

五十年来，只有中国留学生而无外国留学生，但在古昔则否，西洋交通阻隔，自可不论。日本则自唐代即派留学生来中国，且曾请中国人去教《千字文》及《论语》。直至明清，来华之日本留学生络绎不绝。迨明治维新，中国通商，而形势反变，留学生遂成中国之特产。

先生降为学生，学生升为先生。此事实似乎表示外国文化近来忽而优越，中国文化近来已经衰落。其实不然。保有中国灵魂之留学生，想亦确信其不然。留学不过参仿外国之所长，非欲用夷变夏。吾国物质文明虽未发达，精神文明实远胜于东西各国，艺术则尤非在东西各国所能望其项背。故以艺术界观之，五十年来，全世界号称文明之国，无不派大批留学生来华学习。特其所派者非身体，而为精神，故一般人不易见到耳。

诸君倘不信，请略叙近世艺坛之概况，以证明之。五十年前，西洋画界忽起一大革命。千余年来之西洋画，面目为之一变：昔日专重写实，今日亦重笔意。昔日忠于客观之模仿，今日亦知主观之表现。约言之，昔日之西洋画皆似"照相"，今日之西洋画始似"画"。此革命画风，即大名鼎鼎之"后期印象派"。五十年来，此画派向为西洋画坛之主将，其影响波及全世界各国。探求此革命之来源，实为东洋画之模仿。此模仿之因缘有三：第一，一八五七年，孟契斯泰博览会中，陈列西班牙画家之作品。西班牙与日本交通甚早，其画家凡拉史侃〔D. Velazquez〕及谷雅〔F. Goya〕等，早受日本画影响，用明快之色彩，清新之构图。此种东洋风俗品，最初给西洋画以革命的暗示。第二，其后十年，即一八六七年，巴黎博览会中，陈列日本版画甚多。日本版画者，犹中国之绣像木刻图也。此种轻快陆离之表现，与昔苦涩沉重之西洋画相并列，比较之下，清浊迥异，巧拙判然。遂使法国艺术家竞舍故技，刻意摹仿。此为西洋画革命之策动。第三，其后三年，即一八七〇年，普法之战起，法国艺术家避难于荷兰。荷兰与东洋交通甚早，其博物馆中藏有日本画甚多。流离中之艺术家，皆消磨其日月于博物馆中。彼等在此东洋画之新天地中,观摩欣赏,终于悟得表现之技法,遂在油画布上,试作龙蛇飞动之线条,单纯明快之配色,以及清新隽逸之构图。初曰"印象派",更进而为"后期印象派",再进而为"野兽派"。千余年来囚于客观摹仿之西洋画,至此遂大解放,而为陶写胸怀,发挥主观之自由艺术矣。故近世西洋画,可谓"东洋画化"。此非吾之臆说。现代欧洲有名之艺术批评家谟推尔在其名著《十九世纪法国绘画史》中详明言之。

既知近代世界西洋画摹模日本画矣,则日本画又如何?请续述之。日本画者,中国画之一小支流也。彼邦文化,尽从中国舶来,尽是中国模仿。艺术更是亦步亦趋。试考中日两国画史:我国六朝魏晋盛行佛像画,被日本学去,其推古天皇时代亦盛行佛像画。我国唐代盛行山水画,王维倡南宗,李思训倡北宗,海内画家闻风景从。日本亦来模仿。其飞鸟时代,奈良时代,藤源时代之画,即为唐与五代画风之余映。我国宋代以画取士,盛行"院体画"。日本镰仓时代、足利时代亦从而模仿之。我国明清画艺人材辈出,流派灼彰。日本一一模仿,如影随形。凡马远,夏珪,米氏父子,赵松雪,倪云林,唐寅,董其昌,以及至江左四王,直被日本人视为己国之画祖而崇拜之,研究之,模仿之。故日本自己实无画,所有乃中国画之一小支流,此亦非吾之臆说,乃日本人自己招供。日本近代最老的大画家中村不析氏在其所著《中国绘画史》之序文中劈头说:"中国画乃日本画之父母。"日本近代最大艺术评家伊势长一郎亦在其著作中声称："中国画加上地方色,即成日本画。"

西洋学日本,日本学中国。如此看来,中国文化始终优越。中国艺术在近世岂止为先生而已,实为欧洲各国之太先生,所以称说:五十年来全世界各国都派大批留学生来中国学习艺术。不过所派来的不是其身体,而是其灵魂,所以中国人不易看见。倒反而实际地派许多留学生到巴黎去学习艺术。学了回来,就请他们办艺术学校,还说这是外国来的艺术!其实这是出嫁女儿回娘家。又好比富人装作乞丐,向街上穷人讨饭,回来分给家里人吃,还说这些饭是外来的。

为欲阐明此比喻,请更举一例:最近吾在此大学所任讲之"艺术教育",据说是近世德国人首先提倡的。故德国被称为艺术教育之先驱者。但试考其提倡之经过,则足令人发笑。一千八百九十年,即距今四十九年以前,德国艺术教育之始祖,李希德华克〔A. Liehwark〕有一天看见柏林市上之卖花人,不复将花用铁丝扎成几何形体之花束(德国人死守理智,向来瓶花都作几何形体),而就卖自然状态之野花,不胜惊喜。认为此是德国艺术教育成功之现象。曾在报志上大吹特吹:"德国民众已能了解自然的美趣!一千八百九十年是新趣味开始之年!是艺术教育大功告成的纪念年!"赖此成功,"艺术教育"这名词就流传于全世界,而引起教育界之注意。

此言对中国人说,直是小巫见大巫,鲁班面前掉大斧!中国虽无艺术教育之名而富有艺术教育之实。"礼仪三千,威仪三百",艺术教育之表现也。"温柔敦厚",艺术教育之主旨也。至于自然欣赏,仅为文化人之余事;瓶花之插法,乃自然欣赏中琐屑之一端,真不过余事中之余事耳,何足道哉!故我之讲义,不从德国,而自定教材。吾侪皆富人,何必装作乞丐,向贫人讨饭吃?

艺术如此,则其他文化之优越可想而知。所恨我国物质文明不及外国。斗筲之人,眩目于外国科学与机械之"万能",浑忘自己精神文明之伟大,遂有盲从西洋,舍己耘人,用夷变夏之倾向。实则物质文明必须随从于精神文明而发展,方能为人类造福,倘使脱离精神文明而单独发展,必为人类祸害。今日两半球上法西斯暴徒之穷凶极恶,即是一证。我国原有至高无上之精神文明。今后只须保住勿失,同时努力提高物质文明,使不落人后,则不但抗战必胜,建国必成,直可拯救全人类于水火之中,为全人类造福,而实现世界大同之理想。日本这敌人是不可怕的。……十七八年前,吾在东京研究美术时,欲参观一玩具工厂,被厂主人所拒绝,某日本友人忠告我曰:"君不识日本人性格,宜其碰此钉子。吾劝君买三五元饼饵,明日持此礼物再去请求,必能达到目的。"吾姑从之,果得厂主人快诺,引导参观,备极周到。次日吾向日本友人道谢。彼续赐指教曰:"更有一点不可不知:礼物奉呈后,务须立刻开口请托,方有效验。若隔一宵,即无效矣。"吾感佩此日本友人,至今不已。……故日本必败无疑。彼等用此短小之眼光模仿我国文化,故千年来所得仅是皮毛。西洋艺术又从而模仿日本，恐所得不过皮毛上之灰尘而已！

故中国文化，始终非常优越。诸君是中国最高学府之学生，不久的将来的中国的向导者。发扬文化之责，端在诸君肩上。务请努力保住中国灵魂，以提倡物质文明及发扬固有之精神文明为己任。这才不愧为一个堂堂的中国大学生。吾与全体同学今日尚是初见。古人有"临别赠言"之事。则初见亦可赠言。此话即作为吾对诸君之"初见赠言"可也。

六月二十二日（星期四）

今上午结束艺术教育课。选读《乐记》三节。并为结论曰：半年来授课共十六讲。要之，不外三语：

"艺术心"——广大同情心（万物一体）。

"艺术"——心为主，技为从（善巧兼备）。

"艺术教育"——艺术精神的应用（温柔敦厚。文质彬彬）。

今日以《乐记》结束者，亦是表明此要旨之意。下课后学生有以"如何考法"相问者，答曰"出题作一论文，如作文然。不必与讲义有关"。归途于办事处取得考试课程表，见吾所任二科，排在七月一日上午七时三十分至十时，二科同时考试。明日尚有艺术欣赏一小时，过后即为悠长之暑假矣。

前托刻字人刻十字笺版，另托人印刷装订。今日取来，共十二册，星贤兄分买四册，吾自得八册。每册五十页，印工装工连纸，需价九毫子，即法币四角五分，比杭州约贵二倍。外加木版工料法币二元。然册子形式甚精美，纸亦厚实而光洁，使人手痒。因立"读书杂记",将近来所见好文句,精细录存,甚富兴味,预料此事不致有头无尾也。

六月二十三日(星期五)

下午至文庙上课,此是本学期艺术欣赏最后一课。结束讲义外,又以米叶〔J.F. Millet〕作品数枚相示,而指示其鉴赏之法。因此课名曰"艺术欣赏",而半年来所讲皆理论。今日以实际鉴赏结束,犹之作文,结束归根于本题也。然吾教授半年,迄未知道学生之艺术素养如何,因起初旁听者众,不便一一探询个性。后来旁听者少,而选科者皆静听而不发问,一直由吾信口讲演。暑假将近,吾亦不复探询听者意见。故吾在浙大,实非授课,全是讲演。今此长期讲演已告结束。三时半离文庙,心情异常轻松。行经城区,在西门内买金橘酒一瓶而归。

六月二十四日(星期六)

暑假开始矣。才过一早晨,即觉生活冗长散漫,反不如上课时之有节。此心理恐不独我有,乃人类的弱点。贫者苦不足,富者又苦受累。独身者苦孤单,有家室又苦担负。无子者苦寂寥,有子则又苦作牛马。如平民苦贫贱,做官又苦奔走。不学苦愚陋,学成又苦劳神,而反羡村夫竖子之无知。莎士比亚言"人是瞻前顾后之动物",吾谓"人是到处寻苦之动物"。吾欲自拔于此恶习,则暑假不必视为乐事。暑假非乐事,则上课亦非苦事。

苟能推度此心，则吾之辞典中可无"苦"字。

上午坐竹林下读《礼记》。汪静之君来坐谈。前日吾画宜山小景，邮寄汪一幅，今日彼来称谢，吾甚惭。因自同客宜山以来，彼常来访，而吾迄未回谒，因其家居小村中，路途甚难找也。然"礼尚往来"，今来而不往，非礼也。日内必当赴访。

星贤兄今日课毕，返家时过吾寓，手持金橘酒一瓶，约吾晚间赴燕山共饮。小坐即去。晚六时吾赴燕山，相与共饮于茅屋后草地上。肴馔甚丰，复以周明生信作酒。周明生信上劝贤兄学酒并学烟，盛称微醉微醺之法悦境。是诚贿酒之好菜，但既曰微醉，则不可浮大白也。黄昏持电筒归。途中树林下有男女二人高声唱歌，其声淫溺。郑卫之音，大约类此。

六月三十日（星期五）[1]

明日考艺术教育及艺术欣赏。今日预为出题。题中用"绘事后素"一语。检《十三经注疏》"绘事后素"解，发现其与朱注大异："郑曰：绘画，文也。凡绘画先布众色，然后以素分布其间，以成其文。喻美女虽有倩盼美质，亦须礼以成之。"疏曰："子夏闻孔子言绘事后素，即解其旨，知以素喻礼，故曰礼后乎。"又正义曰："案考工记云：绘画之事杂五色。下云：画缋之事后素功。是知凡绘画先布众色，然后以素分布其间，以成其文章

---

[1] 本篇原载 1947 年 11 月 25 日《天津民国日报》，题为《绘事后素——黔桂流亡日记之一》。

也。"朱注则曰:"绘事,绘画之事也。后素,后于素也。考工记曰:绘画之事后素功,谓先粉地为质,而后施五彩。犹人有美质,然后可加文饰。"又曰:"礼必以忠信为质,犹绘事必以粉地为先。……杨氏曰:甘受和,白受采。忠信之人可以学礼。苟无其质,礼不虚行。此绘事后素之说也。"今从朱子。因《注疏》所谓"凡绘画先布众色,然后以素分布其间",甚不合画理。吾国绘画向重素地。惟西洋画不留余地,需白则用白粉涂抹。但亦非先布众色,然后以白粉分布其间者。只有某种图案,或用此法亦甚罕有。今言"凡绘画先布众色,然后以素分布其间",此言不易解,故不从。

廿八〔1939〕年六月三十日于宜山

七月九日（星期日）[1]

杨女士送来入场券,邀我等今晚去看励志社演剧。七时同陈宝等六人伙颐观剧,诸兄皆揩油,我独出法币二元买一名誉券,共坐最前最中一排椅上。台上角色须眉毕见,布景上灰尘亦看得清楚。人云观剧宜远,信有理也。所演为凤凰城,即苗可秀殉国

---

[1] 本篇原载 1947 年 11 月 3 日《天津民国日报》,题为《看凤凰城——黔桂流亡日记之一》。

故事,各人表现皆出劲。主角苗可秀每幕出场,言行慷慨激昂,出力尤多。苗可秀抛却妻子,其仆张生抛却恋人,而一同从戎死国。剧中关于生离死别之描写,颇能动人。我于此痛感战争之罪恶。今日偶阅苏东坡代张方平谏用兵书。此感尤为痛切。抄数段在此:"臣闻好兵犹好色也。伤生之事非一,而好色者必死;贼民之事非一,而好兵者必亡。""且夫战胜之后陛下可得而知者,凯旋,捷奏,拜表,称贺,赫然耳目之观耳。至于远方之民,肝脑屠于白刃,筋骨绝于馈饷,流离破产,鬻卖男女,薰眼,折臂,自经之状,陛下必不得而闻也。慈父、孝子、孤臣、寡妇之哭声,陛下必不得而闻也。譬犹屠杀牛羊、刳脔鱼鳖,以为膳馐,食者甚美,死者甚苦。使陛下见其呼号于挺刃之下,宛转于刀几之间,虽八珍之美,必将投箸而不能食,而况用人之命,以为耳目之欢乎?""今陛下盛气于用武,势不可回,臣非不知。而献言不已者,诚见陛下圣德宽大,听纳不疑,故不敢以众人好胜之常心,望于陛下。且意陛下他日亲见用兵之害,必将哀痛悔恨,而追咎左右大臣未尝一言,臣亦将老且死,见先帝于地下,亦有以藉口矣。惟陛下哀而察之"。不知今日日本文化人中,亦有作此论者否?

剧场散出已十二时。照昔年平居杭州时惯例,必上酒面店饮酒吃炒面,然后坐黄包车返家。今日惯性犹存,然环境大非昔比。仅有一糕饼店尚未关门,买蛋糕十二块,且行且吃,返家已过夜半。

二十八〔1939〕年七月九日于宜山

七月二十一日（星期五）[1]

上午十时警报至。十一时许解除。下午一时许警报又至。往日有警报，我常躲避屋旁岩石间。今日不知何故，发心逃出野外，且抱新枚而逃。逃至门外半里许岩石间，见一石缝宽二三尺许，左右有石壁而上无盖。即与满姊，软软，一吟，新枚五人共入石缝中。浙大同事男女七八人亦至。十余人共钻石缝，中有一人以伞误触黄蜂窠，黄蜂群起抵抗。一女人被螫，呼痛，诸人皆逃出。而紧急警报忽发。于是诸人不复怕蜂，仍钻石缝。蜂亦不再螫，似有知者。我本居缝口，见缝中人多，乃独赴邻近大石下，蜷卧丛草中。约十余分钟，敌机至。我从草中窥之，见九架，在我头顶稍偏东处。俄而炸弹声大作。我所卧之地面略为震动。度其远近约在一里左右。如此去而复来，共投弹四次。我之环境乃岩石起伏之荒地，心知不为投弹目标。然当胡禽初次飞过头顶时，及弹声初次震响时，不免惊骇。惊骇立即变为愤怒。愤怒终于变为镇定。第四次轰炸时，我正在草间吸纸烟也。三时许解除警报。随诸儿赴城察看，见西门外体育场直径丈余，深五六尺之地洞四个。其二分布于场中旗杆之左右，去旗杆均不过一丈，而旗杆巍然矗立，毫不倾侧，其泥基石亦略无损坏。人言此国家基础巩固之象征也。复西行，见汽车站对面一小店被毁。军校医院亦受一弹。山谷公园（此公园以黄山谷名

---

[1] 本篇原载《天津民国日报》，题为《宜山遇炸——黔桂流亡日记之一》。

中受一弹，有二人死树林下，惨不忍睹。此外直西五里外某村，受弹最多，村屋被焚。盖军校学生所居也。此次共投百余弹，死伤六七人。然大都由于无知，不避地，或避地不良，以至于死。例如公园中二尸，其身旁即有一深而窄之沟，沟中水甚浅。使二人肯入沟中，则无恙也。倘得处处设备周密，人人行动敏捷，则敌机实不能毁吾人之一毛。由此观之，空袭虽烈，亦复可怜！我个人此次所受惊骇，实为抗战以来最大之一次。二十六年十一月二十一日下午二时在石门湾缘缘堂第一次听炸弹时，虽地小弹多，危险万分，然所投皆小弹，炸声不大。且不意中突如其来（事前我等确信此全无军事设备之小镇不致被炸也），人皆不觉其可怕也。其后逃难途经杭州及南昌，皆遭逢空袭。居长沙及桂林时，亦逢数次空袭。或距离甚远，或并不投弹。居汉口时空袭最多，非但不惊，且感快意。因汉口吾国飞机甚多，一发警报，群起迎战，时将敌机击落，盖有抵抗而无恐怖也。今宜山军校所在，目标甚多；而全无抵抗，任其肆虐。我身虽可避患，而心不胜其愤。彼以利器从天上杀来，我以肉体匍匐地上，万有一死之可能。有生以来，未曾屈辱至于此极也！

二十八〔1939〕年七月二十一日于宜山。

九月八日（星期五）[1]

腿上之块酸痛转剧。忽念此非所谓"横痃"乎？强起查《辞海》：见"横痃"条下注云："淋巴腺炎，生于鼠蹊部，常与花柳病同来，破溃后甚难治疗。又有非关花柳病，乃因身体虚弱而生者，则特名为横痃块。"我无花柳病，此必横痃块矣。当地无西医，唯有草头医生。今日托欧生[2]代为延请。复云：其人务农，近日居乡间收稻。须明日可来。据另一本地人言，此人有祖传秘方，独识山中药草。对于跌打损伤，有手到病除之神技。预想其人，大约如神农氏。遂镇日静卧，以待神农氏之来。

得周家骥信，云宜山每日有警报，有时一天数次，且上午七时即发，空袭警报与紧急警报相距不过数分钟，令人不及走避。彼等以前视我之远遁思恩为太过胆小，今始折服。又云，为此，校中又有迁移之议。今后不知在何时何地再行上课也。得沧祥[3]信，言上海米价每石大洋三十元。故乡石门湾及五河泾屡遭轰炸，死平民数十。现有一○八师驻吾乡。由此观之，吾乡仍在青天白日之下，并未入倭奴之手。唯闻米价达二十元左右，诸亲族生活必甚困难。

---

[1] 9月8日、9日、11日至14日等六篇日记载1947年11月16日《论语》半月刊第141期，题名为《病中日记》。

[2] 欧生，指作者在桂林师范的学生欧同旺。作者写此日记时所住广西思恩之屋，即欧同旺介绍其伯父欧湘波的房子。

[3] 沧祥，系作者之堂侄。

九月九日（星期六）

欧家送报来。报载德军已于九月二日分三路侵入波兰。英法均已下总动员令,实行援波抗德。欧战起矣！苍生将又遭大劫。罗斯福电诸参战国："请勿以飞机轰炸平民。"阅报至此,如于暗室中窥见一线微光。

下午神农氏来,一温良诚恳之老农也。视吾腿上块,笑曰:是甚易治,六七天可起。即入山采药去。久之,持生芎一束来,形似小孩所采集之闲花野草。另持一荷叶包,则为已合成之药。其药如某种素菜。神农氏以指捞取一朵,加唾液一口,即涂我患处,以荷叶片覆之,以布条束之。嘱于明日此时取出而换入新药。药用完,可以自制。制法将生药捣碎,以荷叶包好,放灰烬中煨之。煨片刻,即可用。但用时必加唾液。我对此不胜惊奇,心念奈何以唾液入药！家人亦在外室窃笑而议论之。中有人曰："唾液勿是药,处处用得着。"盖吾乡亦有此古谚。流离至此,仿佛年光倒流,退回古代矣。

夜患处甚痛,痛毕而爽然。足见草药已起作用。但不知是好是坏。

九月十一日（星期一）

神农氏之药确有效验。今晨腿上之块缩小约二三分。酸痛发热亦减。全身顿觉舒畅。二十余日以来,除每日或隔日清晨强起写日记数行外,未曾动笔。有时因写日记而增加疲劳与热度。今晨卧床中,跃跃欲起。盖大患已去,生活力剩余,已不耐奄卧矣。昨得王羽仪[1]信,言"九一八"浙大放映幻灯,嘱我作三英寸半见方之幻灯漫画数幅寄去,以便放映,并可令学生扩大临摹,张贴于城门。今晨即起而从事。用松烟墨画于玻璃纸上,一气写成四幅,其一曰"骑虎",写一猴子伏虎背上,虎正咆哮,猴正狼狈。其二曰"国际饭店",写一日本鬼食毕坐餐桌旁。桌上空盆一叠,盆上写东三省,华北,华东,华中,华南字样。一堂倌正在持菜单向此饕餮者索钞。其三曰"军民合作",写二民众抱一军人之左右脚,挺之使高。军人正伸手向墙头采一大瓜。瓜上写"最后胜利"四字。其四曰"消毒",写一男孩正用毛刷洗刷一地球,一女孩提壶助其冲洗,壶上写除暴剂三字。画毕,向日光中照看,见松烟甚浓,黑白分明。不知幻灯映出成绩如何。可惜我尚残废,不能亲赴宜山观赏。即刻用快信寄去。张晓峰在浙大办史地研究会,昨来函嘱物色绘制挂图之人才。我心目中惟有莫志恒可荐,不知能罗致否。函傅彬然,托代为探询。四画两信毕,而精力已疲,即入床仰卧。

下午天雨,满院潇潇,凄凉逼人。此情久不至矣,胡为乎来哉!盖自流亡以来,唯有紧张与愤懑,素不起消极之想与凄凉之情。惟其如此,故能赤手空拳率老幼十一人行六千里崎岖之路,以至于此地也。今为久病所困,为秋雨所感,复为岑寂

---

[1] 王羽仪,应作黄羽仪,即黄翼(1903—1944),心理学家,时任浙江大学心理学教师。

之环境所逼,忽然心绪黯然,意气消沉,欲禁不得!甚矣,自然之伟大也!雨势渐摧,壮心又生。取《古文观止》翻之,得苏秦以连横说秦。读之,未竟而抛书。此妾妇之道。文笔虽健,不值一读!

九月十二日(星期二)

今日病不进亦不退。晨四时半起,吃鸡蛋豆腐浆后,坐窗下阅报。德军已大举侵入波兰,连日轰炸华沙及波国各城市。英法一齐下动员令助波抗德。伦敦四日第一次放空袭警报。波首领莫锡基宣言抗战到底,誓取最后胜利。凶手希特勒亦宣称死而无悔。(其言曰:吾死由戈林继任,戈林死由赫斯继任。)盖欧洲模仿亚洲,旬日来已得其神似矣。

晨韦海鹏代为请医务所覃医生来为华瞻诊病。覃医生诊察仔细,态度和蔼,颇能令病家信仰。吾初以为山中无医,病则听天。今得此君,心甚安慰。照例送诊敬桂钞一元。

一病二旬,饮食减少一半。今日为陪医生,起坐窗前,阳光照吾两腿,瘦损如枯竹,见之吃惊。为此家人备鸡汤佐饭。正午吃两碗半,夜餐吃一碗半,盖为鸡汤而勉强加餐。幸未积滞。十余年不食鸡矣。今病中饮鸡汤,如饮药水。

九月十三日(星期三)

晨,覃医生不邀自来。言即刻将下乡治霍乱,须一星期后返城，故来为吾儿预开药方备用。诊后，言即日可愈，开先后两方而去。今日我腿上之淋巴腺核已缩小一半，大如胡桃，步行亦不伛偻。但两腿一长一短，步行时大摇大摆而已。家人诫勿多行动，仍须静卧以求早日痊愈。从之。但静卧无书可看，如在缧绁。逃难时不带一书，沿途陆续购买，至今不盈两网篮，而所购者半为一折八扣书，随买随看，早已看完。今日令小儿再搜网篮，得《笑笑录》一册。亦一折八扣书也。此书儿辈所购，我未寓目，料想其为无聊读物。姑翻阅之，出于意外并非低级趣味，乃自稗官野史摘取之佳话逸闻也。其中颇有可欣赏者。例如摘《分甘余话》中一节云：

有献古镜于吕文穆者。云可照百里。公曰："吾面不过碟子大，安用照百里？"欧公以为得宰相之体。吾乡一先达家居，子侄偶言及曹县五色牡丹之奇，请移植之。答曰："牡丹佳矣，不知能结馒头否？"此与吕事相类。

类此者不一而足。人不可以貌取，书亦然。我初见此书，牛皮纸封面上饰以恶俗之绣像体绘图，与唐驼体题字，料想其必为《笑林广记》一类之油腔滑调、下流、猥亵之谈，病中读之可以速死。拟令小儿弃置废物篮中。幸未果。否则诬枉太甚。可见书亦不可以貌取。

九月十四日（星期四）

晨腿上之核又略见缩小。步行更觉自由。策杖赴毛厕，便道赴门口凭栏闲眺。但见晨光中绿树浓荫，远山近水，美丽如画。盖自迁来此地，次日即病，闭卧楼中。直至今日，已将一月。吾足并未沾染思恩郊外一点泥土，吾目并未认识思恩四郊之风物也。预想吾足痊愈后，向此中自由散步游览，乐不可支。恐久立有碍于速愈，连忙扶杖归卧。

欧氏送五日六日之《广西日报》来。卧床中读之。见巴黎五日亦发警报。繁华之梦醒矣。华沙距侵略军只五十三公里。恐现已失守矣。有一论文，详叙德波英法之形势，而下定评曰：此次欧战，大不利于倭寇，而能促成吾国最后胜利，无可疑议。此君对国际形势具有精锐之眼力，此言令人欣慰。此人令人钦佩。我忽提神太虚，俯瞰万象，则又觉可笑，此犹乡间绅董之论事耳。此人熟悉全乡各家各户之底细，牢记过去种种事件之历史，而富有见识与胆量。乡中设有纠纷，则是非成败利害，早在彼洞察之中。故其论事，令人折服。一乡与全世界，大小不同耳，人情事理，无以异也。设视世界为一乡，则今报志所载各国军政情况，与"张家长，李家短"何以异哉？某某订立不侵犯条约，与"某某攀转折亲"何以异哉？"某军犯某"与"阿三打阿四"何以异哉？白居易有诗云："蝤蜒杀敌蚊眉上，蛮触交争蜗角中。应似诸天观下界，一微尘里斗英雄。"此人乃在一微尘里论英雄。

廿八〔1939〕年于广西思恩

十二月一日（星期五）——时居宜山[1]

天奇冷，此屋北向不得日，乃移椅屋外，端坐曝背。不久，许兆光张亦非二君至，相与坐谈。又不久警报至。许张二君之来，乃为友人取寄存之书箱，闻警报，即刻托邻家农人来扛，甫扛出，紧急警报即至。遂置箱门外，共赴石洞中隐避。至午警报不解，即返家午饭。星贤留许张二君便饭。吾于石洞中偶忆日本国歌，觉其旋律轻佻油滑，足以象征该民族性之卑鄙，可作一文以论述之。归家饭未熟，即乘兴作文。忆幼时在小学唱沈心工先生所编《小猫歌》，其旋律即用此曲。当时不知其为日本国歌，误以为彼国人借用沈心工《小猫歌》之曲为国歌之曲，后方知沈心工之《小猫歌》之曲乃借用日本国歌之曲者也。沈君《小猫歌》配得极妙。因日本国歌之曲，颇似小猫游戏之状，歌与曲非常吻合也。今日吾于石洞中回思，又觉此曲大类猴子爬铁杠。初闻得意洋洋而来，继而装腔作势，忽然上升杠杆，忽然翻身下垂，荡来荡去，最后一跃落地自鸣得意。凡理解音乐"乐语"者，闻此譬喻，必能会心。吾即以此意作文，下午一起作成。

警报发自上午八时，至下午四时始解除，吾文亦警报中作成。

（附录《日本的国歌》原稿摘要）日本这个国家，是不能在

---

[1] 1939年12月1日、2日二篇日记载1940年4月28日《黄埔》周刊第4卷第8期。

世界上成大事业的。这不是主观的感情作用的漫骂,却是根据客观事理的公评,先请读者谅解。

根据甚么事理?并不根据政治经济,也不根据军事战略;却根据他们的国歌。

国的音乐,是一国民族性的表现。一国的国歌,是一国民族精神的象征。所以听了国歌,便可知道其民族性。但现在所谓国歌,不是指文句,是指曲谱。即音调的高低强弱缓急所表出的一种精神。这在音乐上称为"乐谱"。辨别这种精神,不用智力,而用感情。仿佛用舌头尝滋味一样,说不出,但是感得到。现在先请读者尝一尝日本的国歌的滋味:

$$2\,1\,2\,3\,|\,5\,3\quad 2\,|\,3\,5\,6\,5\,6\,|\,\dot{2}\,7\,6\,5\,|$$
$$3\,5\quad 6\,|\,\dot{2}\,\dot{1}\quad 2\,|\,3\,5\quad 6\,5\,|\,3\,5\quad 2\,\|$$
$$6\,\dot{1}\quad \dot{2}\,|\,\dot{1}\,\dot{2}\,6\,5\,|\,6\,5\,3\quad 2\,\|$$

若不知道这是一国的国歌,则无论何人,唱过一遍之后,辨辨滋味看,一定料想它是一曲 Game Song,例如游春曲,赛船曲,采莲歌,蹴鞠歌等,决不会相信这是国歌的。因为它的情调轻佻,愉悦,而甘美,使人联想青年男女歌舞欢笑之状,而绝无庄严伟大之气。读者倘未能辨别"音语"的滋味,而怀疑上面的话,我可先引一个实例来帮助读者鉴赏日本的国歌。我旧著的音乐理论一书中,曾有这样的一个曲:

```
5 | 1.1 1 3 | 2.1 2 3 | 1 1 3 5 | 6.
6 | 5.3 3 1 | 2.1 2 3 | 1.6 6 5 | 1.
6 | 5.3 3 1 | 2.1 2 6 | 5.3 3 5 | 6.
1 | 5.3 3 1 | 2.1 2 3 | 1.6 6 5 | 1. ‖
```

　　试把这曲正确地唱一遍,便可使人联想到个人问答的光景:

　　第一行,好比是一个人发问。他心中怀着疑虑与苦闷,向另一个人诉述衷曲,要求解释与慰安。末尾一个音特别高,好像在说"为什么那样的呢"?

　　第二行,好比是另一个人回答。开头一音符就用第一行末尾的音,好像接着说"那是这样的呀"!以下委婉曲折地解释一番,归结于正大光明的1字。好像安慰他,说"这是应该如此的呀"!

　　第三行,好比对手不能悦服,又提出反诘。用6字开头,好像说"那末……",中间又来一个6字,末尾又是一个6字,好比加强语气,慷慨激昂地反诘。

　　第四行好比另一个再陈理由,定要说服他。开头用全曲中最高的1字,表示辞严义正,理直气壮。除第一音外,其余与第二行全同,表示始终保住原来的主张,反复申述,务使对手心悦诚服。

　　这样地一质问,一解答,一反诘,一重申,有起承转结,而全曲圆满结束。

　　读者理解了上述的一曲的音语,然后鉴赏日本的国歌,便觉得那国歌非常可笑。我说好比猴子翻铁杠。说明如下：

2 1 2 3 | 5 3 2 | 好比一个猴子扭扭捏捏，鬼头鬼脑地走到杠杆前。

3 5 6 5C | 2̇ 7 6 5 | 3 5　6 | 好比这猴子纵身一跃，前足抓住杠杆，乘势把身子向上一挺，得意洋洋。忽又把身子挂下，荡来荡去。

2̇ 1 2̇ | 3.5 0 5 | 3 5　2 | 好比荡了两荡之后，翻一个筋斗，又挂下来，荡来荡去。

6 1 2̇ | 1̇ 2̇ 6 5 | 6 5 3 2 ‖ 好比另换一种姿势，再翻一个筋斗，然后得意洋洋地跳下杠杆来。于是做完一出把戏。

请读者辨一辨看，这比喻像不像？我想一定大家有同样的感觉。因为"音语"同糖一样，自有其甜的客观性，不是可由各人凭主观随意乱讲的。

这样看来，日本的国歌，是猴子玩把戏的歌。即日本的民族精神的象征，是猴子玩把戏。用猴子玩把戏的精神来建立国家，怎能在世界上成大事业呢？

故日本这国家，是一定不能在世界上成大事业的。这不是主观的感情的漫骂，正是根据客观事理的公评。

十二月二日（星期六）

上午二次警报，不知南宁宾阳间打得如何，时局似乎日趋紧张。吾家十一人，半居思恩，半居宜山。相隔一百二十里，欲逃难而无从商量，欲管自读书写作而心不在焉。诸事不宁,日唯饮酒二次,始终不辍。古人云:"事大如天醉亦休。"我不敢赞同。我以为人生快乐,则饮酒后更快乐。人生烦忧,则饮酒后更烦忧。近日饮酒,徒增烦忧耳,岂能解决大事?若多饮,泥醉不省人事,则如天大事依旧存在,并不休止。酒醉之后,其事将因耽误而比天更大矣。故"事大如天醉亦休"乃decadence〔颓废〕之言,彻头彻尾要不得。应给改一字,曰"事大如天为亦休"。近来战火已迫,迁校之议已动。吾等不积极计划避地之道,而在此荒村中饮酒看灯(警报灯也),是等于不"为"。不为何能了结大事?学校自顾不暇,吾等难望其帮助,惟有尽力设法,以求自立更生。

十二月三日(星期日)[1]

今晨,意欲求车,而车之来源自动而至,真是奇缘。

晨受训生宋铭奎等三人来访,言原定今日下午请我为教育系讲演青年的艺术修养。因与师范学院导师学生联合会时间冲突,故来声明缓期。又言南宁事急,有人言宾阳已失守,不知是否谣言云云。宾阳离宜山不过百公里,与武鸣宜山成鼎足之势。前武鸣已失,若果宾阳又失,则宜山屏藩尽去,已成直接前方矣。吾闻言甚恐。不久周家骥君来为诸儿授课,周亦言时局紧张,劝我等宜先将家眷迁贵州。此皆促成吾之

---

[1] 1939年12月3日、4日、5日(第一自然段)等三篇日记载1940年5月5日《黄埔》周刊第4卷第9期。

避地者。又不久，吴志尧君来，吴独身在宜山，担负轻便，常慷慨为朋友帮忙。谈及车之难得，即言有某饭店之老板某，曾供职军界，常为人介绍包车。吴曾亲见其为某同事成交，以故相识。今下午当托此人为我等物色车辆。吾与星贤兄闻言，喜感交集。而紧急警报忽作，即共逃至石洞口继续商谈。正午解除警报，归村午饭，即与星贤志尧二君同赴蓝田村开导师会。

导师会假席蓝田村浙大附属小学。吾等至，师生共五六十人将近到齐。即就座开会。初由师院院长王季梁君致辞，后诸导师相继讲话。至吾与星贤，警报忽作，因得藉口求免讲。学生中即有人出来表演余兴。盖此地距蓝田洞近，紧急警报后逃避尚来得及，故警报中仍可作余兴也。吾嫌此余兴来得唐突。非关警报，却为与冠冕堂皇之训话相紧接，颇不自然。其间缺乏一阶段之隔离，全体遂呈不调和象。至于余兴本身，颇为滑稽。例如有一人出演，自言有一宝袋，袋中无物不有。诸君要看，尽管点品。即有一人索观鬼。演者开袋口请看，其人一望，拂然而去。又有一人索观大龟。向袋中一望，又拂然而去。最后一人索观"演者之父亲"，演者不肯。群众始悟其袋底有镜，皆大欢笑。训话中苏步青[1]君所讲亲切可听，全无会场八股气。

散会后吴君导吾二人访某饭店老板，托其觅车。据云现有

---

[1] 苏步青（1902—2003），数学家，中国科学院院士，中国科学院学部委员。曾任浙江大学数学系主任、复旦大学校长等职，作者之好友。

一车，明日或后日开都匀，可容行李四十件，坐人二十五位，包价一千六百元。吴君为吾等计算，吾家与星贤家丙潮家十七票外，再加王羽仪君一家，共得二十票，若让价至千二三百元，则每票五六十元，不为太贵。吾等以为然。即由吴君与之讲价。结果言定车价千二百元，另送此老板大洋一百元为酬。约明日成交，后日开车。吾与丙潮计算，若搭公路客车，每人只需二十八元（自宜山至六寨十四元六角半，自六寨至都匀十三元），且有坐位。今此车需价加倍，且人货同装，实不合算。但客车票难得，每日去抢买，至多得一二票。此四家均有老幼，不便分班，如何搭得客车？竹杠只得被敲，是晚归村，大家忙整行李。吾则另有一番心事：家族中有老幼六人安居百二十里外之思恩，必须明日打电话，属其连夜收拾，后日破晓坐轿挑担到四十五里外之德胜站，搭上车子，同赴都匀。电话是否讲得清楚？连夜收拾是否来得及？轿子挑夫是否雇得到？后天的车子是否可留六人及十余件行李之余地，而于经过德胜站时容吾之半家上车？凡此种种皆成问题。辗转思维，不能成寐，二时合眼，五时即醒。

十二月四日（星期一）

晨吴志尧君来，将同去接洽汽车，而警报忽至。只得在村坐等其解除。至下午一时，幸而解除。遂一同入城。见饭店老板，送上百元，幸蒙赏收。言定明晨一早在车站外三四里处之大树下会集上车，且允在德胜等候数小时，使思恩之老幼六人得同车以行。事既洽定，吾即赴指挥部找谭代时君打电话，途中设想思恩之老幼六人，刻下正在闲居，梦想不到一小时内将接到此火速开拔之命令，而必须连夜将四月来安居已惯之家庭连根拔起。思念至此，颇觉此事处置失当。即使逃难，也不必如此其唐突。设思恩之家族中有人正在患小恙，或有他事牵制，或轿子挑夫难得，如何可强其明日必须德胜上车？悔不先令宜山之四人入黔，而自赴思恩偕老幼六人另行设法北上。但今已与二王约定共包一车，我家担任九票半。则思恩之六人虽不上车，其费亦非由我担负不可。因此只得去打此唐突之电话。至指挥部，访谭君，二次皆不值，心甚焦灼，倚门口壁上立等其归。倚壁约半小时，阍人出，见吾倚壁而守候，怜而指教之曰："恐在邮政局楼上。"即奔邮政局楼上，果见谭正在检查信件。拉之出，托速打电话，盖思恩电话，惟指挥部可通，而部内无熟人不许借打，故非藉谭无法通话也。胡载之君住思恩电话局旁。吾托谭请思恩局员请胡来谈，因胡操沪语，且有乡谊，可以详谈而转告家人也。但复音曰"胡下乡未返"。再请胡夫人，果一女声至，但电话非常嘈杂，彼此均听不清。交换数次"甚么？""听不出！"之后，吾又请谭用如雷之广西白请局员派人请丰师母亲来接话。复音曰"没得人可派"。再三相请，终归"没得"。茫然出电话室，而指挥部之晚餐已过半，谭已为吾之电话而牺牲其晚餐矣。心甚抱歉，即邀往嘉华饭店共酌。电话既不得通，最后办法唯有明日请汽车在德胜停候一天，若不肯，则托钞票代请，必得许诺。于是放怀一切，与谭对酌山花，闲谈闲事。至五时半，食毕，谭言试再打电话一次，或有效。

于是又同赴指挥部电话室。室中有人正在通话，顾谓谭曰："思恩找姓丰的讲话。"吾持电筒，即闻清晰之上海白，正胡君口音，即与畅谈，托劳驾转告家人。彼言其夫人已在上次电话中闻知大体，已走告我家人。但因不详，故再电询。又言彼当亲去帮助整装，明日破晓亲送到德胜。吾力却之，不可，遂道谢而别。目的既达，匆匆言归。天已昏黑，暗中摸索四里路返村寓。四儿闻之皆欣喜；但念此时思恩家中收拾之忙碌，不堪设想。是晚思虑太多，又不能安眠。

十二月五日（星期二）[1]

今日可谓平生最狼狈之一日，全日在焦灼，疲劳，饥渴，不快中度送。晨五时即起，一面属丙潮钧亮等在家整装雇人速送车站外四里之公路旁大树下候车，一面与星贤携洋千元，于严霜残月中入城向饭店老板交车赁。至饭店，老板不在，于店头晨风中立等一小时，天大明，老板始至。引吾等往车上缴价。随之行，至站外三四里处，不见车。坐路旁等候约半小时。老板言欲去催，即起去。星贤亦返村催行李及家人。恐开车时刻延迟，将遇警报也。吾独坐久之，不见老板或车至。忽见吴志尧君在前相招。趋之，始知四家人物均已到齐，在大树下等候。吴嘱我赴大树下，而自去车站找老板及车。吾行至大树下见二

---

[1] 1939年12月5日（包括第一自然段）、6日等二篇日记载1940年5月12日《黄埔》周刊第4卷第10期。

王一周之家族及吾家四儿皆鹄立道旁引领望车,行李杂陈荒草地上,大小数十件,形如盗劫之物。群众见吾至,就问"车子"?吾支吾以对,但言留待。时已八点,警报时间已到。而骄阳灼灼,天无纤云,乃标准的空袭天气。候车之群众,目光时时集于北山之巅,常恐其有灯。来车甚多,而皆非所望。至九时,吴志尧君至,言车坏,正在修理;下午二时可开。诸人脸上皆现尴尬相。设吾有画兴,速写此时马路旁一群男女老幼之相,可得一幅出色之难民图。其中王羽仪夫人正在患病,不禁风吹日曝,今日破晓冒风霜而至,经三四小时之恭候,现已不能支持。令仆展帆布床而卧于一草屋之檐下。今闻下午二时可开,则尚有五小时之曝露也。至十时饭店老板同司机至,言修车今日难望完成。另有车藏在离此五里外飞机场畔,可载我等赴都匀。言已即偕司机沿公路去。但此一去,杳如黄鹤。吾等大小二十余人,忧心悄悄,饥肠辘辘,忽见山北挂一灯,则惊心动魄。此间东近车站,西近机场,北面阻江,南面炸弹坑到处皆是。设有空袭,我等向何处逃避?路旁行李数十件,如何办法?死守乎?丢弃乎?幸而十一时余灯即除去。但下午难免再挂。儿童呼饥,幸附近村中有米面,聊以充肠,吾但食橘子数枚,抽香烟无数。有人欲归去。但结果不行。因归去则车子绝望,况四家均是破釜沉舟而来,根本无家可归。于是再等。等至下午三时,饭店老板坐脚踏车而来。车后系一电器。言该车久不用,此器乏电,须入城充电方可开驶。充电须一夜,故明日可开。王羽仪君闻言,许以学校之电器借与。即派二工人入城去借。四时借到,五时该车开到。车甚小,以目视之,只能载道旁之行李。

但司机索价二千三百元。吾等与饭店老板订约一千二百元，此司机全不认承。而饭店老板已于不知何时悄然逃脱，不知去向矣。时已昏黑，事已绝望，吾等决心就宿旅馆。行李挑夫无法雇请，犹幸司机允为装载，即纷纷搬运上车。搬毕，车中已无立锥之地。设照原价，吾等须包两辆，出二千四百元，方可人物俱载。若照二千三百元算，则须四千六百元方可抵都匀也。返城已上灯，就宜宾旅馆开房间，形似已抵都匀。诸人皆饥，入市求食。独吴君不食，约吾等向饭店老板交涉。吾与星贤兄准备放弃此金，不欲再见此棍。但吴君力邀；且吾欲一观流氓相，即随之去。吾日记时间有限，无暇描写此情景。但此确为吾生难得之经验。结果该流氓允还五十元，须于明日去领。吴君美意相劝，得此结果，诚为憾事！吾等除狼狈，劳倦与不快之外，又怀对吴君抱歉之忱。吾个人则又关念思恩之六人。彼等今日破晓动身，至德胜候吾等之车，日晚不至，必甚惊讶。今又无电话可通。只得置之不顾。黄昏后目瞑意倦，无聊之极！宜宾旅店主人来谈。此主人甚殷勤，月余前吾自思恩来宜山，曾在此馆一宿，主人招待甚周。今日见之，吾心甚慰，方知人类社会中毕竟有爱之存在，尚可容吾等居。白昼所感之不快，至此稍稍消减。两夜少眠。今夜酣睡。

十二月六日（星期三）

黎明睡醒，平心静思，计划大定。即呼丙潮及四儿醒，告之曰：谣传宾阳失守，汽车夫敲竹杠，吾等不可上当，决定搭客车上都匀。客车票难买,但汝等六人(丙潮夫妇及四儿)可分数班逐渐北上。每次停留,于车站门口及邮局门口张贴姓名住址,以便团聚。德胜之六人皆老幼,其地搭车更难,只得由吾自去领导。万一不得车,当逐步乘轿,徐徐而行,终有在都匀团聚之一日。诸人皆唯唯。吾检点身上得现金八百余元。即以二百付丙潮,一百五十付华瞻。遂别去。于体育场畔辞星贤兄,相谓曰:"不知何时何地再见!"握手道珍重而别。时为上午八时半,晴光皎洁,警报有望。吾沿公路徒步西行,形单影只。念及遗弃在德胜及宜山之家族,心绪黯然,与晴明之天光适成对比。

宜山至怀远四十五华里,怀远至德胜又四十五华里,共九十里。吾意欲在途中觅钓鱼车。(公务车之司机在途中兜揽乘客,取得贿赂,名曰钓鱼。)再三向西行之汽车夫挥手,不被理睬,恨甚。但念此等汽车夫皆廉公,即转恨为喜,鼓勇前进。每行五十分钟,坐地吸烟十分钟,如上课然。至十二时半,已抵怀远浮桥。遥望车站,不见人影。入市,十室九空。询一老翁,始知正在紧急警报中。乃快步出市,至市外一二里之大树下坐憩。有妇人卖糖圆子。吾饥且渴,出一毫子吃圆子一碗,又出一毫子吃圆子汤一碗。坐憩片时,精力又振。出表视之,下午一时。本想在怀远觅车或轿,或在怀远留宿,今将继续步行,拟走尽此九十里,以打破平生步行之记录。心既决,即开步走,路上小尖石触脚底甚痛,索行囊中,得毛巾一,即以填右鞋中,得绒线帽子一,即以填左鞋中,于是健步如飞,途遇二军人,亦因在宜山购德胜票不得而徒步者,我同志也。遂与闲谈,忘路之远近。天黑，抵德胜。先访区公所，知吾家族寓居新和伙铺。亟往敲门。六人已就睡，闻吾至，皆起身。各述所历，皆叹惋。于是买酒，煮蛋，炒饭，坐床上食之。且食且谈，乐而忘疲。惟两腿酸痛异常，似被棒打者。忽区公所来人，言宜山有电话。强起往听，乃丙潮打来，言陈宝宁馨华瞻三儿已购得车票，于上午十时上车西行，下午六时可抵六寨。然则上午十时余吾在宜山怀远间之公路上步行之时，三儿已疾行先长者而去矣。不知彼等曾在汽车窗中望见乃父否？是晚酣睡如死。

十二月七日（星期四）[1]

今日在德胜休息。昨日步行九十里，腿上旧恙幸未复发，但酸疼异常，步行困难。新枚一月余不见，甚生疏。但不久即熟识。足见一岁小儿已有相当之记忆力。抱之缓步入市，见德胜市街依旧，安静亦如旧。询诸土人，据云近来警报甚多，时闻远处炸弹声，本市幸未遭殃，但对警报比前戒严，幸附近多山洞，可保险也。询及时局，据言宾阳并不失守，心甚慰。忽闻有人大呼"警报"，而群众置若罔闻。审听之，其人乃呼其儿之名，大约其儿名"金宝"也。

午与夜均在对门某饭馆中吃酒菜。其菜尚佳，足抵宜山中等馆子。后闻本地人言，此是德胜第一菜馆。

---

[1] 1939年12月7日至11日等五篇日记载1940年5月19日《黄埔》周刊第4卷第11期。

十二月八日（星期五）

情知德胜小站，搭车万无希望，姑且偕满姊元草一吟三人到站询问。见站长零有贤君，据云宜山来车皆满载，无票可卖。吾家有行李十余件寄站中，遂去整理，准备坐轿西行矣。忽一客车至，机坏，停车修理，车上有二浙大学生——周宗汉吴廷瑮二君——下车与吾招呼，因言内有二三人到河池当下车。此刻不妨挤上一二人，暂由彼等让坐，至河池便可得位。吾甚喜，即为满姊元草二人择轻便行李四件，连人挤入车内，旋即向零站长购得车票，交与元草，不久而车已飞奔向六寨。吾家共十一人，昨日由宜山赴六寨者三人，今又去二人，则十一分之五已往六寨，吾之担负减轻一半矣。车票每张十一元七角。

午前携一吟返伙铺，检点家族连自己只剩五人，心情轻快，又吃馆子。下午派工人到站，将行李十余件尽行挑来，大加整理。盖此间所剩五人，皆老幼，不能分班，势必坐轿而行。行李必须请人挑担。故非删整不可。遂将火食用具及价廉而笨重之日用物尽行检出，令一吟写价目标贴其上，托伙铺老板置门口拍卖之。市人争来购取，共卖得桂币三十余元。而所得之价皆高于新购之价。盖此等物皆一年前购置。一年以来，物价飞涨。吾标价比原价稍高，犹廉于最近之市价，故市人争来购取也。若有人传此消息于上海或浙东，他日报纸上必夸张描写，而标其题曰"丰子恺在广西摆旧货摊"。

十二月九日（星期六）

昨日整行李，卖旧货，相当疲劳，今日仍需休息。况德胜以红兰酒著名广西全省，今将离别，不可不郑重领略一番。又况战讯胜利，天气晴爽，而山洞在迩，正宜及时行乐，以偿仆仆之劳。午携岳老太太，及妻子共五人仍赴馆子。老板以熟识故，招待甚勤，前教以花生油煮菜，今已熟练。烹调甚佳。于馆子中见一茶罐，乃我家物。盖昨日标卖旧货，为此老板买得者。又见一盆，亦我家物，原系洗尿布用者，今老板已用以盛猪肠。老妻素注重"上下"之分，深为不安，意欲向老板说明。吾阻止之。下午思恩房东欧颂雨忽至，乃从东莱天峨视学归来，将返思恩而道经德胜者。见吾已率眷离思恩而居德胜伙铺中，惊讶且惋惜。此君善饮，因邀入菜馆，设酒以谢其数月来招待之诚。复邀区公所助理巫振焜来共饮。此君屡为我雇轿接电话，今日敬酒一卮，以谢其德。六时醉饱而散。今日两餐皆丰盛，昨日卖旧货所得桂币三十余元，大半交与此菜馆矣。

十二月十日（星期日）

晨将整理完成之行李共四担，托人挑赴车站，复算清伙铺账，扶老携幼，共赴车站，姑且等一天看。零站长招待甚周，然而爱莫能助，频频摇头。吾声明准备空等一天，遂在站上盘桓，思恩县长廖君忽至，乃自宜山返思恩道经此地者，相晤甚欢。

闻吾携老幼求车，欲为相助，但军车不载家眷，故亦无可为力，以橘子送新枚而去。旁午，有军校学生二人来站长室，求吾在小册上留墨迹。吾因空闲，又因零站长亦好画，笔墨颇精，即在其册上作小画以应之。此例一开，不可收拾，不久大批军校学生⊠拥而至，皆出手册，援例求画。无可奈何，只得来者不拒。约一小时，笔底经手册数十本，而来者犹源源不绝。内有数学生从旁劝阻，吾始得休息。时正值紧急警报，吾等散步至附近林中暂避。正午归，于近旁小摊吃米面代午餐。下午三时，站长劝吾等归休，即以行李寄存站中，扶老携幼而归。仍住杨新和。又赴菜馆晚餐。遇乡公所职员刘聘三君，即托其雇轿，黄昏，乡警伴轿头老廖至，言定轿四乘，挑夫四人，明日上午出发赴河池，每人工资桂币七元五角。自此至河池五十九公里，轿行须三天。明日起，当有三天之古代旅行生活。

十二月十一日（星期一）

德胜共有轿二顶耳。今得四顶者，余二顶乃乡公所属老廖临时赶制者。其一为绳轿，于二竹杠间张绳网，人坐网中，如卧 hammock[1] 简单而舒适。不过下轿时须即起立。此轿一吟乘坐。另一为竹椅轿，即在普通竹椅子旁缚二竹杠，其简单甚于绳轿，此轿归我乘坐。二者皆无棚。有棚者二顶，一归岳老太乘坐，一归新枚母子乘坐。壮丁难找，挑夫只得四人。吾以不

---

[1] Hammock，英语，为吊床。

重要之书网篮一，及帆布床一，暂寄车站，四担始笼挑走，如此四轿四担，人夫共十二人，于上午十一时迤逦西行。沿途十里一停，每停半小时，至下午四时而抵东江乡，停宿于韦老板之伙铺中，此伙铺外设米粉店，内租与黔桂路局，中间只有一房，内设二铺，其高及脐，即为吾等所赁居。每晚大洋一元。吾出观东江乡，只有一条街，二分钟可以走尽。中有一饭店，尚可坐，即邀家人晚餐。菜味颇佳，盖抗战后为驻本地之军队及路局员而设者，价亦似德胜。

十二月十二日（星期二）[1]

晨起，托轿夫代表老杨觅挑夫，因昨日挑夫四人，每人担负超过六十斤，吾许其每人加工资一元，至东江另觅一人分任。老杨去觅，久之不得，乃自赴乡公所见乡长，托其代觅。乡长允可。不久来访，言挑夫即至，但彼欲乞吾一画。情不可却，即同赴乡公所，见桌上陈列白报纸及墨汁，等吾挥毫。想此间文化工具以此为最上，宣纸与松烟墨盖已绝迹矣。即草草为写一幅，写竟而街长亦持白报纸来，邻近之小学教师亦持白报纸来，另有二人穿广西装者又各持白报纸来。遂信手乱涂，共涂五幅，始换得一挑夫，言定到河池工资桂币六元。九时半，始克上道，道中回思，此广西小小一乡中，亦有人知我名者。马先生赠诗"但

---

[1] 1939年12月12日至16日等五篇日记载1940年5月26日《黄埔》周刊第4卷第12期。

逢井汲歌耆卿，到处儿童识姓名"，洵非虚语也。

下午三时，经金城街，于店头吃饭一碗，轿又息足于一小乡，名曰六墟，比东乡更草草。找伙铺，皆统间，众客杂处，而无房间。有一家姓谭，内仅设三榻，无窗无门，即包租之，言定一夜桂币一元二角。甫卸装，大批军人蠡拥而入，吾以为查旅客也，将出浙大教职员证示之；乃为首二人深深鞠躬，称适见行李担上有吾姓名，故来拜访求教，彼等皆军校学生也。室内无一凳，来客有数十，无法招待，但立而周旋应酬。众目灼灼，以吾为目标而集注，其严不可忍耐。去后，又来一批。凡三四次，至晚，一教官孙姓者来，言学生因慕大名，群来肆扰，使不得休息，至为抱歉，其辞令甚善。与之立谈（因室内无凳），知为贵州人，为言贵州各地风土状况。颇可参考。不久辞去，即亦就寝。此屋向北，无门无窗，吾卧檐下一榻，入夜寒风凛冽，不可合眼。乃蒙被而卧。平生住处，以此为最简陋。

十二月十三日（星期三）

八时半发甫启行而新枚母子之轿忽倒。幸有军校教官数人在旁，共为扶持，未致跌伤。今日天气特别晴明，沿途山景亦特别丰富。将近河池，东江之挑夫绳索断绝，将热水壶打破。此物现价桂钞十二元。吾事前叮嘱其当心，打破须赔偿。今此人面色如土，吾不忍重责，但取另一热水壶自携手中，使免蹈覆辙。三时抵河池，市街繁盛，与过去所经过不相同，旅馆尤讲究。吾租住之吉祥旅馆，可仿佛杭州之中等客栈。价亦昂，二铺房间每日大洋贰元四角，于荒山中轿行三天，一旦抵此繁盛市中，兴趣大佳，东江之挑夫来取工资，吾照付之，不責偿热水壶，其人拜谢而去。卸装毕，共入一山东馆子。正饮三花酒，见门外有朱医生，此人送眷往都匀，今日返宜山，途经河池者。吾欲闻都匀状况，邀入共饮。据言都匀文化与供给均较宜山丰富，生活程度并不较宜山高。心甚喜慰。食毕，别朱医生，访站长刘继枚。据言车票张数及日期均不能预定。吾所率共五人，不能分班，必须同行。料当在河池恭候多天，不知何日可得全家团聚也。

十二月十四日（星期四）

拂晓赴车站，站长请吾坐办公室内等候。乘车均拥挤无空位。至八时，更无来车，始辞去。约明日再来等候。出站心情不佳。因坐候两小时，见职员数十皆患重伤风，鼻涕如泉涌，竟以手指捋鼻涕涂于桌子底上。此印象甚恶劣也。归旅馆，闻茶房言，双十起此间被敌机连炸三天，后常有警报，今日天气晴朗，难免警报。问其附近有否山洞，则曰无之。吾甚恐。因吾之团体中，除老妻及十岁之一吟能远逃外，其余七十一岁之老太太，及一岁之婴孩，皆不能逃。婴孩尚可抱走，老太太实无办法。其行路难进易退，数十步即需休息，如何能逃警报？吾走访最近之山，于县政府后面发见一谷，内有怪石崎岖，勉强可以藏身。但自旅馆至此，吾步行需十二分钟。在老太太，恐非百二十分钟不可。警惕中过了一上午，心稍安。对门有饭店，令其送酒饭来房间中午膳。饮酒三杯,对警报之恐慌渐减。下午,旅馆账房谭海潮君来,请吾写对。问其何以知吾能书?答言有旅客告彼,谓勿错过机会,故研墨买纸,求为其主人胡君及其自己各书一对。吾允之,乘酒兴下楼挥毫。归而奄卧,念车票渺无把握,而警报无处可逃,此地如何久居?正惆怅中,账房又伴一人来访,谓某运输机关之站长。姓某,名某某,手捧宣纸,欲求写对作画。其人操江苏白,一见如故,恳切相谓曰:"先生欲赴贵州,车票难买,何不搭我们便车去?"吾正求车不得。闻此大快。某君继言,适见旅馆门口晒吾所书对,因托账房先生介绍,请赐墨宝,遂诺之,即赴楼下写对。许于今晚在房中作画相赠。即与约定,五人与十余件行李,明晨搭其便车赴都匀。持宣纸上楼,老妻洗尿布归来,未知此事。吾告之曰:"车子办到了!五个人十件行李同去。明日开,后日到。"老妻不信,以我为酒后戏言。详告之,始共相庆幸。盖吾家已分为四队,父子不相见,兄弟妻子离散多日矣。是否诸人皆安抵都匀,时在悬念中,极盼早日团聚也。下午即为此君作画。夜此君来,言车已准备,到都匀时但略赏司机酒力若干,余无费用。吾即以画奉赠。是夜大喜,买大美丽一听吸之,出大洋贰元五角。比思恩又贵五角,抵战前六听之价。其味似亦较胜数倍。

十二月十五日(星期五)

晨七时,站长某君来邀上车。谭账房探知吾昨日曾为此君作画,亦欲得画,不收两天旅馆之费,而欲吾到都匀后作画寄赠,辞曰"托以此金买纸"。吾受而许之。谭代为押送行李赴车。八时，吾家老幼六人皆上车，即向贵州开驶。老太太与新枚母子坐司机之旁。吾与一吟及行李装在车后汽车桶之侧。汽油淋漓桶外，吾不敢吸烟。忍至南丹，已正午。下车吃饭始得吸烟，南丹仍是一广西风城市，给吾印象不明。但觉饭菜尚佳。饭后继续开车，路甚崎岖，沿途均是"陡坡"，"急弯"之告示牌。陡坡有下临无地者。吾从车尾探望，凡险要处，皆过后方知，亦免得担心。下午二时半过六寨，出广西境，入境以来，一年半于兹矣。下午五时半，车安抵独山，下榻于市稍小旅馆，曰集贤。有空房二，一在楼上，一在楼下，均只一榻，问其价，曰"每间一元"。吾欲再问"是桂币抑国币"？顿念此已是贵州境，幸未发问。诸人下车后，黄尘满身，发亦变黄，洗沐毕，嘱旅馆备饭，即独自入市眺瞩。独山市街甚佳。供给亦比广西各地不同，肆中多茅台酒，细芽茶，白木耳。入广西一年半以来，未曾见此市景。今夜骤见，几疑身返沪杭。买茅台一瓶，匆匆返旅馆，菜已齐备，今夜第一次在贵州饮茅台酒。酒味甚美，香冽而文雅。即此一端，已是酬偿，我扶老携幼跋涉千里之劳矣。

十二月十六日（星期六）

七时开车，十时入都匀，探首车外，远眺近瞩，冀于路上行人中发见吾之家族，收得平安消息。此时心情，有如古人所谓"近乡情更怯"者。车停，一浙大学生来招呼，助卸行李，并为我在附近第一招待所赁定房间。以四十金赠司机，车即向贵阳开去。吾目送之,此不啻一宝筏,渡我超登彼岸者也。入旅舍休息,腹甚饥。于是先赴附近天津饭店进膳,拟于吃饱后再访家族行踪。所以如此迟迟者,亦古人所谓"不敢问来人"之心情也。正在点菜,忽有人力握吾手。视之,王星贤也。彼先我而至,适才见该学生,知吾已至,且正吃饭,即遍访饭店,于此相见。自六日晨在宜山体育场畔握别至今,已足足十天。当时我因心情懊丧,临别曾谓"我等不知何时何地再见"!方十日耳,竟于预定之目的地欢然相见,此乐更乐于新相知。况因星贤兄,得知吾家族早已抵此,卜居维新街一百四十六号,惟林先及丙潮一家,至今未至。又言彼等自五日空等汽车一天后,六日仍返燕山村,二三日后,始与其某同事共包一车,但车资甚贵,每票派得七八十元,共费四五百元,始抵都匀云。语罢,即起去,并许代为通知我家族。不久二女二男奔腾而至。相见之欢,虽渊云之墨妙,难于摹写。争述来时一路情状,有如相骂,邻座诸客,为之停杯。于是共午餐。吾畅饮茅台酒,略过常度,辞出饭馆,见初面之都匀处处可爱,胜如故乡矣。

初访吾家,见仅有楼二间,并无隔壁,形成一大间,约宽丈五,深约三丈,犹如大轮船之统舱,木匠正在修门,满哥坐守其中。察其环境,楼前为猪棚,楼左为厕所,楼下为灶间。据诸儿言,都匀有炮校常驻,房屋难觅,此楼乃前日在德胜助满姊元草上车之浙大同学代为设法觅得者。每月出租金十五元,而得此屋,在今日犹为幸运云,房东允借床四具,已得其一,余三具尚未送来,故诸儿日来皆席地而卧。吾路途劳顿,需要休息,拟暂住旅馆,待设备周全后,或另得较好之屋后,再行迁住。

下午访王星贤，其家在下菜园，离城约一里。其室方丈而阴暗，晨昏不能读书。但窗外有绿竹，颇饶幽趣。楼上亦方丈，家人皆席地而卧。参观既毕，坐幽窗下互叙所经历，皆叹惋。辞出已四时。返旅馆，属诸儿今夜停炊，当共赴中华饭店聚餐。全家十一人，十人已安抵目的地，唯林先一人不至，音信全无，未免美中不足。今夜之聚餐，为此须少饮一杯，诚为憾事！正卧床中纳闷，窗外有人狂呼"先姊"。起视，见栏外马路上丙潮夫妇及林先三人满身黄尘，正在一面与楼上诸人对应，一面拉挑夫上楼。吾待诸儿狂欢既息，然后问其经历。据云彼等一队最不顺利：在宜山及六寨等车，均留滞三四日始得成行，以故到达独迟。盖自十二月五日速装启程，以至今日之团聚，已历十二天矣。今日回忆此十二天之离散，各有痛定思痛之感。是夜中华饭店之晚餐，遂成团圆夜饭。亦可谓之吾全家在都匀之"最初之晚餐"。餐后列一表，自十二月四日至十六日共十一格，各队于每格中填写其行踪，形似《史记》年表。

十二月三十一日（星期日）[1]

今日为二十八年除日。全家十一人在中华饭店吃年饭。五

---

[1] 1939年12月31日，1940年1月1日、3日、8日、10日、11日等六篇日记载1940年6月30日《黄埔》周刊第4卷第16、17期合刊，题名为《避寇日记选》。同期刊有丰子恺致《黄埔》周刊编辑信："（上略）避寇日记，二三日内续奉。今复加一'选'字，因见有许多篇，与贵刊不甚宜，故挑选其适于军界读者，以付贵刊，或较相宜也。（下略）"（《附丰先生来信》）。

荤五素，茅台酒六两。尽醉而归。回忆去年今日，一部分人居永福，一部分人居两江。前年今日，全家共乘自上饶至南昌之舟中。流亡以来，三历除夕，烽火犹未息；而国与家，均能支持，诚堪庆意。安得不尽醉而归？但望明年此日，吾国吾家均有更大庆意。

一九四〇年

中华民国二十九年元旦（星期一）

抗战以来，三历元旦，今日印象特佳。破晓四时半，各处军号声如晨鸡，远近响应。随后唱歌声步伐声不绝于耳。军队皆赴早操或集会，吾亦不待鸡鸣而起。一年之计，在于此刻，不可以不敬也。早膳后入市，见各界庆祝元旦之大游行队。炮校，师范，小学，以及其他各机关，联成一大队，皆严装，佩廿九年新徽章，气象森然。四行并进，全队延绵至一二里之长。吾抱新枚立道左，手酸思归，为队所隔，不得穿过。待全队通过，始克穿道返寓，手臂酸痛不可当矣。此游行队约计有数万人之多。都匀区区一小县耳，且有此壮观。全国健儿，为数当不可胜计。以此制敌，何敌不克？以此图功，何功不成？吾参观游行会归来，沐手敬绘释迦牟尼佛像五帧。以其二寄赠弘一法师，其一寄赠李圆净居士，其一赠丙潮之父，其一归满哥供养。元旦画佛，最为恭敬。吾人年中不免罪过。今二十九年肇始仅数小时，吾于其间未犯何种罪过。至少在二十九年是清净之身。以此清净之身手，绘写佛像，乃最恭敬。所写之相，亦最近于十全也。愿藉佛之慈力，消彼暴寇，使最后胜利早归于我，宇内群生，咸享和平之幸福。

一月三日（星期三）

得上海开明由柳州分店转来一信，内有章雪村徐调孚二兄之函，及版税划款单，避寇五记清样。章奔父丧返绍兴，重到上海，而刘叔琴已物化。读之令人感慨。又言上海教育界受"某方"威胁，学校将有不少停闭。陶载良[1]已离沪赴滇。读之令人愤激。版税乃廿七年秋冬之账，须向桂林或柳州支取。数目超过我所逆料，甚喜。避寇五记第一记清样甚清楚，在内地久不见如此精良之铅印，况是自己文章，更觉可爱。即检读一遍，发见错字二个。调孚函催续写第二记。吾在宜山时已动笔，才写数行，即开始逃难。今暂居都匀已半月。但十人一室，狭窄，嘈杂，而简陋，竟无续写之机会。今见清样，兴味忽浓。即日当冒万难而续成之。下午同林仙入城。版税超过预期，使钱便觉手松，买各种糖果食物及美丽牌香烟而归。

一月八日（星期一）

昨日课诸儿题曰"都匀之家"。盖吾家之简陋狭隘，未有

---

[1] 陶载良，生于1898年，江苏无锡人。一生从事教育事业，曾与丰子恺等人同在浙江上虞春晖中学任教。1925年与匡互生、丰子恺、朱光潜、刘薰宇在上海创办立达学园，后期任校长。

甚于都匀之寓者，故出题令各人描写。三四方丈之低楼，十一人居之。坐室，卧室，膳室，书室，教室，会客室，灶间，皆包罗于其中。而前临猪栏，左傍厕所，楼下为房东之灶间。本身如彼，环境如此。安能郁郁久居？今晨丙潮来言，其寓屋楼上之兵正在迁出，其房东刘君，因兵住一年无酬，故欢迎吾等去住，宜速去占据，否则其他兵士将至。于是仓卒束装，房东伴二三工人至，即为肩挑行李，扶老携幼而去。幸路近，不过五十步即至，有楼五间，底一间，均归我家，于是草草布置，顷刻而新家成立。另一批兵士果来与房东交涉，声言欲逐吾等出屋，房东惧，奔楼上相告，吾宽慰之，令勿惧，万无此理。久之，兵士又来，欲与吾面谈。下楼视之，乃炮校一副官，姓刘，颇有礼貌，但言屋既由我包租，彼夫妻二人及一小孩，欲向吾分租一室，照付房金，求吾允许。问之房东，前此来啰扰者即此人也。吾初以为"秀才逢着兵，有理讲勿清"，势必拉他到宪兵部，谁料此人颇有礼貌，且讲情理。因即许以楼下饭间让彼，明日迁来。其人满足而去。军民合作，此乃一好现象。

上午正在迁家时，王星贤兄来访。即偕赴新屋，旋束星北[1]亦至，彼亦拟分赁吾屋，未定。倘来居，楼上东面二室可以让与。此楼右临江水，遥望大桥与环山，胜于吾旧寓多矣。但有一缺点：走廊太低，有四处横木，碰额甚痛。幸前居此之兵士，已于横木上贴白纸大书"碰头"二字，易于注目，故碰头较少。吾家半数人可以自由行走，半数人必须低头，吾行走廊，

---

[1] 束星北（1907—1983），江苏扬州人。理论物理学家。时任浙江大学物理系教授。

必如孔子之入公门,鞠躬如也。束星北长人,则非伛偻而行不可。

一月十日（星期三）

吾寓楼一连五室,三室住人,一室吃饭,一室空闲。有过境兵士佯言欲借用一宵,许之。既而其长官至,声明不止一宵,欲待命令而后开拔。问我可否延长。吾因已约友人来住,答以未便。兵士即去,宿楼下门内地房中。足见今日军纪之佳。其中有一兵正在患病,日间已奄卧地上,甚是可怜。

今日因是闹市,家人出门买物,午饭迟煮,至十二时三刻犹未熟;而警报忽至。十分钟后,紧急警报亦至。全家走避一里外山洞中,至三时二十分解除,始返家吃饭,饭毕已四时矣。都匀无警报已半月矣。今日忽至,适逢闹市,路上非常拥挤,有人山人海之状。幸平安无事。

一月十一日（星期四）

寓楼栏外江边有空场,内筑小亭,形如湖滨公园。某兵队每日在此中训练。晨六时起,至晚九时止,体操、训话,发给衣物薪水,均于此中行之。吾无异一旁听兵,每日在旁聆教。教头口音似浙江人,热心而周到。兵士五十人之行动、起居、衣着、饮食,无不顾到,有类于幼稚园之保姆。兵士亦驯服,唯命是听。今日训话中,教头劝兵士勿念家庭,谓念家庭则心不专,心不专则事不成。事不成则负国家而忝辱父母妻子,故念家庭乃不忠不孝不慈。吾正写稿，为之搁笔静听。

下午星贤来，闲谈人事，傍晚辞去。

一月十三日（星期六）

下午丙潮赴办事处领信件，携归一大叠。内索稿者特多：香港耕耘社索创刊号文或画。重庆全国慰劳抗战将士委员会索慰劳半月刊元旦特刊稿。福建南靖陆军第七十五师野战补充团指导员办公室索漫画特刊题词。长沙三民主义青年团命令我为特约撰稿并索稿。重庆中国文艺社，中法比瑞文化协会，全国美术界抗敌协会慰劳将士美术展览会筹备会索展览出品。傅彬然复为中学生索卷头言，小品文，及西南联大文学月刊封面。头数件皆已明日黄花，况无此精力应属，均未能报命。中学生所索，当计虑之。家中为有婴儿，而此婴儿又特别缠着我，旷去时间不少。不上课，每日亦不能多所写作。

房东家灶间壁上，有儿童粉笔画人像一尊，形甚新颖：画一大头，左右生二手，头下生二足，并无胸腹。在此儿童之观念中，人之头特别重要。故仅画一头，两手两脚皆从头上生出。胸腹完全不画。此在生理上虽乖谬，在艺术上实甚合理。盖人体中胸腹两部全无表情，故在艺术上可以忽视。故普通儿童所画人像，此二部大都缩小。今此儿童非但缩小，竟尔不写，非但忽视，竟尔无视，可谓大胆之极！

一月十四日（星期日）[1]

下午剃头，见剃头店中之椅以鹅头颈为臂。吾手握两鹅之颈而被剃头。此形式在宜山已见之，自宜山至此，一路常见之。不知源出何处，何人创造？意匠颇有可取。古式椅脚用狮虎之足，人坐椅如乘狮虎；椅臂用龙头，人持龙头坐，皆有贵族气。今易以鹅，可谓平民化。然乘狮虎握龙头有超人气，握鹅颈则凡庸化矣。

傍晚星贤来，借去毛诗一册，借来复性书院讲录一册。讲录末附通治群经必读诸书举要，凡百余种。吾检点之，曾寓目者不过二十种耳，渐愧无似。四十犹如此，百年已可知。念此又不胜悲。

一月十五日（星期一）

晨作画，题曰"春种一粒粟，秋收万颗子"，以赠都匀师范。前日吾到浙大办事处，曾被学生包围，要求演讲，幸得逃脱。以后又派晋启生夫妇二人来邀，必欲吾去演讲。吾实不愿作此种应酬。但浙大办事处设该校内，情理上不便不睬。与其去讲，不如作图奉赠，以代房租或买路钱。上午托丙潮送去。同时晋君又来邀，意甚殷恳。告以已有信及画送上，乃辞去。

---

[1] 1940年1月13日至20日、25日至27日等十篇日记载1940年7月7日《黄埔》周刊第4卷第18期，题名为《避寇日记选》。

得王驾吾兄信，言已代为租定房屋，在遵义水井湾六号，有四室，月租十六元，地在北山麓，便于逃警报云。同时又得贵阳开明陶仁寿君信，言款已汇出，独狮子街三十三号有空屋，盼吾去小住。又言贵阳生活程度并不很高。然则前此所闻，皆不可靠。流亡以来，常觉传言之不可靠，今益确信其然。甲地人言乙地不可居，至则并无其事，或且胜于甲地。乙地人言丙地不可居，至则并无其事，或且胜于乙地……星贤兄论此事，谓系近代小说发达之故。盖小说多夸张描写。常看小说，受其同化，述事亦夸张描写，故不符实，良然。

一月十七日（星期三）

有三十三师兵队来借住。将吃饭间及什物间让与。在走廊上吃饭。兵士纪律甚好。为吾提水搬物，意甚客气。排长出其手枪相示，谓系比利时购来新式武器。以此制敌，志在必胜。彼等自四川步行至此，一二日后将赴前线，收回南宁云南。

办事处开迁眷大会。丙潮去出席，吾托其代表。傍晚归来，言议决函校长要求具体办法，不知何日可得复云。

一月十八日（星期四）

上午访星贤，闲谈校事，国事。午同林仙入城求医，至半分利吃面。下午某排长邀赴参观试验手榴弹，诸儿同去。入深山中，掷弹三枚，声震山谷。又放手枪数发。排长劝予学习手枪，谓将来赴南宁，当从敌人手中夺得手枪送吾，吾乐受之，但不练习。

此排长之同辈陈荣坤（刚）是石门湾人，今日来访。七千里外遇乡友，欣慨交集。陈于抗战始离乡从军，其母及弟陷失地中，至今无消息。今身为排长，将赴前线，吾甚怜之，又甚壮之。作画赠之。彼等明日将开拔，步行赴独山云。

一月十九日（星期五）

三十三师兵士今晨离去，破晓在门外轻唤："老太婆！我们排长借你们的铺盖奉还了。"彼等言"老太婆"乃尊称，不知吾乡视此为轻侮之称呼，反觉可笑也。吾起身，兵已去。室内打扫干净，用具一概归清，足见纪律甚好。彼等初来时，排长在廊下训话："有拿老百姓东西的，枪毙！"后吾偶入兵室取炭，群兵指壁架上告我曰："这里有皮蛋一个，请拿去。"此皮蛋乃一坏蛋，故不收拾。吾恐累及彼等，即取之归。排长出新式手枪相示，谓此非用以打敌人，乃用以打自己者。士兵犯纪律或临阵逃走者，以此享之。

下午又来一批兵士，仍坐两室。房东代为不平，因吾已付彼房金，损失在我也。吾慰之曰，此亦难得，吾向君租此二室，即作为招待兵士之用可也。

得镜安甥女信，言其父于十二月九日病逝于练市乡下。临终有遗嘱，希望儿女权利平等。盖为镜安而出此言也。镜安归张氏一年而寡，依父而居。丧父后恐难再留。今索函托庇于舅氏，我虽远居八千里外，自当尽力保护之。即作复吊慰，并劝镜安赴上海，容为觅职。如有胆量，可携川资三四百金，自来贵州，必有更生之路。近常闻亲友死耗，每次令人慨念无常，□[1]不能已。

一月二十日（星期六）

浙江寄来抗卫军画刊。内有作画者署名"顶苦"。于他处又曾见署名"阿大"者。文章作者中署名类此者亦不少。忆吾儿时，即三十年前，报纸初兴之时，作者署名皆飘飘欲仙。例如"瘦蝶"，"寄尘"，"天虚我生"，"天涯红泪馆主"之类，比比皆是。于此亦可见时代相之一般。

新枚今日起能叫"爸爸"。不叫则已，一叫接连一串。形似十分亲挚，实则练习发音也。今日下午天忽寒，傍晚为林仙赴市购药，见北风中一队兵士，正在听徐福载童男女八千赴日本故事，立而旁听，四肢发抖。中夜雨霰，声如大珠小珠落玉盘。枕上闻之，不能入寐。挑灯读大学中庸各一遍。读毕，持书之手缩回被窝中，其冷如冰。

一月二十五日（星期四）

刘之远[2]君来，久为物色车辆，但无把握。我另函贵阳开

---

[1] □，此字漫漶不清。
[2] 刘之远（1911—1977），北京大学地质系毕业，1938年应聘至浙大任教，后随校迁到遵义。

明，托陶仁寿君代为探听，能否从贵阳接洽车辆，行期正未可卜。为开明作国文月刊封面寄傅彬然。此月刊是西南联大出版，托开明发行者。画中流砥柱之图案，流中有二鱼，分居砥柱之左右。装饰耳，但读者或将神经过敏，猜想此二鱼暗示何意，听之。

今日方始发见抗战以来自己习惯的一大改革：在抗战前，吾写稿必用自来水笔。偶用毛笔，手指酸痛不可持久。抗战以后，已屏绝洋笔，专用中国毛笔。原因何在？儿女辈说是内地洋纸墨水不易得之故，吾以为不尽然，此外更有爱惜祖国之一种精神的作用，为此改革之主力焉。

一月二十六日（星期五）

栏外江边公园中，每日有兵士教练。吾等无异旁听生，半月来已甚熟悉。此兵士共五十余人，每晨五时半吹号起身。吹号者正在吾之窗外。声震耳鼓，非惊醒不可。其所吹各种音句，吾等早已能辨，何者为起身，何者为吃饭，何者为就寝等。每日六时即由教官督练体操。一日三四次，至晚八时半止。傍晚一次则为游戏。吾等幼时在校所演者，今于栏外复见之。教官口音略似浙江人。教法甚好，宽猛相济，视士兵为子弟。体操唱歌而外，敬礼，戴帽，穿衣，束带，绷腿，着鞋等，无不一一教导，故士兵形式整齐，动作敏捷，一队直如一架机器。而游戏之时，又活泼泼地，富有生趣。今日教官发给大衣，每人一件，草绿色，其长及膝。发毕，又教以穿法，保藏法。士兵穿新大衣，咸有喜色，如儿童新年穿新衣然。吾国有兵队如此，诚为可喜。然亦可悲：此五十青年一日十余小时之劳力，若能用之于工作，如耕种制造等，吾人生活当添许多积极的幸福。今不得已而用之于练战，虽曰护卫社稷，终是消极之事。设想此辛苦教练而成之许多青年，一旦化作沙场之炮灰，岂不大可惜哉。吾今凭栏观兵而喜，此犹病人见良药而喜，非积极的喜也。

一月二十七日（星期六）

读复性书院讲录第一册，怀马先生，向往不置。古人云"不见叔度，鄙吝复生"，吾谓"常处上流社会，鄙吝复生"。自前年十月二十五日于桂林送别马先生后，一年多以来，常处于所谓上流社会中，苦于不能自拔，故心中所积鄙吝，可用斗量。若得处故乡石门湾，与农夫野老酒为伍，所生鄙吝不至如此其多。不然，处杭州田家园，常访马氏之门，受其洗礼，则鄙吝亦决不堆积如此也。随人起倒，若存若亡，自觉可怜可耻。幸有一点虚灵不昧，尚能作此日记。

今日止酒。外婆以盐水胡桃一碟见惠，云是酒菜。盛情不可负，晚餐又酌一杯。收到戎孝子寄来毛巾线袜牙刷一包，共四打，值洋二十元，连包裹费汇费共二十六元。而此间市价，至少五六十元。

一月三十日（星期二）[1]

新枚今日起，见自鸣钟间能叫"铛铛"。每见我画一八角形未竟即连叫铛铛，与前日之连叫爸爸相同，盖以资练习也。

王星贤兄来，谓彼之行期又成渺茫。因学校派来接一年级师生之车，只载男子，不载女眷，诸教师势难弃家眷于此而自去上课，故皆不走。

一月三十一日（星期三）

新枚今日起能叫"嘟嘟"，意乃指汽车也。画一汽车未竟，即连叫"嘟嘟"，一如前之连叫爸爸与铛铛然，亦以资练习也。

星贤又来，行期仍渺茫，恐须在此过年。今日已是除历十二月廿三矣。吾乡今夜送灶君上天。星贤言山东亦然，又言俗例以麦糖涂灶君口，防其上天乱讲此家庭之恶事。此风亦与吾乡相同。吾乡送灶之纸□[2]门口有一联云"上天奉善事，下界保平安"。今以麦糖封其口，则连善事亦不得奏，岂不损失？故吾谓此法不妥。或可以麦糖封其口之半面，使不讲恶事，专讲善事。

---

[1] 1940年1月30日、31日、2月1日、2日等四篇日记载1940年7月14日《黄埔》周刊第4卷第19期，题名为《避寇日记选》。

[2] □，此字漫漶不清。

二月一日（星期四）

日来胸怀不开，异常沉闷。今晨细思，发觉其原因，乃每天生活相同，全无变化之故。七时起，生炭炉，烧开水，洗脸，吃茶，写日记，抱新枚，吃粥，写文，登坑，抱新枚至睡。午饭，抱新枚，写文，抱新枚，写文，晚酌，闲谈，八时就寝。几同课程表。难得来一客人，或出门一走而已。度日如写字。连度同样之日，犹连写同样之字，一而再，再而三，以至于数十百，必感厌倦，而其字亦愈写愈坏。反之，如写文，写信，文字各异，即有兴趣而不觉厌倦，其间难得有接连二字相同，写时极有兴味也。旅行生活之兴趣即在于此。

二月二日（星期五）

晨飞雪，屋瓦皆白。从栏内望见对岸有人丛集，向江中注视。审视之，江中有人溺毙，其尸浮出水面，众正设法打捞也。不久尸出水，陈江岸上。诸儿群往观之。归来报告，乃一工人模样之尸，衣服破旧，料系失足堕江而死者，或饥寒所迫而自沉者。呜呼哀哉！命诸儿作文以记之。

今日除历十二月廿五日。午膳时商量吃年夜饭办法，决议不上菜馆，自购菜□[1]而自办之。十人上菜馆至少需出七八元。以此七八元购冬笋，鱼，蛋之类，不可胜食，且合于自己胃口也。

---

[1] □，此字漫漶不清。

明日闹市，今日吾以七元付力民，又托丙潮帮办。并邀丙潮一家三人吃年夜饭。

贵阳陶仁寿君来信，正在为吾谋车。有成当以电告云。

附录

《教师日记》原序[1]

吾素无日记。昔年常有人以日本制之皮脊金边日记册相赠者。吾惜其册，勉强为之，不旬日而中辍，诸册皆残废。盖故国闲居，生活平凡悠逸，既无可记，亦懒于握笔。勉强为之，则虎头而蛇尾也。廿六〔1937〕年冬，倭寇以迂回战突犯石门湾。吾仓卒辞缘缘堂，率亲族十余人徒手西行。辗转迁徙，至廿七〔1938〕年夏而始得安居于桂林之两江。在途已逾半载矣。此半载之中，生活诚不平凡。每于舟车旅舍之中，抽闲记录，得五篇：曰《辞缘缘堂》，曰《桐庐负暄》，曰《萍乡闻耗》，曰《汉口庆捷》，曰《桂林讲学》。日记之习惯盖自此养成。及抵两江，安居而有定业，生活又成平凡。然蛮夷猾夏不已，神州丧乱日甚。吾身虽得安居敬业于山水之间，吾心岂能如故国平居时之悠逸哉？夫往而不返者时也，兴而不息者感也。而况得虎口之余生，睹苍生之浩劫，吾今后岂得优游卒岁，放怀于云林泉石

---

[1] 本篇原载 1939 年 11 月 16 日《宇宙风》乙刊第 17 期，初收崇德书店 1944 年 6 月版《教师日记》。

之间哉？于是立此日记，以续于前五记之后，虽无皮脊金边之册，亦将逐日为之，而无中辍之患矣。此不仅记事志感而已，亦将以励恒心而习勤劳也。昔陶侃朝运百甓于斋外，暮运百甓于斋内。吾逐日所记虽无足观，聊胜于无情之甓耳。是为序。

民国廿七〔1938〕年十月廿三日夜，子恺记于桂林两江圩泮塘岭谢四嫂家

《教师日记》付刊序 [1]

此教师日记,有一小部分曾登载于廿八九〔1939—1940〕年间后方各杂志上。大部分则未曾发表。自从此一小部分发表后,我数年间行踪所至,遇见新朋旧友,必相问曰:"教师日记近在何处发表?"或提出日记中某一琐事相询。计所遇十人中,约有八九人读过此日记。而未曾见面之读者,远道来函询问或谈论此日记者,尤为不可胜数。此诚出我意外之事。早有友人劝我将日记结集付刊。我因奔走迁徙,人事栗六,无暇校改,一直搁置。近得安居于沙坪小屋,心情稍定。得吾婿慕法及表侄璋圭二人相助,遂将日记付刊。写完此付刊序,举头看见斋壁上挂着古人诗句:"花飞莫遣随流水,怕看渔郎来问津。"心中不无怊怅。

卅三〔1944〕年劳动节子恺记于沙坪小屋

---

[1] 初收崇德书店 1944 年 6 月版《教师日记》。

诗　词

子愷

浙一师学生时代诗词八首[1]

晨起见园梅飘尽口占一绝

铁骨冰心霜雪中,孤芳不与众芳同。
春风一夜开桃李,香雪飘零树树空。

溪西柳

溪西杨柳碧条条,堤上春来似舞腰。
只恨年年怨摇落,不堪回首认前朝。

春宵曲

花老无风落,阴浓过雨新。故园春色半成尘。正是绿肥缸瘦最伤神。

浪淘沙

百卉竞春阳,九十韶光。少年裘马自疏狂。记得小桥垂柳外,红雨沾裳。

溪水碧汤汤,越女吴舠。谁家女伴斗新妆? 陌上花开归缓

---

[1] 此八首均原载浙江省立第一师范学校《校友会志》第 16 期(1918 年秋季开学后出刊),署名:丰仁。

缓，风递衣香。

朝中措

一湾碧水小窗前，景色似当年。旧种庭前桃李，春来齐斗芳妍。

如今犹忆，儿时旧学，风雨残编。往事莫须重问，年华一去悠然。

满宫花

荻花洲，斜阳道。一片凄凉秋早。异乡风物故乡心，镇日频相萦绕。

桐叶落，杨枝袅。做弄闲愁闲恼。秋来春去怅浮生，如此年华易老。

减兰

他乡作客，每到春来愁如织。怕上层楼，柳暗花明处处愁。

伤心春色，独自垂帘长寂寂。多事黄莺，百啭高枝梦不成。

西江月

百尺游丝莫系，千行啼泪难留。艳红姹紫无消息，赢得是新愁。

故里音书寂寂，客中岁月悠悠。春归人自不归去，尽日下帘钩。

〔1918年〕

仿陶渊明《责子》诗

阿宝年十一,懒惰故无匹。
阿先已二五,终日低头立。
软软年九岁,犹坐满娘[1]膝。
华瞻垂七龄,但觅巧克力。
元草已四岁,尿屎还撒出。
不如小一宁[2],乡下去作客。

〔1931 年〕

---

[1] 满娘,指作者之三姐丰满。
[2] 一宁,后改名一吟。

广洽法师嘱题弘一法师肖像

广大智慧无量德,寄此一躯肉与血。
安得千古不坏身,永住世间刹尘劫。

〔1933年秋〕

避寇萍乡代女儿作[1]

儿家住近[2]古钱塘,也有朱栏映粉墙。
三五良宵团聚乐,春秋佳日嬉游忙。
清平未识流离苦,生小偏遭破国殃。
昨夜客窗春梦好,不知身在水萍乡。

〔1938年2月〕

---

[1] 此诗见于作者1938年所写《还我缘缘堂》一文,曾载1938年杭州《东南日报》。
[2] 住近,原作:原住。

避寇中作

昨夜春风上旅楼,飘然吹梦到杭州。
湖光山色迎人笑,柳舞花飞伴客游。
楼阁玲珑歌舞地[1],笙歌宛转太平讴。
平明角鼓催人醒,行物萧条一楚囚。

〔1938年〕

---

[1] 歌舞地,原作:五云地。

仁者无敌歌[1]

东邻有小国，其地实寒微。
幸傍大中华，犹得借光辉。
初通霸国术，遂尔图杀羿。
飞机兼炮火，杀人复掠地。
思以非人道，胁我神明裔。
岂知中华民，万众一心齐。
群起卫社稷，抗战为正义。
胜暴当以仁，不在兵甲利。
仁者本无敌，哀哉小东夷。

〔1938年〕子恺于萍乡

---

[1] 此诗手迹配画，曾载1938年5月5日《少年先锋》第6期。

高阳台·渌江舟中[1]作

千里故乡,六年华屋,匆匆一别俱休。黄发垂髫,飘零常[2]在中流。渌江风物春来好,有垂杨时拂行舟。惹离愁,碧水青山,错认杭州。

而今虽报空前[3]捷,只江南佳丽,已变荒丘。春到西湖,应闻鬼哭啾啾[4]。河山自有重光日,奈离魂欲返无由。恨悠悠,誓扫匈奴,雪此冤仇。

〔约1938年3月〕

---

[1] 在湖南醴陵附近。
[2] 常,又作:尚。
[3] 空前,又作:空军。
[4] 应闻鬼哭啾啾,应,又作:但。此句又作:但闻蝶泣花愁,或作:但闻蝶惨花愁。

中华古国万万岁![1]

高射炮,打敌机,敌机翻落稻田里。
农夫上前捉敌人,缚住两人如缚鸡。
连声喊打动公愤,锄头铁耙齐举起。
军官摇手忙拦阻,训诫敌人声色厉:
"尔等愚痴受利用,我今恕尔非罪魁。
姑饶性命付拘禁,扫尽妖寇放尔归。"
敌兵感激俱涕淋,双双屈膝田中[2]跪。
起来齐声仰天呼:"中华古国万万岁!"

〔1938年〕子恺于萍乡

---

[1] 此诗手迹配画,曾载1938年《少年先锋》第3期。
[2] 作者当时曾说,"田中"系双关语。

春　晨

春晨早起傍东窗，日丽风和喜气扬。
不信彩云低护处，飞机炮火杀人忙。

〔1938 年〕

和表侄徐益藩[1]

寇至余当去,非从屈贾趋。
欲行焦土策,岂惜故园芜?
白骨齐山岳,朱殷染版图。
缘缘堂亦毁,惭赧庶几无。

〔1938年春〕

---

[1] 此诗见于作者1938年所写《劳者自歌》中"焦土抗战的烈士"一则。1938年10月15日作者在《新阵地》第22期发表《和友人悼缘缘堂诗》,内容同此诗,个别字有改动。

题一九三八年画[1]

大树被斩伐,生机并不绝。
春来怒抽条,气象何蓬勃。

〔1938 年春〕

---

[1] 此诗与画作于汉口,参见作者 1938 年写的《中国就像棵大树》一文。又见 1940 年 2 月文艺新潮社版《大树画册》。

题一九三八年画

君到前线去,寄语我儿郎:
若非打胜仗,不得还家乡。

廿七〔1938年〕春子恺

生　机 [1]

谁言争战地，春色渺难寻。
小草生沙袋，慈祥天地心。

---

[1]　此诗曾编入作者编著《漫文漫画》一书（汉口大路书店 1938 年 7 月版）。

望江南·逃难

逃难也,逃到桂江西。独秀峰前谈艺术,七星岩下躲飞机,何日更东归。(在桂林也)

闻警报,逃到酒楼中。击落敌机三十架,花雕美酒饮千盅,谈话有威风。(在汉口也)

逃难也,万事不周全。袍子脱来权作枕,洋火用后当牙签,剩有半枝烟。(在浙江舟中也)

空袭也[1],炸弹向谁投?怀里娇儿犹索乳,眼前慈母已无头,血乳相和流。

逃难也,行路最艰难。粽子心中藏法币,棉鞋底里填存单,度日如经年。(在江西舟中也)

---

[1] 空袭也,又作:飞机也。

防空也,日夜暗[1]惊魂。明月清风[2]非美景,倾盆大雨是良辰,苦煞战时民。

〔1938 年 8 月 21 日〕

---

[1] 暗,又作:动。
[2] 明月清风,又作:月自风清。

望 江 南

青春伴,一旦忽分离。隔着云烟三千里,东西两地各思惟。何日更重携?

〔1938年〕

和贺昌群 [1]

瘴乡三月乍温寒,千里书来画节看。
却羡知章归计早,到家应未见春残。

〔1939 年 4 月 22 日〕

---

[1] 贺昌群,当时亦任教于宜山浙江大学。此诗见于作者所写《教师日记》(1939年 4 月 22 日)。附贺昌群原诗:山城晓角动轻寒,欲去回头顿眷看。万里烟云归梦短,几行清泪落花残。

辞缘缘堂二首 [1]

秀水名山入画图,兰堂芝阁尽虚无。
十年一觉杭州梦,剩有冰心在玉壶。

江南春尽日西斜,血雨腥风卷落花。
我有馨香携满袖,将求麟凤向天涯。

〔1939 年〕

---

[1] 此诗见于作者 1939 年 9 月 6 日在广西思恩所写《辞缘缘堂》一文。从该文中可知,此诗系"避寇五记"之小序。作者曾透露:第二首末句中"**麟凤**"二字系指马一浮先生。

题一九三九年画[1]

盛筵当我前,良朋坐我侧。
为念流离苦,停杯不能食。

---

[1] 此诗与画见 1940 年 2 月文艺新潮社版《大树画册》。

《护生画集》(第二集)[1] 诗(三十二首)

2-1

朗月光华,照临万物。
山川草木,清凉纯洁。
蠕动飞沉,团圆和悦。
共浴灵辉,如登乐国。

即仁补题

2-2

蝴蝶儿约伴近窗飞,
不为瓶中花有蜜,
只缘听读护生诗,
欲去又迟迟。

杜蘅补题

---

[1]《护生画集》共六集。第二集系上海开明书店1940年11月出版,其配画诗词中,有三十二首为丰子恺所作,署名大多用笔名,或用法名"婴行"。按原作顺序编码。

2-6

何事春郊杀气腾,
疏狂游子猎飞禽,
劝君莫射南来雁,
恐有家书寄远人。

即仁集古

2-8

母鸡有群儿,一儿最偏爱,
娇痴不肯行,常伏母亲背。

子恺补题

2-9

有一小猫,被弃桥西,饿寒所迫,终日哀啼,又似小儿,战区流离,无家可归,彷徨路歧,伊谁见怜,援手提携。

杜蘅题

2-10

母鸡得美食,啄啄呼小鸡。
小鸡忽然集,团团如黄葵。
母鸡忍饥立,得意自欢嬉。

子恺补题

2-11

蚂蚁运粮,群策群力。
陟彼高冈,攀彼绝壁。
屡仆屡起,志在必克。
区区小虫,具此美德。

子恺补题

2-12

且停且停,刀下留命,年幼心慈,可钦可敬。

东园题

2-13

群鱼皆被难,一鱼独漏网。
如人遇炸弹,相距仅数丈。
如人遇炮火,飞弹拂颈项。
身逢争战苦,此情始可想。

子恺补题

2-15

盥漱避虫蚁,亦是护生命,
充此仁爱心,可以为贤圣。

学童题

2-16

燕子飞来枕上,不复见人畏避。
只缘无恼害心,到处春风和气。

学童补题

2-17

慈心感物,有如韶武,
龙翔凤集,百兽率舞。

智颉题

2-18

小小蝴蝶墓,左右种冬春。
莫作儿戏想,犹存爱物情。

东园补题

2-21

为人看门,为人守闾,日夜皇皇,食人唾余,
我心如天,唯知忠义,努力负责,不希报赐。

婴行题

2-22

独坐谁相伴,春禽枝上鸣,
天籁真且美,似梵土迦陵。

杜蘅题

2-24

耕牛虽异类，好逸与人同。
愿得星期日，闲眠杨柳风。

智颎题

2-25

墙根有群蚁，乔迁向南冈。
元首为向导，民众扛粮粮。
浩荡复迤逦，横断路中央。
我为取小凳，临时筑长廊。
大队廊下过，不怕飞来殃。

子恺补题

2-26

带箭不惊，得食相呼，
灵气相钟，美德永敷。

婴行补题

2-27

雎鸠在河州，双双不越轨，
美哉造化功，禽心亦知礼。

学童题

2-29

翩翩双飞鸟,作室高树巅。
我欲劝此鸟,迁居南窗前。
鸟说迁不得,近人心未安。
若迁窗前住,为恐人摧残。
我闻此鸟语,羞惭不可言。
誓从今日后,普结众生缘。

智颛补题

2-31

道旁杨柳枝,青青不可攀。
回看攀折处,伤痕如泪潸。
古人爱生物,仁德至今传。
草木未摇落,斧斤不入山。

婴行补题

2-32

大树被斩伐,生机不肯息。
春来勤抽条,气象何蓬勃!
悠悠天地间,咸被好生德。
无情且如此,有情不必说。

子恺补题

2-50

敝帷埋马,敝盖埋狗,
敝衣埋猪,於彼南亩。

学童补题

2-51

世间有渔翁,鹬蚌始相争,
若无杀生者,鹬蚌自相亲。

即仁题

2-52

至诚所感,金石为开,
至人所感,猫鼠相爱。

学童题

2-53

来时萍藻相迎,去处水天浩荡,
临渊乐与鱼同,不必退而结网。

子恺题

2-54

海不厌深,山不厌高。
积德行仁,鸥鸟可招。

东园补题

2-55

尔不害物，物不害尔，
杀机一去，饥虎可尾。

即仁题

2-56

携儿谒长老，路遇灵山脚，
老蟒有好意，赠我长生药。

学童题

2-57

众生恶残暴，万物乐仁慈，
不嗜杀人者，游上可跨狮。

婴行题

2-58

有麟有麟在郊野，狼额马蹄善踊跃。
不践生草不履虫，虽设武备不侵略。

子恺补题

2-59

凤鸟来仪，兵戈不起。
偃武修文，万邦庆喜。
凤兮凤兮，何德之美。

即仁补题

催 生 诗[1]

忆昔喜弄瓦[2],常作"小母亲"。
今待寒食后[3],盼汝得"千金"。

〔1942年〕

---

[1] 此诗是作者的外孙宋菲君出生前,作者写作后寄其母——次女林先(宛音)的催生诗。

[2] 弄瓦,此处"瓦"与"娃"谐音,指弄女洋娃娃。

[3] 预产期为寒日,故云。(吴达指出,应为寒食)

癸未蜀游杂诗（五首）

蜀道

蜀道难行景色饶，元宵才过柳垂条。
中原半壁沉沦后，剩水残山分外娇。

寄长女陈宝

惟汝降生夜，新秋月正圆。
和光同德性，纯洁像心田。
廿载甘藜藿，长年共患难。
侪辈皆似尔，不用学陶潜。[1]

寄长子华瞻

忆汝初龄日，兼承两代怜。
昼衔牛奶嬉，夜抱马车眠。
渐免流离苦，欣逢弱冠年。
童心但勿失，乐土即文坛。

---

[1] 陶潜有《寅子》诗。——作者原注。

寄幼女一吟

与汝江头别,予情独黯然。
客居春兴少,蜀道古来难。
对景思新语,当筵忆笑颜。
群儿皆隽秀,最小即偏怜。

乐山访濠上草堂[1]

蜀道原无阻,灵山信不遥。[2]
草堂春寂寂,茶灶夜迢迢。
麟凤胸中藏,龙蛇壁上骄。
近邻谁得住?大佛百寻高。

---

[1] 此诗写于1943年2至4月作者从重庆经泸州、自贡,五通桥去乐山看望马一浮先生时。诗题又作《乐山访濠上草堂呈马一浮先生》。

[2] 道次自贡,华瞻来书云,此去灵山不远,故云。——作者原注。

一九四三年,赴乐山访马一浮先生,回沙坪坝记录

人间到处是修罗,天地依然喜气多。
昨夜月明江水碧,今朝日暖鸟声和。

风鹤声中赴远游,满江冰雪满身愁。
如今却喜安然返,三首新诗一叶舟。

尚有空名在国中,新朋到处喜相逢。
酒酣欲把唐诗改,天下何人不识丰。[1]

乱世微躯幸苟全,随身况有满串钱。
归家应置千盅酒,先祝回春后过年。

时穷犹不辍弦歌,学子莘莘菜色多。
中有盈盈娇女子,乱头粗服像村婆。

---

[1] 1939 年 1 月作者辞桂林师范,应聘赴浙江大学教的好友傅彬然先生曾集唐人诗为之送别,其中有,此处改唐诗当与傅彬然之诗有关。

锦屏山下客流连，蒸馍油茶胜绮筵。
他日五湖访范蠡，夜船剪烛话当年。

贺 新 凉 [1]

七载飘零久,喜中秋、巴山[2]客里,全家聚首[3]。去日孩童[4]皆长大,添得娇儿一口[5]。都会得奉觞进酒。今夜月明人尽望,但团圞骨肉几家有?天于我,相当厚。

故园焦土蹂躏后。幸联军痛饮黄龙,快到时候[6]。来日盟机千万架,扫荡中原暴寇。便还我河山依旧。漫卷诗书归去也,问群儿恋此山城否?言未毕,齐摇手[7]。

甲申〔1944年〕中秋重庆作

---

[1] 此词见于作者 1947 年元旦所写《谢谢重庆》一文。曾载 1946 年 3 月 2 日《周报》(柯灵、唐弢编辑)第 26 期。

[2] 喜中秋、巴山,又作:喜巴山中秋。

[3] 聚首,又作:叙首。

[4] 孩童,又作:儿童。

[5] 娇儿一口,指作者之幼子新枚(抗战期间所生),当时七岁。

[6] 幸联军痛饮黄龙,快到时候,又作:只相思江南风物,旧时亲友。

[7] 在《谢谢重庆》一文中,作者认为"齐摇手"应改为"齐点首"。

友人赠红豆作诗答之

相思诗句久慵拈,异样猩红到指尖。
却羡多情俞处士[1],常将红豆作灵签。

多感多情总是痴,中年未过鬓成丝。
明朝又是孤舟别,遍地干戈一画师。

〔1945 年〕

---

[1] 俞处士,即赠红豆之友人,名俞友清,有"红豆诗人"之雅称。

蜀游途中得双红豆寄赠宗禹 [1]

相隔云山相见难，寄将红豆报平安。
愿君不识相思苦，常作玲珑骰子看。

乙酉〔1945年〕六月
子恺于隆昌

---

[1] 宗禹，指夏宗禹，又名夏景凡，系作者之晚辈好友。

成都道中闻陈宝毕业中大[1]外文系
应南开中学聘率成一律寄示

雏凤新飞下翅难，近林[2]占得一枝安。
他年桃李花争发，此日椿萱意自欢。
欧美文章无毕业，皮黄清唱好偷闲。
诗成我在成都道，寄与娥眉学士看。

一九四五年七月于内江

---

[1] 中大，当时的中央大学。
[2] 南开中学也在重庆沙坪坝，离家很近，故曰近林。

寄阿先[1]并示慕法菲君

梦里犹闻祖母[2]香,儿时欢笑忆钱塘。
幸逃虎口离乡国[3],淡扫蛾眉嫁宋郎。
却忆弄璋逢战乱,欣看画荻效贤良。
玉儿才貌真如玉[4],儒雅风流世有双。

一九四五年七月于成都

---

[1] 阿先,即作者之次女林先,今名宛音;慕法,即宋慕法,林先之夫;菲君是他们的长子,当时四岁。
[2] 林先自幼由祖母抚养。
[3] 离乡国,原作:来新都。
[4] 玉,原稿有专名线,指宋玉。

《中央日报》载"三届全国大学生国文竞赛丰子恺令嫒丰华瞻得冠军",华瞻实系男子,戏作一律示之

斯文日下逐江潮,拾芥原同夺锦标。
万木凋时新竹秀,群山低处小丘高。
鸳鸯扑朔随春水,翡翠迷离傍紫巢。
宋玉容颜多逸丽,教人错认作班昭。

一九四五年七月于内江

寄 一 吟

最小偏怜胜谢娘[1],丹青歌舞学成双。
手描金碧和渲淡,心在西皮合二黄。
刻意学成梅博士[2],投胎愿作马连良。
藤床笑倚初开口,不是苏三即四郎。

一九四五年七月于成都

---

[1] 谢娘,东晋谢安之侄女,名道韫。谢安怜其才。
[2] 梅博士,指梅兰芳。

圣雄甘地造像

捐己利群,舍身成仁。
释迦以后,惟此一人。
香花供养,为万世祈太平。

戊子〔1948〕清和

丰子恺并赞

题一九四八年除夕画

除夜生孩子,年龄像物价。
只隔一黄昏,忽涨一倍大。

《护生画集》（第三集）[1] 诗（二十一首）

3-7

邻家有老妪，孑然一孤身。
谁为慰孤寂？一匹白鼻豚。
夜宿妪床下，昼眠妪脚根。
晴日访友去，蹒跚到前村。
老妪一声哨，踊跃返柴门。
会意远胜狗，解语近似人。
有时坐妪膝，如祖抱幼孙。
哈哈复哼哼，宛如叙天伦。
秋旱直到冬，是年逢岁凶。
老妪生计拙，箪瓢屡屡空。
地主索租税，一刻缓不容。
老妪无奈何，卖豚与富翁。
富翁来牵豚，豚匿破筒中。

---

[1]《护生画集》共六集。第三集系上海大法轮书局 1950 年 2 月出版，其七十首配画诗中，有二十一首为丰子恺所作，署名均用"缘缘堂主"。按原作顺序编码。

老妪仰天哭，涕泪流满胸。
邻人皆心酸，富翁耳若聋。
麻绳索豚颈，牵之过桥东。

缘缘堂主诗

3-11

白狗仓皇归，头顶已负伤。
喘息灶下伏，血流两耳旁。
口中虽有药，欲用苦无方。
黑狗从门入，见状大惊慌。
上前施救护，用舌舐其创。
白狗低头卧，两泪欲夺眶。

缘缘堂主诗

3-13

我家有猫名白象，一胎五子哺乳忙。
每日三餐匆匆吃，不梳不洗即回房。
五子争乳各逞强，日夜缠绕母身旁。
二子脚踏母猫头，母须折断母眼伤。
三子攀登母猫腹，母身不动卧若僵。
百般辛苦尽甘心，慈母之爱无限量。
天地生物皆如此，戒之慎勿互相戕。

缘缘堂主诗

3-14

人言家畜中，惟猫最可亲。
昼偎人怀内，夜与人同衾。
索食娇声啼，柔媚可动人。
应是仁慈种，决非强暴伦。
岂知见老鼠，面目忽狰狞。
张牙且舞爪，残杀又噬吞。
嗟哉此恶习，恐非猫本性。
老僧有小猫，自幼不茹荤。
日食青蔬饭，有时啖大饼。
见鱼却步走，见鼠叫一声。
老鼠闻猫叫，相率远处遁。
人欲避鼠患，岂必杀鼠命。

缘缘堂主诗

3-15

两月不归宿，尘封写字桌。
拂尘开抽屉，有物触我目：
五颗花生米，各有四只脚。
匍匐手帕中，见风皆瑟缩。
黠哉老鼠娘，借此为产褥。
我不杀汝子，汝勿占我屋。
置帕土碗中，移放东墙角。
限期今夜里，领子须从速。

夜静电灯熄，屋梁有落月。

我从微光中，静看鼠娘出。

东寻又西找，皇皇复汲汲。

行至土碗旁，其乐不可遏。

匆匆衔一子，急急进土穴。

憧憧十往来，好事方完毕。

我爱除鼠患，更爱好生德。

宁愿衣履破，不愿长杀业。

缘缘堂主诗

3-27

我作护生画，七十差一幅。

星洲广洽僧，寄我一函牍。

自言上元日，乘车访幽独。

车中有乘客，绳缚五鸡足[1]。

行将去割烹[2]，以助元宵乐。

五鸡见老僧，叩首且举目。

分明求救援，有口不能哭。

老僧为乞命，愿用金钱赎。

番币十五元，雪此一冤狱。

放之光明山，永不受杀戮。

---

[1] 车中有乘客，绳缚五鸡足，又作：车中有五鸡，其足用绳缚。

[2] 行将去割烹，又作，即将被烈斩。

此僧真慈悲，此鸡真幸福[1]。
我为作此歌，又为作[2]此幅。
护生第三集，至此方满足。

缘缘堂主诗

一九四九年二月一日于厦门[3]

3-28

我家傍西湖，门对放鹤亭。
家养一匹鹅，毛色白如银。
凌晨最先起，催仆扫门庭。
晴日鸦鸦叫，告我有来宾。
有时昂然去，徘徊湖之滨。
摇摇复摆摆，归来日已曛。
阳春二三月，湖上正清明。
香车与宝马，倏如流电惊。
白鹅出门去，行路不让人。
一车疾驰过，鹅身当其轮。
倒卧血泊中，红白何分明。
行人不忍睹，儿女泪满襟。
我为收其尸，卜葬葛山阴。

---

[1] 此僧真慈悲，此鸡真幸福。又作：一僧真慈悲，五鸡真幸福。
[2] 作，又作：绘。
[3] 诗末所署据作者手稿。

封树立短碑,题曰白鹅坟。
鹅坟与鹤冢,千古相对称。

缘缘堂主诗

3-36

与客泛轻舟,容与在中流。
一鲤跃出水,向客怀中投。
客心甚惊异,我知鲤所求。
我作护生画,尚未将汝收。
今当多绘写,劝人勿垂钩。
客喜纵鲤鱼,好去莫回头。

缘缘堂主诗

3-37

垂纶称风雅,鱼向雅人哭。
甘饵藏利钩,用心何恶毒。
穿颚钻唇皮,用刑何残酷。

缘缘堂主诗

3-41

我家深山中,天空任翱翔,
暮宿青松林,朝游白云乡。
甘露任我饮,芝术充我粮。
闲来歌一曲,其乐也洋洋。

一旦为人房,禁闭樊笼内。

俯仰不自由,旋转无余地。

苦思早还乡,恨不能奋翅。

长歌以当哭,岂向人献媚。

缘缘堂主诗

3-52

日暮秋风清,一叶落我襟。

细看不是叶,赫然一蜻蜓。

左翼已破碎,右翼尚完存。

定是遭袭击,失事向地崩。

坠落在我怀,不救岂忍心。

畜之在庭园,恐被鸟雀吞。

养之在房栊,又恐蝼蚁侵。

沉吟想多时,妙计忽然生:

我有玻璃纸,坚薄而[1]透明,

裁剪而[2]胶粘,假翅亦犹真。

我口镶义齿,颇能咬菜根,

汝身装义翅,亦必能飞行。

静待胶汁干,放之在中庭。

---

[1] 而,又作:又。

[2] 而,又作:复。

须臾蜻蜓飞,悠然入青云。

缘缘堂主诗

〔1949年4月〕

3-53

我欲护生物,生物相残杀。
檐角有蜘蛛,设网咴蝴蝶。
蝴蝶应解放,蜘虫不处罚。
非为有偏心,即此是仁术。
以怨报怨者,相报何时歇。
怨恨如连锁,宜解不宜结。

缘缘堂主诗

3-54

动物标本中,蝴蝶美无伦。
形状何袅娜,颜色何缤纷。
谁知制造时,个个受极刑。
两针钉胸腹,不死又不生。
迟迟三日后,足节犹兢兢。
我游博物馆,归来一梦惊。
梦见诸蝴蝶,尽变女孩婴。
号哭呼父母,其声不忍闻。

缘缘堂主诗

3-55

昼长人寂寂,蜜蜂入我室。
飞上小明窗,欲向此中出。
窗上有玻璃,蜜蜂苦未识。
奋翅向前冲,脑伤身陨越。
眼见窗外花,其中多香蜜。
可怜钻营久,到处都碰壁。
愚哉小蜜蜂,此路不可通。
汝欲游庭院,请走此门中。
蜜蜂不解语,管自向前冲。
幸有春风来,引导出房栊。

缘缘堂主诗

3-57

闲看蜗牛走,亲为筑坦途。
此君家累重,莫教步崎岖。

缘缘堂主诗

3-59

阶下有小虫,蠕蠕形细长。
似蝇不是蝇,似虻并非虻。
就近仔细看,两蚁相扶将。
颇像交际舞,几步一回翔。
速取放大镜,我欲窥其详。

原来两蚁中，一蚁已受伤。
后脚被切断，腹破将见肠。
一蚁衔其手，行步甚跟跄。
不闻呻吟声，惟见色仓皇。
我欲施救助，束手苦无方。
目送两蚁行，直到进泥墙。
事过已三日，我心犹未忘。
不知负伤者，是否已起床。

缘缘堂主诗

3-60

西湖七月夜，飞虫拥明灯。
青青千万匹，濛濛如细尘。
纷纷堕几案，点点如繁星。
放大镜中看，一见使人惊：
百体俱完备，形似小蜻蜓。
每夜灯下死，为数亿兆京。
皇天不惮烦，滥造小生灵。
巨细虽悬殊，受命亦犹人。

缘缘堂主诗

3-63

买蔬须买鲜，用水须用泉。
切笋须切嫩，选蕈须选圆。

豆腐宜久煮，萝卜宜加甜。
生油重重用，炭火慢慢燃。

缘缘堂主诗

3-64

小松植广原，意思欲参天。
移来小盆中，此志永弃捐。
矫揉又造作，屈曲复摧残。
此形甚丑恶，画成不忍看。

缘缘堂主诗

3-65

一排冬青树，参差剧可怜。
低者才及胸，高者过人肩。
月下微风吹，倩影何翩翩。
怪者园中叟，持剪来裁修。
玲珑自然姿，变作矮墙头。
枝折叶破碎，白血处处流。

缘缘堂主诗

3-67

谁将大木条，堆置在春郊。
青草被堆压，生机将全消。
岂知天地心，无处不好生。

一夜春雨后，木隙草头伸。

草头日夜挺，枝叶何齐整。

绘图与君看，君当发深省。

缘缘堂主诗

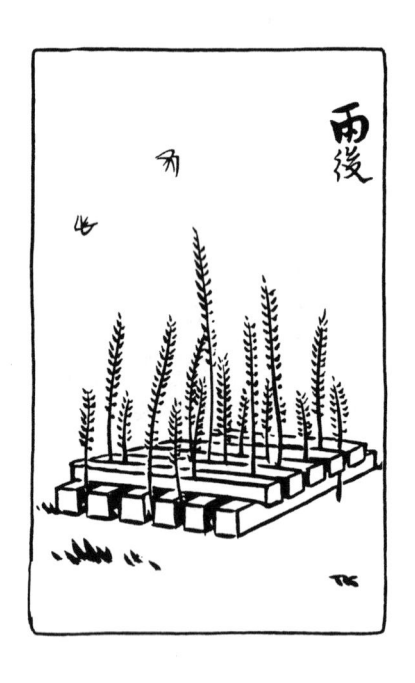

戏和马公愚梅花诗[1]

当年曾住水西涯,门对孤山处士家。
常怪阳春飞白雪,原来点点是梅花。

孤芳最早发湖涯,不与群芳共一家。
待得湖滨花如锦,枝头不复有梅花。

孤山香雪隔天涯,梦里清姿到我家。
四马路旁无寸土,更从何处觅梅花。

年来学习为生涯,不作诗家或画家。
今日无端诗兴发,也来步韵咏梅花。

癸巳〔1953 年〕清明子恺

---

[1] 马公愚(1894—1969),书画篆刻家,上海中国画院画师,丰子恺挚友。1953年除夕,画梅之后以"平水六麻韵"作梅花诗二十四首,并抄赠丰先生一份,遂有丰先生戏和之作。其中第一首是:横斜几树旁湖涯,万古孤山处士家。一自暗香传绝唱,更无人敢咏梅花。

戏题一吟《凤还巢》"偷觑"摄影

为爱西皮与二簧,且施粉墨暂登场。
时人不识余心乐,将为偷闲学觑郎。

甲午立春〔1954年2月4日〕

浣溪沙·慰郑晓沧[1]先生悼亡

苍狗白云不可凭,水光山色与人亲。诗人老去惜余春。
满架图书都解语,一庭风月最关情。谁言寂寞养残生?

〔1955年秋〕

---

[1] 郑晓沧,教育家,当时任教于浙江大学。

一吟饰洛神[1]

神光离合,乍阴乍阳。
竦轻躯以鹤立,若将飞而未翔。

丁酉乞巧〔1957年8月2日〕

---

[1] 此诗题于一吟饰洛神照片上。

一剪梅·清明[1]

佳节清明绿化城,草色青青,树色青青。室中也有绿成荫:窗上花盆,案上花盆。

日丽风和骀荡春,天意和平[2],人意和平[3]。人生难得两清明:时节清明,政治清明。

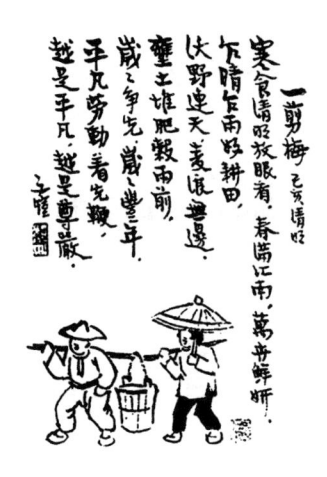

一九五八年于上海子恺作

---

[1] 此词曾载 1958 年 4 月 5 日《文汇报》。
[2] 和平,曾改:更新。
[3] 和平,曾改:更新。

望江南·全国人代、政协大会书成[1]

大团结，巩固胜长城。汉彝蒙藏维吾尔，弟兄民族一堂春。六亿一条心。

大团结，盛会集群英。报告英明多教育，发言踊跃动听闻。鼓掌如雷鸣。

大团结，民主是精神。政治协商集众思，人民代表洽群情。举手如森林。

大团结，瑞色绕京城。日月光华临国土，氤氲佳气满乾坤。万世乐升平。

一九五九，四，廿一，于新侨饭店

---

[1] 此四首词曾载 1959 年 4 月 23 日《光明日报》，后被收入《"东风"旧体诗词选》（光明日报出版社 1985 年 9 月版）。政协大会，指全国政协第三届第一次会议。

一剪梅·己亥清明

　　寒食清明放眼看，春满江南，万卉鲜妍。乍晴乍雨好耕田。沃野连天，麦浪无边。

　　壅土施肥谷雨前，岁岁争先，岁岁丰年。平凡劳动着先鞭，越是平凡，越是尊严。

柳 絮 [1]

五九年暮春列席怀仁堂全国人代大会,散会时与王个簃画师共拾堂前柳絮盈掬,归家珍藏,并为吟咏。

柳絮飞时大会开,怀仁堂上集英才。
崇阶末座欣忝列,拾得堂前柳絮回。

无边柳絮趁东风,飞到阶前便集中。
好似人民大团结,芸芸六亿一心同。

无边柳絮趁东风,入户穿帘瞬息中。
好似全民大跃进,云程迅速到高峰。

非为怜才学道韫[2],只缘爱惜此精神。
吟罢专呈王个老,可添画意与诗情?

---

[1] 此四首诗系作者去北京参加全国政治协商会议第三届第一次会议并列席全国人民代表大会时所作。

[2] 道韫,指东晋女诗人谢道韫,世称"咏絮才"。

题一九五九年画[1]

依稀烛影暗摇红,曾识英姿襁褓中。
今日丁年逢盛世,鹏程万里趁东风。

"五四"四十周年书感

---

[1] 此诗与画原载 1959 年 5 月 4 日《文汇报》。

观儿童画[1]

我爱儿童画,率直而天真。
用笔多明快,设色尽单纯。
题材合现实,表现富热情。
美术教育者,重视此特征。
因势而利导,进步日日新。

丰子恺　一九五九年儿童节

---

[1] 此诗曾发表于某报,报名及写作时间待考。

咏松江民主中心小学儿童积肥[1]

小小儿童有志气，积肥壅土好算计！
劳动只要为人人，越是平凡越可贵！

---

[1] 此诗配画，曾收入天津少年儿童出版社 1959 年 9 月出版的《子恺儿童漫画》一书。

咏上海虹口区第一中心小学红领巾乐器厂[1]

课余自制凤凰箫，小小年纪心工巧。
一枝献给贤领袖，箫中吹出和平调。

---

[1] 此诗配画，曾收入天津少年儿童出版社 1959 年 9 月出版的《子恺儿童漫画》一书。

庆千秋·国庆十周年盛典 [1]

六亿狂欢,看十周盛典,壮丽无边。翻飞红旗蔽日,队伍连天。笙歌鼎沸,奏钧天观礼台前。呼万岁声闻霄汉,从今带砺河山。　　此日金吾放夜,有琼花万朵,照耀云端。华筵嘉宾满座[2],玉盏频传。上寿称觞,庆千秋国泰民安。应记省:年年进步,人人快着先鞭[3]!

〔1959年〕丰子恺敬顷

---

[1] 此词原载1959年9月8日《文汇报》。
[2] 华筵嘉宾满座,又作:开筵灯红酒绿。
[3] 年年进步,人人快着先鞭,又作:直前跃进,年年快着先鞭,或:年年跃进,人人快着先鞭。

东风齐着力·国庆十周年为《东风》作

六亿同心,千钟奉祝,万岁中华。十年建设,灿烂胜云霞。处处笙歌鼎沸,红旗展舞影参差。抬望眼河山带砺,瑞色无涯。美景正堪夸。多雨露,欣欣万卉含葩。东风着力,吹放满庭花。展卷琳琅满目,神奇处飞动龙蛇。看今后春红秋艳,岁岁增加。

一九五九年清秋佳日丰子恺

题一九六〇年画[1]

庭前生青草,杨柳挂长条。
新鲜空气里,功课温得好。

一九六〇年子恺画

---

[1] 此诗与画原载 1960 年 4 月 5 日天津《少年儿童画报》。

题一九六〇年画[1]

清明种杨柳,柳条细如丝。
他年大杨树,今日手中枝。

一九六〇年子恺画

---

[1] 此诗与画原载 1960 年 4 月 5 日天津《少年儿童画报》。

题《百泉竞流》画[1]

百泉竞流,异途同归。
百花齐放,共仰春晖。

庚子〔1960年〕小春

---

[1] 此诗与画原载1962年3月29日《文汇报·笔会》"十二年来上海美术作品展览会"专辑。

题一九六〇年画[1]

船里看春景,春景像画图。
临水种桃花,一株当两株。

---

[1] 此诗与画原载 1960 年 4 月 5 日天津《少年儿童画报》。

满庭芳·上海中国画院成立

彩笔生花,丹青竞秀,艺园自古辉煌。优良传统,源远潮流长。人物曹衣吴带,山水夸北李南王。三千年古为今用,进步永无疆。 无双。新中国申江画院,展幕堂皇。看红旗影里,满目琳琅。图写河山锦绣,为人民祖国争光。争进取,百花齐放,岁岁满庭芳。

〔1960年〕

画　赞[1]

技进于道，画有箴训。

图写胜景，描绘英俊。

阐明真理，表彰懿行。

辅佐教化，是亦为政。

万紫千红，催人画兴。

笔墨有声，丹青如镜。

楮上毫端，时时迈进。

勉旃勉旃，学无止境[2]。

---

[1]　此诗原载1960年6月21日《解放日报》。

[2]　学无止境，又作：鼓足干劲。

上海中国画院成立纪念书感[1]

中国绘画源流长,劳动人民之所创。
反映生活符现实,鼓舞精神效力强。
末世画风恶衰歇,优柔萎靡以颓唐。
徒夸依样画葫芦,脱离现实元气丧。
解放以后整文风,确定方针明立场。
结合政治与生产,画道始得复健康。
迁出温床植大地,饱餐雨露与阳光。
会当努力爱春华,东风浩荡永繁昌。

〔1960年〕

---

[1] 此诗原载1960年6月21日《解放日报》。

题一九六〇年画[1]

桂子飘香割稻忙,满城丁壮竞下乡。
儿童也解供收获,争学成人运稻粮。

庚子中秋〔1960年10月5日〕过后子恺画并题

---

[1] 此诗与画原载1960年10月30日《文汇报》。

为眉春[1]命名

愿得娇娃望眼穿,今朝喜见小眉弯。
殷勤写就芳名帖,待汝垂髫娱晚年。

一九六一年一月廿四日缘缘堂主人酒后作

---

[1] 眉春(现名丰春杨),作者次女宛音的第四个孩子,前三个皆男孩。

题一九六一年春节画[1]

瑞雪映晴空,儿童塑雪翁。
雪翁开口笑,预祝大年丰。

辛丑〔1961年〕春节子恺并题

---

[1] 此诗与画原载 1961 年 2 月 15 日《人民日报》。

迎春乐·本意

喜迎春,红烛青尊艳。花一束,歌三遍。五风十雨遂人愿。祝大有,杯频献。要巩固农耕战线,且喜得多方支援。会看明年此日,大办丰收宴。

辛丑〔1961年〕春节子恺画并题

题一九六一年画[1]

水仙纯洁蜡梅香,红烛迎春乐未央。
二十四番风信里,百花齐放好春光。

辛丑〔1961年〕春节子恺并题

---

[1] 此诗与画原载1961年2月14日《光明日报》。后以"辛丑春节"为题,被收入《"东风"旧体诗词选》(光明日报出版社1985年9月版)。

弥陀学校[1]建校六周年暨新图书馆落成纪念志庆

海外传灯已六秋,门墙桃李夸星洲。
勤施法雨莲生钵,妙转圆音石点头。
楼阁千寻轮奂美,图书万卷古今收。
年年六月南风好,遥祝慈航德业优。

辛丑〔1961年〕清和于海上日月楼

---

[1] 弥陀学校在新加坡,为广洽法师所创办。

游黄山欣逢双喜 [1]

结伴游黄山,良辰值暮春。
美景层层出,眼界日日新。
奇峰高万丈,飞瀑泻千寻。
云海脚下流,苍松石上生。
入山虽甚深,世事依然闻。
息足听广播,都城传好音。
国际乒乓赛,中国得冠军。
飞船绕地球,勇哉加加林!
客中逢双喜,游兴忽然增。
掀髯上天都,不让少年人。

辛丑〔1961年〕上巳于文殊院

---

[1] 此诗曾载1961年4月30日上海《解放日报》,又见于作者1961年5月11日所写《上天都》一文。

清平乐·儿童节[1]

良朋咸集,欢度儿童节。天气清和人快活,个个兴高采烈。唱歌拍手声中,饼干糖果香浓。邀请公公列席,祝他返老还童。

辛丑〔1961年〕儿童节

---

[1] 此词在1961年6月1日《光明日报》发表时,作者曾配以画。该词后被收入《"东风"旧体诗词选》(光明日报出版社1985年9月版)。

江西道中作[1]（十一首）

望江南·南昌[2]

南昌好，八一建奇勋。饮水思源怀烈士，揭竿起义忆群英。青史永留名。

南昌好，美景百花洲。秋水长天风袅袅，闲云潭影日悠悠。行客欲长留。

菩萨蛮·赣州[3]

郁孤台上秋风袅，虔州圣地双江抱。草木尽生光，山川万里香。

崆峒眉样秀，章贡眼波溜。沃野绿无边，穰穰大有年。

---

[1] 1961年9月1日，作者随上海政协参观团去江西，访问南昌、赣州、瑞金、井冈山、抚州、景德镇等地，道中作词数首。此五题原载1961年10月8日上海《解放日报》。

[2] 此词见于作者1961年10月写的《化作春泥更护花》一文。

[3] 此词见于作者1961年10月9日写的《有头有尾》一文。

瑞　金[1]

闻道瑞金好，雄名震四方。
当年鏖战地，今日富饶乡。
红井千秋泽，青山百世芳。
功成遗迹在，抵掌话沧桑。

井冈山[2]

革命摇篮地，瞻观获益丰，
山容千种秀，哨口五边封。
大井风光好，茨坪气象雄，
读书三十载，不及一游功。

中秋宿抚州吊汤显祖墓

中秋夜泊[3]临川城，美酒佳肴感盛情。
夜静蟾光窥枕畔，也来慰问远游人。[4]

---

[1] 此诗见于作者1961年10月6日所写《饮水思源》一文。
[2] 此诗曾由作者配画《井冈山瞻观图》，载1961年10月24日《光明日报》。
[3] 夜泊，又作：作客。
[4] 此诗有另一稿：临川客舍过中秋，月饼莲羹芋艿头。夜静推窗望明月，清光似比故乡幽。

文章桥畔吊词人,重上归车感慨深。[1]
一路水吟风啸里,依稀仿佛牡丹亭。

菩萨蛮·西华山钨矿 [2]

西华山上秋光好,西华山里钨金宝。生产量惊人,环球莫与京。

列车穿矿穴,索道横空碧。日照满山明,红旗色更新。

鱼头鱼尾羹 [3]

赣州有名菜,鱼头鱼尾羹。
我爱此佳肴,教育意味深:
有头必有尾,有菜必有根;
有始必有终,坚决不变心。
革命须到底,有志事竟成。
我爱此意义,多吃一瓢羹。

---

[1] 作者之友郑晓沧曾将"感慨深"三字改为"孺慕深"。
[2] 此词原载 1981 年 7 月号《西湖》杂志。
[3] 此诗见于作者 1961 年 10 月 9 日所写《有头有尾》一文。

辛丑新秋参观江西
革命根据地游赣州登八境台 [1]

负笈迢迢胜地游,关山易越不须愁。
双江合处三山艳,八境台前五岭幽。
樟木钨沙多 [2] 特产,英雄战士壮名州。
地灵人杰天时好,远大前程永勿忧。

丰子恺未是草

景德镇 [3]

沿郊厂宇似森林,景德陶瓷盖世名。
买得彩纹杯盏去,从今茶饭有精神。

金风送爽碧天高,赣北秋光分外娇。

---

[1] 此诗原载 1961 年 9 月 17 日《赣南日报》(后又载 1981 年 7 月号《西湖》杂志),见于作者 1961 年 10 月 9 日所写《有头有尾》一文。当时一位名陈锐的七十八岁老人口吟一首七绝前来欢迎,作者步陈锐韵而作此诗。附陈锐原诗如下:济济群贤集上游,登临消尽古今愁。江分章贡滩声急,雨洗崆峒景色幽。文化千年留胜迹,物资八面集虔州,烽烟销仗东风力,世界和平不用忧。

[2] 多,又作:皆。

[3] 此二诗见于作者 1961 年 10 月 10 日所写《赤栏杆外柳千条》一文。后又载 1981 年 7 月号《西湖》杂志。

长忆浮梁风景好,赤栏杆外柳千条。

浣溪沙·途中[1]戏作

饮酒看书四十春,酒杯长满眼长明,年年贪看物华新。
但愿天天多乐事,不妨日日抱儿孙,最繁华处作闲人。

饮酒看书四十秋,功名富贵不须求,粗茶淡饭岁悠悠。
彩笔昔曾描浊世[2],白头今又译《红楼》[3],时人将谓老风流。

〔1961年〕

---

[1] 途中,指作者随上海政协参观团访问江西各地后回沪途中。

[2] 描浊世,原作:登画苑。

[3] 《红楼》指《源氏物语》。——作者原注。(编者按:《源氏物语》系日本古典长篇小说,因有"日本《红楼梦》"之称,故云。)

和王守仁忘归岩诗[1]

石屋何轩敞，坐憩[2]心情好。
雕像满四壁，如入群仙岛。
身在忘归岩，谁肯归去早？
仰卧石床上，碧天净如扫。

〔1961年〕

---

[1] 此诗见于作者1961年10月9日所写《有头有尾》一文，后又载1981年7月号《西湖》杂志。忘归岩在江西赣州。附王守仁原诗如下：青山随地佳，岂必故园好？但得此身闲，尘寰亦蓬岛。西林日初暮，明月来何早？醉卧石床凉，洞云秋风扫。

[2] 坐憩，又作，息足。

日月楼秋兴诗

袅袅秋风起,高楼日月长。
窗明书解语,几净墨生香。
丛菊迎朝日,寒蝉送夕阳。
夹衫新得宠,团扇渐相忘。
软玉灯前静,青纱帐里凉。
长河低入户,明月近窥窗。
一枕寻新梦,三杯入醉乡。
诗情秋更逸,何用惜春光?

辛丑中秋后三日〔1961年9月27日〕子恺

君匋长征印谱[1]

长征神圣地,印谱永流传。
此是燕然石,纪功亿万年。

〔1961年10月〕子恺题

---

[1] 《长征印谱》为金石书画家钱君匋所作,1962年7月由上海人民美术出版社出版。

为春晖中学四十周年校庆作[1]

东风浩荡百花明,白马湖畔气象新。
今日莘莘群学子,他年尽是接班人。

〔1961年〕

---

[1] 1961年12月浙江上虞白马湖春晖中学40周年校庆时,作者以二立轴相赠,其一为画,另一即此诗。

观上海戏剧学校实验剧团演《杨门女将》赠演员诸君

杨门女将胆气豪,上海演员才艺高。
虹甔毹上显身手,千万观众尽折腰。
天生男女本平等,巾帼英雄青史昭。
吴宫交战传佳话,木兰从军夺锦标。
妙手轻身善表现,舞台壮气冲云霄。
髫龄小将敢冲锋,百岁太君不辞劳。
我观此剧频兴奋,填胸荡气如怒潮。
三次谢幕犹不归,欲为诸君解战袍。

〔约 1961 年〕

《丰子恺画集》代自序[1]

阅尽沧桑六十年,可歌可泣几千般。
有时不暇歌和泣,且用寥寥数笔传。

泥龙竹马眼前情,琐屑平凡总不论。
最喜小中能见大,还求弦外有余音。

也学欧风不喜专,偏怜象管与蛮笺。
漫言此是新风格,尝试成功自古难。

当年惨像画中收,曾刻图章曰速朽。
盼到速朽人未老,欣将彩笔绘新猷。

天地回春万象新,百花齐放百家鸣。
此花细小无姿色,也蒙东风雨露恩。

壬寅〔1962年〕小春于上海日月楼

---

[1] 载《丰子恺画集》(上海人民美术出版社1963年12月版)卷首。

大会[1]竹枝词（八首）

启　程

专车直驶沪京间，乍暖轻寒[2]二月天。
行矣临窗重回首，杏花春雨好江南[3]。

民族饭店

琼楼玉宇迫云霄，席梦思中客梦遥。
室中暖气如蒸笼，门外春风似剪刀。

素　席

白饭青蔬一席同，比丘居士尽英雄。
就中更有英雄在，七指尼僧[4]誓愿宏。

---

[1] 大会，指作者1962年参加的全国政协第三届第三次会议。
[2] 轻寒，原作：还寒。
[3] 好江南，原作：满江南。
[4] 沈阳比丘尼逝波烧三指供佛，故曰七指尼僧。

大　会

无遮大会喜重开，五族贤才[1]出席来。
瞻仰台前毛主席，全场鼓掌似春雷。

报　告

语重心长四座惊，千方百计为民生。
集思广益多长策[2]，协力同心事竟成。

小　组

一杯香片一支烟，北调南腔说[3]不完。
组长频频窥手表，秘书走笔记难全。

溥　仪

浩荡仁风普万方，群生有幸乐黄唐。
故宫帝子今何在？列席人民大会堂。

---

[1] 贤才，原作：贤能。
[2] 长策，原作：良策。
[3] 说，原作：话。

归　车

专车一列远来迎，车上吴音入耳亲。
春笋豆苗滋味好，恍疑身在沪江滨。

一九六二年四月出席全国政协作于北京

《在延安文艺座谈会上的讲话》发表二十周年纪念书感寄《美术》杂志[1]

创作先须稳立场,丹青事业为谁忙?
名花从此辞温室,移植平原遍地香。

创作源泉何处寻? 人民生活最关心。
繁红一树花千朵,无限生机在此根。

思想长兼技术长,士先器识后文章。
芝兰朴素香千里,毒草鲜妍弃路旁。

名言至理可书绅,艺苑逢春气象新。
二十年来多雨露,百花齐放百家鸣。

---

[1] 此组诗见于作者 1962 年所写《我作了四首诗》一文,该文曾载当年 5 月 13 日《解放日报》。

蒲松龄像赞

留仙才高,聊斋名美。
笔墨生花,文思如绮。
块垒满胸,化作狐鬼。
万口流传,猗哉伟矣!

一九六二年十月为山东淄博蒲松龄
故居保管委员会作画像并赞

琉 璃 塔

琉璃塔内大藏经,千年古物世所珍。
妙谛真言四千卷,辉煌灿烂无等伦。
日寇侵入洪洞县,觊觎宝藏起贼心。
一九四二春三月,调兵遣将来劫经。
力空方丈闻消息,护法心坚不惜身。
冒险冲过封锁线,飞速来报八路军。
八路军队连夜发,抢救国宝为己任。
九十担箩装不尽,再包土布九丈零。
日寇追兵凌晨至,沁源山中起战争。
保得藏经退得寇,壮烈牺牲有八人。
经书移藏太行山,日夜保护煞费心。
抗战胜利旋解放,国宝始得见光明。
今日北京图书馆,经库林立焕然新。
千年古物犹完好,文化宗教光彩增。
烈士在天应含笑,老僧护法终遂成。
如果琉璃塔有知,亦将感谢八路军。

一九六二年十一月
妙真和尚嘱画并题

邮 递 员[1]

单车飞驶绿衣仙,　袋里乾坤到处传。
日日带来消息好,　若非胜利即平安。

---

[1]　此诗画系为《大公报》"三百六十行赞"栏所作,载 1963 年 1 月 11 日该报。

理 发 师[1]

凭君妙手造容颜,老汉还成美少年。
面目一新心地好,不须搔首问青天。

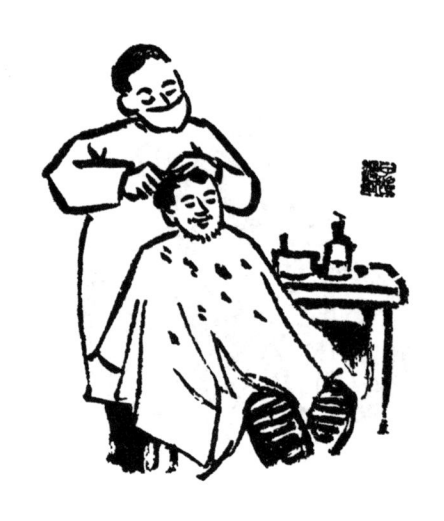

---

[1] 此诗画系为《大公报》"三百六十行赞"栏所作,载 1963 年 2 月 15 日该报。

癸卯春游杂咏（五首）

宁　波

旧地重游万象春，江楼握手尽新朋。
妙高台址高千丈，不及宁波待客情。

天童寺

翠竹长松一径深，千年古刹焕然新。
玲珑岩上风涛壮，尽是升平韶濩音。

普　陀 [1]

寺寺烧香拜跪勤，庄严宝岛气氤氲。
观音颔首弥陀笑，喜见群生乐太平。

---

[1] 此首与下一首《佛顶山》见于作者1963年清明节所写《不肯去观音院》一文。

佛顶山

一别名山五十春,重游佛顶喜新晴。
东风吹起千岩浪,好似长征奏凯声。

一九六三年三月

定　海

定海渔场十里开,沈家门口舰成排。
罐头滚滚随潮去,外汇年年逐浪来。
五月黄鱼多似藻,三春紫菜碧于苔。
挂帆客子频回首,水国风光好画材。

〔1963年3月〕

修 鞋 工[1]

感谢良工手艺高,缝来鞋子最坚牢。
遵行大道无忧惧,站稳脚跟不动摇。

---

[1] 此诗画系为《大公报》"三百六十行赞"栏所作,载 1963 年 3 月 29 日该报。

题一九六三年劳动节画 [1]

大哥种树二哥帮,小妹溪头汲水忙。
燕子也知劳动好,衔泥衔草上高粱。

---

[1] 此诗与画原载 1963 年 5 月 1 日《大公报》。

《周末报》创刊十四周年纪念 [1]

水流海外,源在山中。
饮水思源,共仰东风。

---

[1] 此诗配画,载香港《周末报》1963 年 6 月 22 日第 25 期。

癸卯秋游杂咏（二首）

镇　江

金山塔顶赏晴秋，眼底长江入海流；
遍地黄金香稻熟，千门万户庆丰收。

多景楼头眼界宽，秋光似水水如天。
江山本自多娇色，插上红旗分外妍。

扬　州

万福闸前年象雄，运河新辟舰艨艟。
金风十里扬州路，从此年年庆岁丰。

朝辞北固与金焦，暮上扬州廿四桥。
浩荡东风多雨露，西湖虽瘦也苗条。

一九六三年十月游镇扬作

题张景安刻砚

旭日东升,遍地光明。
亿万同胞,共庆升平。
百花齐放,百家争鸣。
奋发图强,自力更生。
事在人为,有志竟成。
砚石一方,山骨云根。
妙手镌来,旭日一轮。
祥云叆叇,瑞鸽飞鸣。
年风国昌,此乃象征。
恭缀短语,窃比于汤之盘铭。

〔1963年冬〕

题《东风浩荡》画[1]

未饮屠苏已立春,青松顶上见风筝。
东风浩荡长空碧,直上云霄万里程。

---

[1] 此诗与画原载 1964 年 2 月 13 日《大公报》。

题《历史人物》画·算命、测字[1]

移风易俗,弃旧更新。
破除迷信,普利民生。
算命测字,瞎说无凭。
问道于盲,笑煞万人。
迷信之害,从来不浅。
人人觉悟,其害自免。
历史人物,一去不返。
描写入画,以博一粲。

〔1964年4月〕

---

[1] 此诗与画原载1964年4月《大公报》。

题一九六四年画

太平盛世寿年延,八十仙翁体力全。
不为自身求享乐,老来种竹与人看。

题《前人种树后人凉》画[1]

先人后己是应当,舍己利人乐更长。
看得利人如利己,前人种树后人凉。

子恺甲辰〔1964年〕作

---

[1] 此诗与画原载1964年4月18日《大公报》。

题《结婚登记》画[1]

蝶恋花开月正圆,结婚登记两心欢。
堂堂政府良缘证,远胜花轿与喜筵。

甲辰〔1964年〕子恺

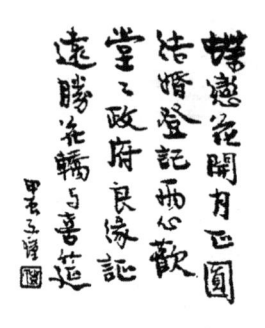

---

[1] 此诗与画原载1964年5月7日《大公报》。

题《周末报》创刊十五周年画

三五良宵月满廊,清辉皎洁出东方。
问渠哪得明如许,只为遥承旭日光。

〔1964年5月〕

题《红雨润心庐诗词稿》[1]

酱园工友爱吟诗,偶得新题句入时。
莫道小花人不察,东风雨露本无私。

〔1964年〕

---

[1]《红雨润心庐诗词稿》之作者朱南田,为丰子恺作品之爱好者,友人。

广洽法师之像[1]

佛顶童颜,寄迹人间。

跨海云游,随寓而安。

宏法利生,广结胜缘。

蕅蔔[2]花好,益寿延年。

〔1966年〕

[1] 广洽法师为新加坡佛教总会前主席,系作者之方外挚友。该像曾载广洽法师所编《子恺漫画及师友墨妙》(新加坡胜利书店1983年版,非卖品)一书。

[2] 广洽法师在新加坡的寓所名"蕅蔔院"。

《护生画集》（第五集）[1] 诗（四十四首）

5-16

仙家住处绝尘寰，也厌人间杀业添。
自织藕丝衫子嫩，可怜辛苦教春蚕。

玉鬘诗

5-28

日长耕作罢，闲步晚风前[2]。
牛背安眠好，春郊草味鲜。

缘缘堂主人诗

辛丑〔1961 年〕暮春[3]

---

[1] 《护生画集》共六集，第五集系新加坡薝蔔院 1965 年 9 月出版，其九十首配画诗中，有四十四首为丰子恺所作。所用笔名，大多是作者六十年代初期翻译、1982—1983 年出版的日本长篇小说《源氏物语》中的人物名。按原作顺序编码。

[2] 晚风前，又作：晚凉天。

[3] 此诗配画，曾载 1961 年 6 月《人民日报》，诗末年代系发表时所署。

5-49

翩翩新来燕，双双入画楼。
叨借椽间住，茶饭不相求。
娇儿戏庭前，莫将金弹投。
狸猫穿花阴，与汝素无仇。
和爱共相处，美景可长留。
阳春布德泽，万物皆悠游。

藤壶涛

5-50

群蚁运粮食，驿路多缭绕。
行行重行行，历尽崎岖道。
渐近蚁穴边，有人来打扫。
扫入畚箕内，携向桶中倒。
群蚁命如何，下文无人晓。

冷泉诗

5-51

蜜蜂嗡嗡飞，频扑玻璃窗。
不知玻璃坚，但慕窗外光。
此路原不通，何苦费力量。
我告蜜蜂言，左门通回廊。
蜜蜂不听话，碰壁力转强。
行将效触柱，头破流脑浆。

求生不顾死，可笑亦可伤。
快把窗子开，放他还故乡，

胧月夜诗

5-52

一猫生二子，相貌都很好。
儿童放学归，大家争来抱。
母猫紧紧跟，口中咪咪叫。
好似声声说："还我小宝宝！"

小君诗

5-53

古瓶插鲜花，供在窗棂侧。
闲来供观赏，怡然意自得。
谁知花瓶下，原有蚂蚁穴。
瓶底当穴口，孔道被阻塞。
群蚁正运粮，有家归不得。
负重团团转，四面无从入。
穴中亦有蚁，盼待心正切。
欲出寻伙伴，无门不得出。
一段狼狈事，无人注意及。
谁能行方便，移瓶开蚁穴。

缘缘堂主人诗

5-54

滩边有大蚌，其壳厚且坚。
潮平浪静时，展壳望青天。
若有暴敌来，立刻紧闭关。
自谓有保障，生命得安全。
谁知东邻儿，拾贝来滩边。
瞥见一大蚌，止步笑颜开。
俯身如拾芥，取蚌投竹篮。
提篮回家转，先把炉灶燃。
投蚌入沸汤，任他受熬煎。
蚌死人自乐，共赞汤味鲜。

缘缘堂主人诗

5-55

有肴名腰花，猪猡之肾肠。
有肴名羊尾，绵羊之膀胱。
有肴名猪脑，猪猡之脑浆。
顾名思义时，投箸不能尝。

光源诗

5-56

儿童玩知了，长线系蝉腰。
缚在窗棂上，欲飞不能高。
猫儿欲捕蝉，蝉儿苦难逃。

试看此景象，谁人不心焦。

五节诗

5-57

笼中畜大鱼，浸在河岸边。
河流深且广，活水来源源。
专待嘉宾至，烹鱼荐时鲜。
此鱼似死囚，刑期尚未宣。
亲友来探牢，再见恐无缘。

夕雾诗

5-58

写完新诗篇，搁笔独闲吟。
忽见书案角，有物正移行。
似蚁不像蚁，似蝇不是蝇。
俯首仔细看，景象令人惊：
两蚁相扶掖，蹒跚向墙阴。
一蚁已受伤，肢体正挛疼。
二蚁衔其足，努力向前进。
急欲扶回家，回家好养病。
小虫知互助，此情甚可敬。
始信含识者，无不具人性。

缘缘堂主人诗

5-59

吁嗟汝小狗，行步何彳亍。
近前仔细看，一足常屈曲。
应是贪口食，惨遭棍棒扑。
人为万物灵，狗是小牲畜。
狗无大罪过，何必刖其足。
狗伤不足道，人心太残酷。

惟光诗

5-60

捉得叫哥哥，禁闭在竹笼。
爱听躍躍声，悬之在画栋。
日久兴阑珊，饮食忘记供。
虫身苦饥渴，奄奄不能动。
欲死不即死，比死更苦痛。
饿养众生者，罪比杀生重。

红梅诗

5-61

　　牛奶味鲜美，营养人之身，牛皮用途广，制器坚且精，牛角与牛骨，工业之所珍，
　　自己不吃饭，终身事农耕，牛为人服务，可谓忠且勤，不敢讨功劳，但求免死刑。

阿阇里

5-62

我是小白兔,寄居在人群。
身上有长毛,质比羊毛精。
年年被人剪,日日产量增。
织成线衫裤,衣被及群生。
夺我身上暖,我决不怨人,
但愿屠刀锋,免得试我身。

惟光诗

5-63

人身之衣,羊身之毛,呢绒哔叽,到处畅销,比绵温暖,比绸坚牢,人人爱用,产量丰饶,羊之于人,可谓功高,何以报之,一把屠刀。

熏君诗

5-64

蜻蜓蝴蝶两飞忙,扑叶穿花翅尽香。
枝上莺啼交燕语,声声歌颂好春光。

花散里诗

5-65

桃花零落李花开,点点飞红衬碧苔。

地僻家贫人不到，双双瓦雀入门来。

桐壶诗

5-66

蝙蝠栖古屋，蛰伏过三冬。
春夏乘夜出，翩翩飞碧空。
不食人间粟，为人除害虫。
人人应爱惜，此蝠与福同。

藤壶诗

5-67

黄梅时节绿成荫，贪看青山坐小亭。
蓦地云腾时雨降，阿黄[1]衔伞远来迎。

胧月夜诗

5-68

蠢蠢毛虫丑，娇儿莫杀伤。
春来化彩蝶，点缀好风光。

明石诗

5-69

闲院畜双鸭，雌雄常相逐。

---

[1] 阿黄，指黄狗。

主人勤照拂，不忘喂与浴。

只为酬佳节，肥鲜可果腹。

明日是中秋，人笑鸭应哭。

红梅诗

5-70

娇娃忽惊呼，有人正悬梁，原来是鸭尸，映着电灯光。

轩端荻诗

5-71

身在樊笼，心在林谷，望断家山，长歌当哭。

学童诗

5-72

千百年来席上肴，杀鸡不必用牛刀。

可怜背上生双翅，不会高飞上碧霄。

云居雁诗

5-73

白鹅是英雄，阔步大道中。

望见汽车来，昂首又挺胸。

司机忙刹车，不敢冲其锋。

白鹅奏凯归，鹧鹧复喁喁。

夕颜诗

5-74

燕语莺啼蝶舞忙,氤氲佳气好春光。
黄蜂频扑秋千索,为爱娇娃纤手香。

葵姬诗

5-75

捉得金铃赏好音,琉璃小笼巧装金。
金铃奏罢无聊赖,遥梦秋郊草露坪。

秋好居士诗

5-76

谁家稚子太无聊,偷把长竿毁雀巢。
雀命区微人不惜,童心残忍罪难消。

夕颜诗

5-77

老驴羸瘦颈皮穿,车重坡高欲上难。
多谢路人垂爱惜,肯将一臂挽车栏。

夕露诗

5-78

谁家顽童恶作剧,长绳系住蜻蜓脚。
侥幸逃得性命回,终身束缚摆不脱。

学童诗

5-79

放学归来早,慈母相见欢。
替儿挂书包,劝儿吃糕团。
忽见书包上,有蚁正盘旋。
皇皇如丧家,急急如求援。
此蚁家何在?家在课桌边。
偶然出门游,爬上书包缘。
被我带着走,道路几万千。
我已安抵家,此蚁还家难。
蚁亦有慈母,正在望儿还。
不见儿归来,望眼将欲穿。
念此心不安,糕团难下咽。
连忙用纸匣,请蚁居其间。
持匣返学校,送蚁还家园。

小君诗

5-80

闲来展书篇,随意恣讽咏。
忽见书页上,有物蠕蠕动。
其色如墨点,其小如针孔。
显微镜下看,一看心头竦。
此乃一生命,形似小甲虫。
百体具完备,头角何峥嵘。

急忙向前走，皇皇如有营。
躯体虽甚小，秉命与人同。
清风翻书页，小虫忽失踪。
纵浪大化中，不知其所终。

缘缘堂主人诗

5-81

道旁有二柳，枝叶何稠密。
八月飓风吹，一柳当腰折。
光干一二丈，立尽三冬雪。
谁知春风来，干上嫩芽出。
行人皆歌颂，天地好生德。

朱雀诗

5-82

一群牵牛花，含笑向朝暾。
艳色交清露，鲜妍爱杀人。
须知群花命，寄托在一根，
一旦根断绝，花叶皆凋零。
此花虽藐小，象征人世情。

明石诗

5-83

有人患奇病,连日睡昏昏。
神经失知觉,饮食不能吞。
全赖葡萄糖,注射静脉针。
艳艳瓶中花,亦犹此病人。
花叶虽完好,枝下已无根。
用茎吸养料,苟且延残生。

浮舟诗

5-84

窗前瓦缝里,生长一茎草。
嫩叶何青青,长枝何窈窕,
迎风勤拜舞,映日如微笑。
全靠雨露恩,供给滋养料。
此草何名称,我也不知道。
但喜天地间,欣欣生意好。

落叶诗

5-85

一丛牵牛花,生在粉墙旁。
攀缘竹钉头,渐渐爬上墙。
竹钉已爬尽,生意正未央。
花蔓在空中,摇曳向秋光。

好比无依儿,歧途独徬徨。

冷泉诗

5-86

一朵蒲公英,生在深山中。
花瓣金黄色,枝叶绿青葱。
当路亭亭立,含笑向春风。
忽有游山客,大步登高峰。
芒鞋脚力重,花枝当其冲。
丽质尽摧残,美景一场空。

落叶诗

5-87

蓬飞更作回风舞,菊萎犹开卧地花。
秋尽草报烧不死,春来枯木又生芽。

阿阇梨诗

5-88

茫茫世界,芸芸众生。
升沉悬殊,弱肉强吞。
苛政之猛,甚于刀砧。
恩及禽兽,岂不顾人。
善护生者,先护人群。

学童诗

5-89

作罢护生画，凭栏舒胸襟。
俯仰天地间，遥闻悲叹声。
声从远方来，尽是不平鸣。
贫富何悬殊，苦乐太不均。
大鱼啖小鱼，弱由强者吞。
娑婆世界中，火热与水深。
安得大宝筏，普度诸众生。
寄语慈悲者，护生先护人。

学童诗

5-90

有生必有死，何人得灵长？
当其未死时，切勿加杀伤。
自生复自死，天地之恒常。
万物尽天年，盛世之嘉祥。

学童诗

送广洽上人

乙巳〔1965年〕深秋上人自星洲返国
　共扫弘一大师塔墓临别赋赠

河梁握别隔天涯，落月停云殢酒怀。
塔影山光长不改，孤云野鹤约重来。

游湖州途经嘉兴（四首）

嘉　兴

三十年前此地游，暗云笼罩古城愁。
如今再到经行处，处处红旗映画楼。

湖州郭西湾翻水站

千秋事业郭西湾，翻水功成抗自然。
从此苕溪无旱涝，浙中岁岁庆丰年。

飞英塔宾馆

飞英塔前小勾留，宾至如归客舍幽。
鱼米丰饶沽酒美，人生只合住湖州。

丙午阳春重游湖州　参观王一品笔庄并书

生花诗人梦,杀敌快如刀。
千载文房宝,湖州一品高。

〔1966年3月〕

贺新枚结婚[1]

香阁气氤氲,佳期逢小春。
山盟铭肺腑,海誓守心魂。
月黑灯弥皎,风寒被自温。
向平今愿了,美酒进千樽。
美酒进千樽,当筵祝意深。
相亲如手足,相爱似宾朋。
衣食当须记,诗词莫忘温。
胸襟须广大,世事似浮云。

---

[1] 新枚,作者之幼子。此诗附在作者致新枚信中,但未署写作年月。另有一首五律,诗末署1969年11月。本诗疑为在此五律基础上改写后补寄给新枚的。现将该五律附录于下:喜气满新房,新人福慧双。山盟铭肺腑,海誓到肝肠。月黑灯弥皎,风狂草自香,向平今愿了,美酒进千觞。

送新枚赴石家庄[1]

结婚才四旬,忽作分飞鸟。
幸汝犹未去,伴我数昏晓。
我身婴时艰,披星从公早。
日暮登归车,翘盼家门道。
喜汝倚闾望,相见先问好。
扶老入我室,披襟散烦恼。
把酒话沧桑,熏烟助欢笑。
此景不可常,分携期将到。
愿汝赴前程,琴瑟早协调。
但得团圆乐,频将好事报。
我有养生术,七十如年少。
汝今入世途,万事心欲小。
胸襟须宽广,达观以为宝。

---

[1] 作者幼子新枚1964年于天津大学毕业后,分配在上海科技大学外语进修部进修,1966年毕业时适逢"文革",遂在家等候分配,1968年被分配至河北石家庄华北制药厂当工人。1967年12月新枚与沈纶在沪匆匆完婚后,沈纶即回天津工作,新枚于次年4月离沪赴石。此诗见于新枚所藏手迹。

诗中多乐地,醉乡不知老。
同心而离居,千金躯善保。
他日重相见,先把孙儿抱。

〔1967 年 5 月〕

病中口占

风风雨雨忆前尘,七十年来剩此生,
满眼儿孙皆俊秀,未须寂寞养残生。

〔1970年2月〕

小　羽[1]

小羽生四月，小脸极可爱。
父母各一方，形似三角恋。
小羽叫妈妈，泪界桃花脸。
妈妈在天津，如何听得见？
小羽叫爸爸，声音一连串。
要向石家庄，播送无线电。
安得缩地方，千乡如一县。
天下有情人，朝夕长相见。

〔1970 年〕

---

[1] 1970 年 2 月，作者患中毒性肺炎在上海淮海医院病床上作此诗，当时作者幼子新枚在石家庄，其妻沈纶在天津，小羽为新枚与沈纶之子，在上海外婆家。此诗见于 1970 年 3 月 15 日新枚母致新枚信之反面，手迹歪斜潦草。

病 中 作[1]

岁晚命运恶,病肺又病足。
日夜卧病榻,食面又食粥。
切勿诉苦闷,寂寞便是福。

---

[1] 此诗见于作者 1970 年 6 月中旬某日致幼子新枚信。

浣 溪 沙[1]

春去秋来岁月忙,白云苍狗总难忘,追思往事惜流光。

楼下群儿开电视,楼头亲友打麻将(从俗音),当时只道是寻常。

〔1970年〕

---

[1] 作者1970年6月28日晨致幼子新枚信中附有此词之手稿。

红楼杂咏

调笑转踏

一

温柔乡里献殷勤,唇上胭脂醉杀人。
怕见荼蘼花事了,芳年十九谢红尘。
前尘影事知多少,应有深情忘不了。
青春少妇守空房,怅望王孙怜芳草。
  芳草,王孙杳。应有深情忘不了。
  怡红院里春光好,个个花容月貌。
  青埂峰下关山道,归去来兮趁早。

二

工愁善病一情痴,欲说还休欲语迟。
绝代佳人憎命薄,千秋争诵葬花诗。
花谢花飞春欲暮,燕燕莺莺留不住。
潇湘馆外雨丝丝,不见绿窗谢鹦鹉。
  鹦鹉,向谁诉。燕燕莺莺留不住。
  如花美眷归黄土,似水流年空度。

红楼梦断无寻处，长忆双眉频锁。

三

芬芳人似冷香丸，举止端详气宇宽。
恩爱夫妻冬不到，枉教金玉配良缘。
空房独抱孤衾宿，且喜妾身有遗腹。
怀胎十月弄璋时，只恐口中也衔玉。
衔玉，因缘恶。空房独抱孤衾宿。
红楼梦断应难续，泪与灯花同落。
小园芳草经年绿，静锁一庭寂寞。[1]

---

[1] 以上三首《调笑转踏》在 1970 年 7 月 16 日致新枚信中为七绝。

七绝（三十一首）

一

满眼儿孙奉太君，大观园里乐天伦。
何当早赴西方去，家破人亡两不闻。

二

揽权倚势爱黄金，笑里藏刀爱里憎[1]。
不信侯门深闺女，贪赃枉法杀良民。

三

阿翁荡产治丧殡，爱媳哀荣殊可惊。
云雨巫山香梦断，应随警幻证无生[2]。

四

尘世何来槛外人，天生丽质在空门。
早知纯洁终难保，悔不当初[3]学智能。

五

猩红巾子定终身，往事依稀感慨深。

---

[1] 爱里憎，原作，毒害人。
[2] 应随警幻证无生，又作：烧残蜡炬见灰心。
[3] 当初，原作，当年。

记否良宵花解语，山盟海誓付烟云。

六

禁门深锁绮罗人，暂释还家号省亲[1]。
一自捉将官里去，从兹骨肉永离分。

七

三尺红罗[2]一命休，贞魂还倩可卿收。
青鸾有意随王母，空费人间设计谋[3]。

八

娇娘枉自夸英明，慧眼原来不识人。
可恨狂童无信义，鸳鸯剑下走芳魂。

九

温柔敦厚爱和平，豆蔻年华作小星。
凤去台空尘世改，玉堂春色属斯人。

十

芙蓉仙子谪红尘，貌比嫦娥胜几分。

---

[1] 省亲二字原加引号。
[2] 红罗，原作：红绫。
[3] 设计谋，原作，一计谋。

抱病补裘情万丈，含嗔撕扇笑千金。

十一

妒火中烧杀气腾，自家置毒自家吞。
阴谋未逞身先死，笑杀大观园里人。

十二

醋海风波万火牛，钩心斗角设阴谋。
可怜玉貌花容女，夜半吞金一命休。

十三

夫人何事爱憎偏，不责狂童责小鬟。
满腹含冤无处诉，辘轳井底好长眠。

十四

迷离扑朔不分明，情到深处假亦真。
一陌纸钱和泪化，幽明不隔两痴人。

十五

窃喜妖婆法术灵，幸灾乐祸假装颦。
阴谋左道终须败，枉费金钱白费心。

十六

为官清正也抄家，教子严明未足夸。

肠断荒江停泊处,潜潜别泪洒江花。

十七

倾盖遂成知己亲,只因笑貌似伊人。
勾魂鬼卒匆匆到,泪眼相看诀别情。

十八

夜半北风刺骨寒,满身粪秽出头难。
春蚕到死丝方尽,红粉髑髅看不穿。

十九

不宠无惊一老刘,何妨食量大如牛。
朱门舞歇歌休后,娇小遗孤赖我收。

二十

尽忠救主立功劳,小卒无名本姓焦。
马溺代茶终不忘,黄汤灌饱发牢骚。

二一

花阴石畔两相怜,亲上加亲宿世缘[1]。
可叹尘寰生路绝,双棺同穴大团圆。

---

[1] 宿世缘,原作:是宿缘。

二二

不爱人间富贵全，炼丹服食慕神仙。
误吞药石捐躯壳，升入玄穹第几天。

二三

身世飘零逐柳花，狂夫轻薄不思家。
学诗也有惊人句，咏絮才高自可夸。

二四

青灯黄卷度芳龄，手上糖多逗引人。
莫怪情[1]郎轻薄甚，春风一度了前因。

二五

反复无常一小人，时人错认作豪英。
双刀逼得红颜死，畏罪潜逃没处寻。

二六

口没遮拦笑语和，入门高唤爱哥哥。
醉眠石药花深处，花比红颜胜几多。

二七

纤纤玉手善丹青，敷粉调朱点染勤。
只恐繁华随逝水，拟将彩笔驻秾春。

---

[1] 原稿中"情"字旁有一"秦"字，"情"与"秦"发音近似，有双关之意。

二八

母子相依物力穷,罗衫单薄怯西风。
妾身未嫁衣先去,质入夫家典当中。

二九

仗财倚势杀良民,缧绁之中贿赂行。
慈母悍妻贤妹子,为君愁恨为君颦。

三十

阿嫂何须枉费心,小生决不效陈平。
钟情自有邢家妹,不解人间别有春。

三一

双双对坐守园门,木石心肠也动情。
谁道我辈清白甚,近来也想配婚姻。(石狮)

〔1970年〕

俞友清（迁叟）惠诗四绝步原韵奉和 [1]

生平旧习苦难捐，饮酒喝茶又吃烟。
盛世黎民多幸福，光天化日度长年。

从小不知荤腥味，青蔬白饭胜莼鲈。
酒酣耳热毛锥痒，写幅东风浩荡图。

老去情怀信可知，友红豆室主人诗。
流离蜀道音尘隔，往事依稀各自思。

日饮三杯不算频，最繁华处作闲民。
平平仄仄荒疏久，步韵歪诗笑煞人。

癸丑大寒〔1974 年 1 月 20 日〕子恺

---

[1] 附俞友清癸丑〔1973 年〕12 月 21 日《岁暮怀丰子恺于上海》原诗：人越古稀万念捐，病来服药已除烟。明年七五刚开始，还是输君仅一年。记得山城同作客，身居闹市忆莼鲈。昔年旧画依然在，爱煞寒窗课读图。多年违别寸心知，落叶停云懒写诗。寒士人情无物赠，一双红豆寄相思。投老胸怀百感频，儿孙革命为农民。问君新稿今成未，当作梅花寄故人。

题胡氏合家欢照片 [1]

最小才八天,最老八十九。
胡氏合家欢,世间真少有。

乙卯〔1975年〕春节子恺题

---

[1] 胡氏,指作者的师侍弟子胡治均。

题于梦全藏鲍月景[1]先生《百子图》

多福多寿多男子,华封三祝古人重。
百子济济入画图,神来之笔写神童。
今日门墙桃李花,他年翠柏与苍松。

月景画师百子图
乙卯〔1975年〕清和月〔农历四月〕
缘缘堂主人题

---

[1] 于梦全,为作者的乡亲,世交。鲍月景,浙江桐乡人,工笔人物仕女画家。

七言回文诗 [1]

浙江潮水似天高暮雨飘时闻客话浙江潮。

可读成:浙江潮水似天高,水似天高暮雨飘。暮雨飘时闻客话,时闻客话浙江潮。

送春归又梦春回蝴蝶飞回肠欲断送春归。

可读成:送春归又梦春回,又梦春回蝴蝶飞。蝴蝶飞回肠欲断,回肠欲断送春归。

---

[1] 1958年暮春,丰子恺去杭州探望三姐丰满时戏作,还写成条幅。

五言回文诗[1]

春晚惜花落,夜寒忆远人。灯孤照小阁,梦短客惊心。

明月映原野,草花舞细风。人闲爱美景,鹤老栖孤松。

杯酒酌新岁,片鱼与笋干。飞灰绕小阁,烛短映前栏。

---

[1] 作于"文革"时期,发现于丰子恺写给新枚的小纸条上。此回文五绝属于通体回文,顺读倒读皆成篇章。如:"心惊客短梦,阁小照孤灯。人远忆寒夜,落花惜晚春。"

歌 词

子愷

石门湾崇德县立第三小学校歌[1]

　　古时吴越此分疆,北通沪滨南达杭,是我第三小学校,运河流泽长！今东邻,毒焰正肆张,愿同学,急起图自强。强则生存弱者亡,天演公理自昭彰。他年努力雪国耻,增我邦家光！勉励同学学好文化,锻炼身体,长大报效国家。

[1] 1932年9月,丰子恺应石门湾崇德县第三小学校长沈元之的请求,为母校作校歌并谱曲。

夜　景[1]

月儿如钩，星儿如豆，深夜深院深秋。沉沉垂柳，柳外高楼，楼头灯火未曾收。

---

[1] 选自丰子恺、裘梦痕合编《开明音乐教本——唱歌编》，1935 年 7 月，上海开明书店初版。

怀 友[1]

夜静人初定，闲把旧书温。才开卷，可喜又可惊。前春湖畔拾花瓣，夹入书中色娇嫩。今日依然存。追思往事，暗销魂。对卷思寻，掩卷思寻。记得同游有一人。

---

[1] 玛斯卡尼作曲。选自丰子恺、裘梦痕合编《开明音乐教本——唱歌编》，1935年7月，上海开明书店初版。

长　城[1]

关山夜色凄清，高高秋月照长城。空费偌大工程，自来难免胡儿侵。叹息石头可转，不如人心坚且贞。拟倩明月高处号召，团结众志成长城。

---

[1] C. Crozat Converse 作曲。选自丰子恺、裴梦痕合编《开明音乐教本——唱歌编》，1935 年 7 月，上海开明书店初版。

五月之歌[1]

五月清和景色幽,我心忡忡有隐忧。五月绿阴新且秀,振袖起身歌一曲,遣此忧愁。

国耻如黑云,遮掩了青天白日。白日光芒如火,终把黑云烧灭。国耻如薄雾,障碍了春花气色。春花怒放如燃,终教薄雾消失。

愿我之国运明如青天白日。盛如春花之色。愿我之国运兮,愿我之民气兮花之色。共把国耻尽雪。国耻尽雪。

愿我之国运兮,明如青天白日。愿我之民气兮,盛如春花之色。

---

[1] MORN 作曲。选自丰子恺、裘梦痕合编《开明音乐教本——唱歌编》,1935年7月,上海开明书店初版。

送　别[1]

前途水远又山长,送君一步一心伤。今朝此地一声别,从此天涯各一方。珍重一声魂欲断,怎禁别泪下千行。愿君不负平生志,莫为功名利禄忙。

---

[1] F. FLTOW 作曲。选自丰子恺、裘梦痕合编《开明音乐教本——唱歌编》,1935 年 7 月,上海开明书店初版。

风　筝[1]

东风袅袅,吹送纸鸢高。筝儿轻巧,捷足上云霄。悠然独步,超出红尘表。回头处,一览众山小。

可惜你不自由,被根线儿牵住牢。可惜你不健全,一阵细雨身难保。东风袅袅,吹送纸鸢高。只恐春阴雨欲飘。

[1] F. FLTOW 作曲。选自丰子恺、裘梦痕合编《开明音乐教本——唱歌编》,1935 年 7 月,上海开明书店初版。

浩　歌[1]

当空发长矢,矢去如流电。临风放浩歌,歌声随风散。谁知数年后,俩者皆可见。歌在情人心,矢在老树干。

---

[1] 舒伯特作曲。选自丰子恺、裘梦痕合编《开明音乐教本——唱歌编》,1935年7月,上海开明书店初版。

游 春[1]

星期天,天气晴,大家去游春,过了一村又一村,到处好风景。桃花红,杨柳青,菜花似黄金,唱歌声里拍手声,一阵又一阵。

---

[1] 此歌词创作于安居上海日月楼时期,与李叔同的《送别》同曲异词。

幼女之愿[1]

　　胡骑逼我中宵走，仓皇抛却知心友。此友最相亲，玲珑黏土人。待儿年十五，自起将旗鼓，收复旧神州，与君共嬉游。待儿年十五，自起将旗鼓，收复旧神州，与君共嬉游。

[1] 萧而化作曲。

我们四百兆人[1]

我们四百兆人，中华民，仁义礼智润心。我们四百兆人，互相亲，团结强于长城。以此图功，何功不成！民族可复兴。以此制敌，何敌不崩！哪怕小东邻！我们四百兆人，齐出阵，打倒那小日本！我们四百兆人，睡狮醒，一怒而天下平！

---

[1] 萧而化作曲。

广西省立桂林师范学校校歌[1]

百年之计树人,教育根本在心。桂林师范仁为训,克己复礼泛爱群。洛水之滨,大岭心村。心地耕耘,普雨悉皆荫。

---

[1] 1938年在桂林师范学校任教时作。根据F.贝拉《我的诺曼底》曲谱配词。

广西全县国民中学校歌[1]

励勤朴兮贵劳歉,全县国民体魄健。崇信义兮尚仁爱,全县国民道德全。健健健,日日健,全全全,日日全。精神物质本无偏,试看湘漓分流共一源。

---

[1] 根据F.贝拉《我的诺曼底》曲谱配词。

庆祝胜利[1]

少年们组织游行队,庆祝前线大胜利!少年们组织游行队,庆祝胜利真欢喜。将士的血肉博得这个胜利,将士的性命博得这种欢喜。庆祝胜利,要加倍努力勉励,为先烈们吐气。

---

[1] 孙启名作曲。选自1941年4月福建省省立音专《音专通讯》。

弥陀学校校歌[1]

南国风光月月春,南国青年日日新。三宝庄严垂万古,弥陀慧业无等论。人人勤修世间法,习劳敬业而乐群。琢磨道德光祖国,研究学问利群生。今日门庭桃李花,他年松柏永青青。南国风光月月春,南国青年日日新。

---

[1] 丰子恺 1957 年为广洽法师办的新加坡弥陀学校而作,作曲为他的大女婿杨民望。